# Blaize Clement

# *Der Tod hat scharfe Krallen*

Roman

Aus dem Amerikanischen
von Christian Kennerknecht

Weltbild

Die amerikanische Originalausgabe erschien 2011 unter dem Titel
*Cat Sitter Among the Pigeons*
bei Minotaur Books / Thomas Dunne,
ein Imprint der St. Martin's Publishing Group, New York.

Besuchen Sie uns im Internet:
*www.weltbild.de*

Copyright der Originalausgabe © 2010 by Blaize Clement
Published by Arrangement with Christopher Stewart
Dieses Werk wurde vermittelt durch die
Literarische Agentur Thomas Schlück GmbH, 30827 Garbsen.
Copyright der deutschsprachigen Ausgabe © 2013 by
Verlagsgruppe Weltbild GmbH, Steinerne Furt, 86167 Augsburg
Übersetzung: Christian Kennerknecht
Projektleitung und Redaktion : usb bücherbüro, Friedberg / Bay
Umschlaggestaltung: *zeichenpool, München
Umschlagmotiv: www.shutterstock.com
Satz: Lydia Maria Kühn
Druck und Bindung: GGP Media GmbH, Pößneck
Printed in the EU
ISBN 978-3-86365-842-7

2016  2015  2014  2013
Die letzte Jahreszahl gibt die aktuelle Ausgabe an.

*Der Tod hat scharfe Krallen*

Die Autorin

Blaize Clement war 25 Jahre lang als Psychologin tätig, bevor sie sich dem Schreiben zuwandte. Sie hat zwei Kinder und fünf Enkel und lebte in Sarasota, Florida. Ihre Romane um die Tiersitterin Dixie Hemingway trugen der Autorin lobende Vergleiche mit Katzenkrimi-Altmeisterin Lilian Jackson Braun ein. Blaize Clement verstarb 2011.

Wer allein ist, gehört ganz sich selbst.
Wer einen Gefährten hat, gehört sich nur halb.
*Leonardo da Vinci*

# 1

Ich habe gelesen, dass zwei Quantenteilchen, wenn sie aufeinanderprallen – wenn sie sich beispielsweise im subatomaren Supermarkt bei den Milchprodukten zufällig anrempeln –, auf geheimnisvolle Weise, die keiner so richtig versteht, für immer miteinander verbunden bleiben. Die beiden können noch so weit voneinander entfernt sein, was dem einen zustößt, beeinflusst das andere. Aber nicht nur das, sie werden eine irgendwie unheimliche, unbeschreibliche Form von Kommunikation aufrechterhalten und über Raum und Zeit hinweg ständig Informationen miteinander austauschen.

Ruby und ich waren ein bisschen so wie diese sonderbaren Teilchen. Von dem Moment an, als ich die Tür öffnete und sie mit ihrem Baby im Arm dastehen sah, spürten wir eine starke Verbundenheit, die eigentlich keine von uns beiden wirklich beabsichtigte. Es war eine Kraft, der wir einfach nicht widerstehen konnten.

Ich traf Ruby an jenem Morgen, als ich zum ersten Mal im Haus ihres Großvaters vorbeischaute. Ihr Großvater, Mr Stern, hatte silbergraues Haar und war eine drahtig schlanke, kerzengerade Erscheinung. Mr Stern hatte sich beim Tennisspielen einen Bizepsriss zugezogen. Er war nicht die Sorte Mann, die deswegen viel Aufhebens gemacht hätte, sein Arzt jedoch hatte darauf bestanden, dass er den Arm vorläufig in einer Schlinge tragen sollte. An der Stelle kam ich ins Spiel. Mr Stern lebte mit einer roten American Shorthair zusammen und hatte mich gebeten, ihm zweimal täglich bei der Versorgung seiner Katze zu helfen, bis sein Arm wieder intakt war. Als wir die Vereinbarung getroffen hatten, hatte keiner von uns beiden gewusst, dass Ruby mit ihrem Baby im Anmarsch war. Wir hatten auch nicht gewusst, was wir beide in den kommenden Tagen durchmachen würden, nicht körperlich, sondern vor allem psychisch.

Ich heiße Dixie Hemingway, weder verwandt noch verschwägert mit Sie-wissen-schon, und bin Tiersitterin auf Siesta Key, einer halbtropischen Barriereinsel vor der Küste von Sarasota, Florida. Bis vor fast vier Jahren war ich Deputy im Sheriff's Departement von Sarasota County. Ich trug eine Waffe und hatte sogar Preise für meine Schießkünste eingeheimst. Verbrechensschauplätze betrat ich mit jenem lockeren Selbstvertrauen, das auf Ausbildung und Erfahrung basiert. Ich glaubte an mich, glaubte daran, dass ich jede Situation meistern würde, die auf mich zukam, weil ich stark war, tough, und weil ich die Dinge im Griff hatte. Wenn ich ruhig in den Spiegel sah, blickten mir zwei furchtlose Augen entgegen. Dann jedoch explodierte meine Welt, zerfiel in Myriaden scharfkantiger Splitter, und dieser furchtlose Blick war für immer dahin.

An jenem Donnerstagmorgen Mitte September, als ich Mr Stern und Ruby erstmals begegnete, ging es mir seit geraumer Zeit wieder besser. Ich hatte mich am eigenen Schopf herausgezogen aus dem kalten, dunklen Loch der Verzweiflung und hatte wieder Spaß am Leben gefunden. Sogar auf das Wagnis einer neuen Liebe hatte ich mich wieder eingelassen. Eigentlich war ich glücklich. Vielleicht war das auch der Grund, warum ich unvorsichtig wurde und mir dadurch eine Menge Ärger aufhalste.

Normalerweise besuche ich meine Kunden vorab, um die Tiere kennenzulernen und um ihren Besitzern schriftlich zu bestätigen, dass ich Verbandsmitglied und vorschriftsgemäß versichert bin. Wir besprechen meine Aufgaben und mein Honorar, und wir machen einen Vertrag. Aber da die Sache bei Mr Stern irgendwie dringlich schien, war mein erster Besuch bei ihm zugleich mein erster Arbeitstag.

Mr Stern wohnte in einer der älteren Gegenden am nördlichen Ende von Siesta Key; als auf dem Immobilienmarkt Südwestfloridas eine Art Massenhysterie ausbrach, wurden dort nette Häuschen, die vielleicht gerade mal 200 000 Dollar wert waren, als Abrissbuden verkauft, um an ihre Stelle millionenteure Paläste zu setzen.

Mr Sterns Haus war ein einstöckiger bescheidener Bau in einem satten Kobaltton. Ein solches Haus, kobaltblau, wäre andernorts auf der Welt vielleicht als exzentrisch aufgefallen, auf Siesta Key jedoch, wo sich die Häuser hinter einem dichten Pflanzengewucher von Grün, Rot und Gold verstecken, scheint das genau der Farbton zu sein, den Gott für Häuser als passend vorgesehen hatte. Es stand zu dicht an einem pompös protzigen Palast auf der einen Seite, mit einem weiteren Prunkbau auf der anderen Seite, zu dem ein weitläufiger, ungepflegter Rasen gehörte. Auf dem Rasen stand ein Schild, das die unmittelbar bevorstehende Zwangsversteigerung des Anwesens ankündigte – ein ziemlich deutlicher Hinweis darauf, dass der Immobilienboom ein Ende gefunden hatte und der Geldwert einer Immobilie von nun an wieder auf ihrem tatsächlichen Wert basieren würde, anstatt von vorübergehenden menschlichen Launen abzuhängen.

Mr Stern war so schlank wie ein Halm Dünengras, hatte korrekt gekämmtes graues Haar, buschige Brauen über eindringlich blauen Augen und eine so kerzengerade Haltung, dass sich die Frage erübrigte, ob er vielleicht mal beim Militär gewesen wäre. Er ließ es mich sowieso gleich wissen. Er erzählte mir auch, dass er mit Katzen gar nichts am Hut habe und nur deshalb eine besäße, weil seine Enkelin ihre Katze zurückgelassen und er diese nun am Hals hätte. Während er mir das sagte, hielt er Cheddar, so hieß der Kater, sanft in seinem gesunden Arm umfasst.

Die »American Shorthair« ist eine typisch amerikanische Katze. Ihre Vorfahren kamen mit den ersten Siedlern ins Land. Sie erwiesen sich als hervorragende Mäusejäger – die Katzen, nicht die Siedler – und waren berühmt für ihr schönes Gesicht und ihr sanftmütiges Wesen. Letzteres vor allem kann man von den ersten Siedlern wahrlich nicht behaupten.

Cheddar zeigte sich gänzlich ungerührt angesichts der wenig freundlichen Äußerung seines Herrchens gegenüber Katzen. Tatsächlich schienen sich seine Lippen sogar leicht nach oben zu einem heimlichen Lächeln zu verziehen, und ab und zu sah er mich an und zwinkerte mir zu, als gäbe er mir quasi auf Katzenart zu verstehen, *Unter uns gesagt, was der so von sich gibt, ist sowieso lauter Quatsch.*

Nachdem Mr Stern mir klargemacht hatte, dass mit ihm nicht zu spaßen sei, führte er mich kurz durchs Haus. Viel dunkles Leder, noch dunkleres Holz, Gemälde in wuchtigen Goldrahmen, grüppchenweise hier und da ein paar Fotos an den Wänden verstreut, eine bis unter die Decke zugestellte Bibliothek, in der es leicht nach verschimmeltem Papier und abgestandenem Pfeifentabaksqualm roch. Die einzige Ausnahme bildete ein sonnendurchflutetes Zimmer mit Blümchentapete und Kinderbettchen in einer Ecke. Sonst entsprach das Haus haargenau dem Bild eines kultivierten Gentlemans und Eigenbrötlers, der selten Gäste empfing.

Im Esszimmer öffnete Mr Stern mit großer Geste eine zweiflügelige Glastür auf einen großen, stellenweise mit Terrakotta gepflasterten Gartenhof. »Das hier ist unser Lieblingsplatz.«

Ich konnte gleich sehen, warum. Verputzte Mauern erstreckten sich bis zu einer Höhe von gut viereinhalb Metern, blühende Kletterpflanzen rankten daran empor. Schmetterlinge und Kolibris mit rubinroter Kehle umschwirrten die Blüten von Trompeten-Geißblatt, Carolina-Jasmin, Feuerstrauch und Klettertrompete. Umrahmt wurde der Hof von einem dichten Gewirr aus Kanadischem Schneeball, Orangenraute, Taubenbeere, Gelber Trompetenblume, Feuerbusch und Zylinderputzer. Den Mittelpunkt bildete ein Bassin mit einer Umrandung aus Felsgestein, das an drei

Seiten zusätzlich mit Astern, Seidenblumen, Goldraute, Lobelien und Verbenen bepflanzt war, während sich an seiner Rückseite ein sanfter Wasserstrom über kunstvoll aufgeschichtete schwarze Felsen ergoss. Im Inneren des Bassins zogen unterarmgroße, orangefarbene Fische zwischen Seerosen und grünen Wasserpflanzen träge ihre Bahnen.

Cheddar entwand sich aus dem Arm seines Herrchens und machte einen Satz auf den Verandaboden, um von dort aus stracks auf das Wasserbecken zuzumarschieren, wo er mit jener begeisterten Verzückung, mit welcher Frauen gemeinhin vor Sonderangeboten von Jimmy Choo stehen, die Koi-Karpfen betrachtete.

Ich sagte: »Traumhaft schön.«

Mr Stern nickte stolz. »Die Lücken zwischen den Steinen machen den Wasserfall zu einer Art Musikinstrument. Den Klang kann ich durch eine Veränderung des Wasserdrucks beliebig verändern. Ich kann es murmeln lassen, gurgeln oder tosen, einfach indem ich an einem Rädchen drehe. Bei Dunkelheit kann ich verschiedenfarbige Lichter in den Zwischenräumen über Zeitschaltuhren abwechselnd aufleuchten lassen oder herunterdimmen. Je nachdem. Cheddar und ich sitzen manchmal bis Mitternacht hier draußen, hören dem Wasserfall zu und beobachten die Lichtshow.«

So redet ein Mann normalerweise nur von der trauten Zweisamkeit mit seiner Frau oder der Geliebten. Ich fand es rührend und irgendwie süß zugleich, dass Mr Stern im Grunde seines Herzens ein Romantiker war, der nach außen Strenge demonstrierte, seine sensiblen Seiten jedoch mit einer Katze teilte.

Ein sirrendes Geräusch wie von Flügeln ließ uns hinauf zu einem über uns kreisenden Fischadler blicken. Er hielt die Kois auf dieselbe Art wie Cheddar im Auge, aber das Risiko, dass er einen erwischen würde, war wesentlich größer. Fischadler besitzen die Fähigkeit, aus der Luft herunterzustoßen und sich in Sekundenschnelle einen Fisch aus dem Wasser zu greifen. Während ich den Fischadler beobachtete, sah ich eine dunkelhaarige Frau aus einem der oberen Fenster des noch bewohnten Nachbarhauses schauen. Sie wandte den Kopf zur Seite, als hätte sie etwas abgelenkt, und war schon im nächsten Moment verschwunden. Da erschien eine andere Frau. Sie war älter und hatte die Frisur einer Business-Frau, exakt und professionell gemacht. Als sie mich sah, war sie plötzlich wie geschockt und machte ein wütendes, böses Gesicht. Dann schloss sie ruckartig die Gardinen, und mir blieb nur der Blick auf das strahlende Weiß des Vorhangfutters.

Die gespeicherte Hitze des Terrakottabodens kroch an meinen nackten Beinen hoch, aber oben um meine Schultern zog es plötzlich kühl. So unwahrscheinlich es schien, die Feindseligkeit der Businesslady war durchaus persönlich gemeint und galt eindeutig mir.

Der Fischadler zog einen weiteren Kreis, blieb dann momentlang über der Mauer in der Luft stehen und streckte seine staksigen Beine aus, um zu einer Landung auf der Mauer anzusetzen. Just in dem Moment jedoch, als seine Krallen das Trompeten-Geißblatt gerade streiften, stieg er in die Höhe und flog davon.

Mr Stern lächelte verschmitzt. »Diese Vögel sind verdammt klug. Die Oberseite der Mauer ist nämlich mit einer Spirale von Bandstacheldraht gesichert. Sie liegt unter den Blüten unsichtbar verborgen, aber dieser Fischadler spürte die Gefahr.«

Der Schatten des Fischadlers hatte auch die Kois gewarnt. Alle waren sie unter Felsen und Seerosenblättern verschwunden. Es war klug von den Kois, in Deckung zu gehen, denn in dem von Mr Stern geschaffenen Gartenparadies befanden sich Leben und Tod in einer genau austarierten Balance.

Hätte ich hellsichtig in die Zukunft blicken und also wissen können, dass in diesem Moment Ruby aufkreuzen und Gefahr für uns alle bringen sollte, wäre ich dem Beispiel des

Fischadlers und der Kois gefolgt. Ich hätte mich versteckt, bis die Gefahr vorüber gewesen wäre, oder ich wäre auf der Stelle getürmt und nie wieder zurückgekommen. Aber ich besitze nun mal keine übernatürlichen Kräfte, und der finstere Blick der Frau von nebenan mochte noch so beunruhigend sein, Angst hatte ich trotzdem keine.

Wenigstens noch nicht.

# 2

Mr Stern hob Cheddar mit seinem gesunden Arm hoch, und ich folgte den beiden ins Haus. Dort platzte ich mit der Frage an Mr Stern heraus, ob er denn die Frau von nebenan vielleicht kennen würde. Dabei war mir durchaus klar, ich hätte lieber den Mund halten sollen. Schließlich lautet eine Kardinalregel für Leute, die in fremden Häusern arbeiten, tunlichst bloß keine neugierigen Fragen über die Bewohner oder deren Nachbarn zu stellen.

Ohne auf meine Frage einzugehen, sagte Mr Stern: »Cheddar nimmt gerne ein pochiertes Ei zum Frühstück. Wissen Sie, wie man so was zubereitet?«

Ich sagte: »Wie wär's, wenn ich ein weichgekochtes Ei für Sie zubereite, während ich für Cheddar eines pochiere?« Menschenwesen zu versorgen, gehört nicht zu meinen Aufgaben, aber irgendetwas an Mr Sterns Auftreten – harte Schale, weicher Kern – erinnerte mich an meinen Großvater, einen Mann, den ich von ganzem Herzen liebte.

Er sagte: »Kochen Sie drei für mich, eins etwas länger, damit es hart wird. Das esse ich dann zu Mittag.«

Während ich Cheddar das pochierte Ei servierte, holte sich Mr Stern einen Teller und nahm am Küchentresen Platz.

Ich sagte: »Wie wär's? Soll ich Ihnen vielleicht auch Toast und Kaffee machen?«

»Ich brauche kein Kindermädchen, Ms Hemingway.« Er zeigte auf einen kleinen Flachbildfernseher an der Küchenwand. »Wenn Sie bitte so nett wären, den anzumachen. Ich würde mir gerne die Nachrichten ansehen.«

Ich fand die Fernbedienung, schaltete an und reichte das Teil an Mr Stern weiter, der sich mit der freien Hand auf die

Hosentaschen klopfte. »Verflixt! Ich hab meine Brille in der Bibliothek vergessen. Wären Sie so lieb, sie mir zu holen?«

Prompt düste ich in die Bibliothek, um nach seiner Brille zu sehen, und fand sie auf einer Kommode vor einem kleinen Sofa. Als ich sie mir schnappte, klingelte es an der Tür.

Mr Stern rief: »Machen Sie bitte auf? Egal, wer da ist, ich will niemanden sehen.«

Ich rannte zur Tür und öffnete sie mit der Absicht, höflich, aber nicht einladend zu wirken.

Eine junge Frau mit überdimensionaler dunkler Brille und einer tief über dem Blondhaar ins Gesicht gezogenen Baseballkappe stand so dicht vor der Tür, dass sie der Luftzug beim Öffnen fast hereingezogen hätte. Sie trug hautenge Jeans und eine weiße Schlabberbluse, dazu High-Heels, sodass sie mich um etliche Zentimeter überragte. Auf dem Arm hielt sie ein Baby in einem rosa Strampler, von der einen Schulter baumelte eine große Schlauchtasche, von der anderen eine Windeltasche, und die Hand, mit der sie das Baby gegen ihre Brust stützte, umklammerte die Griffe einer beutelartigen ledernen Handtasche. Sie warf einen verstohlenen Blick über die Schulter zurück zu einem Taxi, welches rückwärts aus der Einfahrt rollte. Ich hatte den Eindruck, sie fürchtete, jemand könnte ihre Ankunft bemerkt haben.

Alles an ihr erschien mir merkwürdig bekannt, doch ich hatte keine Ahnung, wer sie war.

Ihr Kopf wandte sich mir zu, auf dem Gesicht dieser Ausdruck, den ich wahrscheinlich auch zeigte, dieses *Ich kenne Sie, nein doch nicht.*

Sie sagte: »Wer sind Sie?« Ohne eine Antwort abzuwarten, schnellte sie nach vorne, als hätte sie jedes Recht einzutreten.

Aus der Küche tönte Mr Stern: »Wer war es denn?«

Die junge Frau rief: »Ich bin's, Großpapa.«

Schritte näherten sich, und ich konnte seinen Groll geradezu spüren, eher er überhaupt, gefolgt von Cheddar, in der Eingangshalle erschien.

Seine Stimme klang frostig: »Was willst du hier, Ruby?«

Einen Moment lang wirkte sie enttäuscht, zeigte aber dann den zuversichtlichen Ausdruck eines Kindes, das annimmt, es würde schon klappen, wenn man es nur ein zweites Mal versucht. Sie stellte die Schlauchtasche auf den Boden und nahm die dunkle Brille ab. Ohne diese wirkte sie noch jünger, kaum Anfang zwanzig. Das war der Moment, in dem ich sie erkannte. Sie sah aus wie ich. Nicht wie die Person, die ich jetzt bin, sondern wie jene von vor zehn Jahren. Sie wirkte genauso unglücklich und verzweifelt.

Vielleicht weil ich mich daran erinnerte, wie es sich anfühlte, so unglücklich zu sein, oder vielleicht weil sie mich an eine eigene, nun überwundene Entwicklungsstufe erinnerte, jedenfalls spürte ich ihre Qualen körperlich, als würde mir jemand eine gestachelte Keule gegen die Brust schlagen.

Cheddar trottete zu ihrer Schlauchtasche und schnupperte daran. Dabei sahen wir ihm alle zu, als ob er durch kluges Verhalten diesen peinlichen Moment vielleicht ein bisschen entspannen könnte.

Die Frau sagte: »Ich kann sonst nirgendwo hin, Opi.«

»Warum gehst du denn nicht zu deinem sogenannten Ehemann? Oder hat dich Zack zugunsten einer anderen Rennfahrer-Tussi rausgeworfen?«

Wäre seine Äußerung nicht so voller Verachtung gewesen, man hätte sie auch als kleinen Scherz nehmen können. Aber an seiner Eiseskälte war so gar nichts Spaßiges.

Die Frau jedenfalls hatte ihn verstanden, und ihre Zuversicht war dahin. »Bitte, Opilein, wir machen auch bestimmt keinen Ärger.«

Er schnaubte verächtlich und machte eine abweisende Handbewegung, welche das Baby erschreckte und Cheddar auf die Tasche steigen ließ, von wo aus Cheddar ihn mit Blicken fixierte. Das Baby heulte unvermittelt los, wie Babys das nun mal gerne tun, und Mr Stern wirkte schockiert angesichts der Lautstärke, die so ein kleines Wesen hervorbringen kann. Hier versagte seine Kontrolle. Die junge Frau machte den Eindruck, als würde sie auch gleich losheulen, und begann, das Baby sanft zu wiegen, als ob sie es dadurch beruhigen könnte.

Ich habe einen totalen Narren an Babys gefressen und will sie, sobald mir nur eines unter die Augen kommt, immer sofort knuddeln. Sobald eines weint, reagiere ich wie ein Pawlow'scher Hund, dem schon beim Klang einer Glocke das Wasser im Mund zusammenläuft. Ohne zu fragen, trat ich nach vorne und nahm die Kleine auf den Arm. Ich drückte sie eng an mich, um ihr das Gefühl von Geborgenheit zu vermitteln, flüsterte sanfte Laute gegen das schwankende Köpfchen und klopfte im Rhythmus des Herzschlags, den Babys um Mutterleib hören, sanft auf den Rücken. So hatte ich Christy immer beruhigt, als sie noch klein war, und einen Moment lang verlor ich mich in dem Duft von Unschuld und dem Gefühl zarter Haut, die meinen Hals wie Magnolienblätter streifte. Als hätte sie eine erfahrene Hand erkannt, hörte sie auf zu schreien und sah mich mit großen, ernsten Augen an.

Die Frau sagte: »Ihr Name ist Opal.«

»Hübscher Name.«

»Meine Großmutter hieß so.«

Mr Sterns Gesicht überschattete die Erinnerung an einen lange zurückliegenden Schmerz. »Du kannst von mir aus bleiben. Aber eins garantier ich dir, deine Klamotten trägt dir keiner hinterher. Ordnung ist schließlich das halbe Leben.«

Als sie das Baby wieder zu sich nahm, sagte sie: »Schon mit dreizehn habe ich aufgehört, meine Sachen wahllos auf dem Boden rumzuwerfen, Opa.«

Das Baby kräuselte die Unterlippe, als würde es gleich wieder losheulen. Die Frau sagte: »Ich muss die Kleine wickeln und füttern.«

Mr Stern sagte: »Dein altes Zimmer ist unverändert.«

Sollte sie einen Widerspruch darin gesehen haben, wenn sich Mr Stern in einem Moment wie der Wüterich des Jahres verhielt und schon im nächsten Moment sagte, er habe ihr Zimmer komplett unverändert gelassen, dann zeigte sie davon nichts. Indem sie sich nach unten beugte, um die Schlauchtasche zu nehmen, drückte sie Cheddar sanft beiseite und stakste daraufhin durch die Eingangshalle, während Opals Köpfchen auf ihrer Schulter hin- und herbaumelte. Cheddar sprang ihnen vergnügt hinterher.

Mr Stern und ich sahen einander mit nachdenklichen Gesichtern an. Er sagte: »Das ist meine Enkeltochter Ruby. Sie behauptet, sie sei mit einem Dragracing-Rennfahrer namens Zack verheiratet. Vielleicht stimmt's ja auch, ich weiß es nicht. Drag-Rennen jedenfalls sind Beschleunigungsrennen.«

Ich sagte: »Ist sie dieselbe Enkelin, die Cheddar bei Ihnen zurückgelassen hat?«

»Ich hab nur die eine.«

Ich sagte: »Dann werden Sie mich ja wohl jetzt nicht mehr brauchen.«

Er schnaubte. »Ach, auf Ruby ist doch kein Verlass. Ich will, dass Sie weiterhin kommen.«

Angesichts der angespannten Stimmung im Hause Stern beeilte ich mich, Cheddars Toilette sauberzumachen. Ich befand mich in einem Gästebadezimmer am anderen Ende des Flurs, an dem auch das Zimmer mit der Blümchentapete lag, und während ich die Kiste auswusch und mit einer Mischung aus Wasser und Wasserstoffperoxyd nachspülte, hörte ich Ruby mit sanfter Stimme zu ihrem Baby sprechen. Sie klang so wie ich meiner Erinnerung zufolge geklungen hatte, als Christy ein Baby war – die Stimme einer jungen Mutter, für die ihr Kind ein und alles war.

Als ich mit Cheddars Katzenklo fertig war und den Flur entlangging, spähte ich durch die offene Tür des Kinderzimmers. Ruby hatte das Kinderbett vor eine nun offene

Schiebetür aus Glas gerollt, die den Zugang zu einer kleinen, sonnendurchfluteten Veranda freigab. Opal und Cheddar lagen zusammen in dem Bettchen. Cheddars Nase berührte Opals Kinn, und Opal fiepte wie ein Entenküken. Ruby strahlte vor Glück. Mr Stern mochte wohl gesagt haben, auf Ruby sei kein Verlass, aber eine Person, die sich Zeit für ihr Baby nimmt und gut zu Tieren ist, steht ganz oben auf meiner Liste vertrauenswürdiger Menschen.

Ich blieb kurz im Flur stehen. »Das Kinderbett ist wunderschön.«

War es auch. Das Design war eindeutig skandinavisch – diese kühlen Regionen bringen offenbar Köpfe mit einem besonderen Sinn für Klarheit und Funktionalität hervor –, und es bestand aus einem auf großen, auf Rollen montierten Metallrahmen. Kopf- und Fußteil waren gepolstert, die Seitenwände bestanden aus mit feinem Netz bespannten, abklappbaren Metallrahmen. Somit vereinigte es alle Vorteile eines regulären Kinderbetts aus Holz, jedoch ohne diese gefährlichen Gittersprossen oder lose sitzendem Gazematerial. Ich war beeindruckt, dass die Menschheit in den sechs Jahren, nachdem ich ein Kinderbett gekauft hatte, so große Fortschritte erzielt hatte.

Ruby sah auf und lächelte. »Schon ich bin als Baby dringelegen. Tatsächlich lag sogar schon meine Mutter in dem Bett, als sie ein Baby war. Ich glaube, es wird gar nicht mehr hergestellt.« Die Vorstellung, dass ein Möbelstück drei Generationen lang hielt, schien ihr kaum fassbar.

Sie nahm Cheddar aus dem Bett und setzte ihn auf den Boden. »Tut mir leid, Cheddar, aber nun ist es Zeit für Opals Nickerchen.«

Kurzhaarkatzen sind vermutlich Taoisten. Sie akzeptieren die Realität, wie sie ist, ohne viel Aufhebens zu machen. Mit ihren kurzen Beinen können sie sowieso keine großen Sprünge machen wie Abessinier oder die Russisch Blau; also beobachtete Cheddar Ruby, wie sie die Seitenwand hochklappte, zog einen Sprung über die Oberkante kurz in Erwägung und gähnte – das Katzen-Pendant zu einem Schulterzucken. Als hätte er von Anfang an vorgehabt, unter Opals Bett zu schlafen, kroch er darunter und rollte sich auf dem Fußboden zusammen. Ich wette, kein Tierarzt wird je eine American Shorthair mit hohem Blutdruck zu Gesicht bekommen.

Ich verabschiedete mich von Ruby und Opal mit einem angedeuteten Winken und verließ die beiden. Mr Stern fand ich in der Bibliothek. Er las weder, noch sah er fern, saß nur auf dem Sofa und starrte vor sich hin. Die Wand hinter ihm zierte eine Ansammlung gerahmter Schwarz-Weiß-Fotos junger uniformierter Männer. Einer davon, ein Hüne mit durchdringenden Augen, war anscheinend ihr Kommandeur. Er sah aus wie die jüngere Version von Mr Stern, und ich fragte mich kurz, ob er sein Sohn sein könnte. Dann erblickte ich ein Banner mit rotem amerikanischen Adler und der Aufschrift: *The 281st Engineer Combat Battalion, 1944* und mir wurde klar, dass es sich um Mr Stern selbst handelte. Die Tatsache erinnerte mich daran, dass wir uns nie vorstellen können, welche Geschichte die Menschen haben, denen wir begegnen, vor welche Herausforderungen sie gestellt waren und was für Verluste sie erlitten hatten.

Er sagte: »Ich glaube, Cheddar erinnert sich an Ruby.« Dabei klang er traurig, als fühlte er sich im Stich gelassen.

So behutsam wie möglich sagte ich: »Katzen sind gerne mit Babys zusammen.«

Die Vorstellung, er sei eventuell nicht wegen Ruby, sondern wegen des Babys verlassen worden, schien ihm zu gefallen. Ich meinerseits fand, dass aufgrund der komplexen Emotionen zwischen Mr Stern und seiner Enkelin mein ursprünglich klar umrissener Einsatz in diesem Haus ganz schön kompliziert geworden war.

Ich sagte: »Bis später dann. Heute Nachmittag.«

Als hätte jemand das Signal dazu gegeben, sprang Mr Stern

auf und stellte sich kerzengerade in Position. Er begleitete mich bis zur Tür und noch ein Stück weit nach draußen und sah mir zu, wie ich in meinen Bronco stieg. Ich schenkte ihm mein bezauberndstes Lächeln und winkte ihm zu wie bei einer Flottenparade. Daraufhin nickte er feierlich wie ein General zur Begrüßung Untergebener, lief jedoch plötzlich voran und positionierte sich hinter dem Bronco, um mich mit seinem gesunden Arm herauszuwinken.

Ich knurrte. Mr Stern entpuppte sich damit als einer jener Männer, die annehmen, ohne männliche Unterstützung wäre eine Frau am Steuer selbstverständlich verloren. Eine Haltung, die auch die Spannungen zwischen ihm und Ruby teilweise ein bisschen erklärte. Aber okay, sollte er doch glauben, als Mann müsse er einem hilflosen Frauchen dabei helfen, aus einer Einfahrt herauszustoßen. Mir fiel dabei kein Zacken aus der Krone.

Normalerweise hätte ich den Rückspiegel benutzt, um zu sehen, ob hinten frei war, aber mit Mr Stern im Nacken, der mich mit übertriebener Gestik gerade nach hinten herauslotste, fühlte ich mich verpflichtet, mich umzusehen und so zu tun, als würde ich mich nach ihm richten. Als ich jedoch den Kopf nach hinten über die Schulter wandte, sah ich wieder diese jüngere Frau im Nachbarhaus. Dieses Mal war sie an einem der vorderen Fenster, und ich sah sie etwas genauer. Sie war füllig und nicht sonderlich attraktiv, und etwas an ihr wirkte unscharf und verschwommen wie auf diesen alten Sepiaaufnahmen von Einwanderern, die hundert Jahre zuvor in dieses Land gekommen waren. Ich hielt den Blick auf sie gerichtet, bis eine Palme mir die Sicht versperrte, und dann erinnerte ich mich wieder an diesen Mr Stern, der wild gestikulierend auf der Straße stand.

Er war flink wie ein Windhund, das muss ich ihm zugestehen, sprang im richtigen Moment aus dem Weg und tappte rückwärts den Bordstein entlang, wobei er mir mit kreisenden Bewegungen andeutete, doch endlich einzuschlagen. Das Problem war nur, dass er mir die falsche Richtung vorgab.

Aber sei's drum, geschenkt. Parkte ich halt falsch herum aus.

Ich winkte Mr Stern noch einmal zu wie der Star der Flottenparade und fuhr in der falschen Richtung los, vorbei an dem leerstehenden Haus, das zur Versteigerung anstand. Im Rückspiegel sah ich, wie Mr Stern zurückging und seine offene Haustür ansteuerte. Ich sah auch, einen halben Häuserblock hinter mir, eine lange schwarze Limousine am Straßenrand anfahren. Das war nicht weiter ungewöhnlich. Die Leute in den gehobenen Wohngegenden von Siesta Key fahren ständig in Limousinen zum Flughafen. Es war auch überhaupt nichts Beunruhigendes daran, wie das Auto im selben Abstand hinter mir herfuhr. Die Straße eignete sich nicht zum Überholen, weshalb wir beide gleichmäßig schnell dahinfuhren.

Ich hatte die Absicht gehabt, an einer Seitenstraße zu wenden und zur nächsten Hauptstraße zurückzufahren, aber die Wohnstraßen auf Siesta Key sind nicht lang und an dieser gab es keine Seitenstraße. Letztlich handelte es sich hier um eine Sackstraße, an deren Ende ich einen U-Turn machte. Der Fahrer der Limousine vollzog dasselbe Wendemanöver, und ich spürte mich kurz auf besondere Weise mit ihm verbunden, da wir beide überrascht worden waren. Als ich an Mr Sterns Haus vorbeifuhr, warf ich einen Blick zu den Fenstern, an denen ich die junge Frau gesehen hatte, aber es war nichts zu sehen, außer dem gleißenden Sonnenlicht, das die Fenster reflektierten.

An den Fenstern der Limousine, die dicht hinter mir folgte, war aus demselben Grund auch nichts zu erkennen, denn die Fenster der Limousine waren schwarz gefärbt. Um ehrlich zu sein, es interessierte mich gar nicht, wer in der Limousine saß. Meine Gedanken waren zurückgewandert zu Ruby und ihrer Traurigkeit, zu Opal, einem der süßesten

Babys, das ich je gesehen hatte, und zu Mr Stern, der sich kalt und gefühllos gegenüber seinen Mitmenschen zeigte, jedoch zusammen mit seiner Katze im nächtlichen Innenhof die romantischen Lichtspiele auf seinem Wasserfall verfolgte.

Schließlich sagte ich mir, dass jede Familie auf ihre eigene Weise unglücklich ist und dass der Grund für das Unglück von Mr Sterns Familie, worin er auch bestehen mochte, nicht das Geringste mit mir zu tun hatte. Egal, wie sehr ich Rubys Kummer nachvollziehen konnte, egal wie süß ihr Baby war, und egal, wie überzeugt ich davon war, dass sich unter Mr Sterns rauer Schale ein weicher Kern verbarg, es ging mich schlicht und einfach nichts an. Ich war, mit Verlaub, nur eine einfache Tiersitterin, sonst nichts.

An der Einmündung in die Higel Avenue wartete ich eine Lücke in dem in beiden Richtungen dichten Verkehr ab. Schließlich bog ich südwärts rechts ab, gab kräftig Gas. Von der Limousine im Rückspiegel war nichts mehr zu sehen. Stattdessen tauchte direkt hinter mir ein riesiges Insekt mit langen gelben Fühlern und einem schwarz-gelb gestreiften Körper auf. Das Insekt war auf dem Dach eines dunkelgrünen Vans montiert und lenkte meine Gedanken von Ruby und Mr Stern ab, indem ich mich fragte, ob das Ungeheuer wohl als Reklame für einen Tierpräparator oder einen Kammerjäger diente.

Später sollte ich mich fragen, warum ich mich so leicht ablenken lassen konnte. Meine einzige Entschuldigung war die, dass es seit ungefähr sechs Wochen wieder einen Mann in meinem Leben gab. Und daran war ich noch nicht gewöhnt.

## 3

Nach längerer Entwöhnung wieder liiert zu sein, kommt einer Art von peinlichem Dauerschluckauf gleich. Was normalerweise glatt und reibungslos abläuft, wird von ruckartigen Erkenntnisanfällen unterbrochen. Wie zum Beispiel im Supermarkt, wenn es dich plötzlich reißt und du dich fragst, ob du vielleicht anstatt drei sechs Pfirsiche kaufen solltest – falls er mal bei dir übernachtet und auch gerne einen Pfirsich hätte, wenn du einen isst. Dabei weißt du nicht einmal, ob er Pfirsiche mag, und so stehst du wie eine komplette Idiotin vor den Pfirsichen und fragst dich, wie es sein kann, dass du nicht weißt, ob der Mann, den du liebst, Pfirsiche mag. Oder wenn du nach dem Duschen das Handtuch mit exakt aufeinander ausgerichteten Enden aufhängst, falls er rein zufällig in dein Bad kommen und dich kritisieren sollte, warum du das Handtuch schief aufhängst. Oder wenn dir nicht klar ist, in welche Richtung überhaupt sich die ganze Beziehung entwickelt oder sich deiner Meinung nach entwickeln sollte. Schon beim Gedanken daran wird dir ganz schwummrig im Kopf.

Diese Gedanken hatte ich, als ich die Higel Avenue verließ und über den Ocean Drive in Richtung Village Diner fuhr, den ich nach Erledigung meiner Pflichten als Tiersitterin jeden Vormittag ansteure. Mittlerweile war es fast zehn Uhr. Ich befand mich seit vier auf den Beinen, ohne jegliche Zufuhr von Koffein oder Essen, und ich freute mich auf ein Frühstück und ein ausgiebiges Schläfchen.

Zu meiner Entschuldigung kann ich sagen, ich war verliebt, hungrig und müde, als ich auf den mit Muschelschalen bestreuten Parkplatz neben dem Diner fuhr, und somit fiel mir die schwarze Limousine gar nicht weiter auf, die dicht neben mir in die benachbarte Parkbucht rollte. Wie schon gesagt, Siesta Key ist als Urlaubsort bei wohlhabenden Touristen äußerst beliebt, weshalb dicke Limousinen hier fast so zahlreich vorkommen wie Graureiher oder Fischreiher. Als ich aber die Wagentür öffnete und aussteigen wollte, ging die hintere Tür der Limousine ebenfalls auf, sodass ich quasi festsaß. Im Geiste zuckte ich nur mit den Schultern. Wie jeder Ganzjahresbewohner auf Siesta Key bestens weiß, sind manche Touristen dermaßen unhöflich und rüde, dass wir diese Rabauken am liebsten auf der Stelle in den Golf schmeißen würden, wenn da nicht die Tatsache wäre, dass sie unsere Wirtschaft so schön in Gang halten.

Freundlich wie ein Praktikant bei der Handelskammer machte ich die Tür meines Bronco wieder zu und wartete, ließ also der fraglichen Person aus dem Fond der Limousine den Vortritt. Im nächsten Moment sprang ein Riesenkerl mit Sturmhaube an der vorderen Beifahrertür aus der Limousine, ein weiterer Maskierter sprang hinten heraus. In kürzester Zeit, es dauerte vielleicht nur eine Nanosekunde, hatten sie mir eine Hand auf den Mund gepresst, mich fixiert und mich in den geräumigen Fond der Limousine gezwängt. Selbst mitten im Geschehen, als ich, völlig geschockt, um mich schlug und schrie und brüllte und mich zu wehren versuchte, bewertete ich cool ihr Vorgehen. Diese Typen waren echte Profis.

Die Türen knallten zu, und die Limousine rollte rückwärts vom Parkplatz und fuhr mit normaler Geschwindigkeit den Ocean Drive entlang. Beide Männer waren hinten eingestiegen, sodass nur der Fahrer vorne saß. Er hielt den Blick geradeaus gerichtet, sodass ich nur seinen Hinterkopf sehen konnte. Einer der Männer auf dem Rücksitz befestigte ein Stück Klebeband auf meinem Mund, und noch ehe wir die Higel Avenue erreichten, hatten sie mir Arme und Beine gefesselt. Als der Wagen links abbog, zogen sie mir eine schwarze Mütze über den Kopf.

Obwohl ich nun also quasi blind war, kriegte ich mit, dass sie nach dem Knick, den die Higel Avenue nahm, weiter über den Siesta Drive und die Nordbrücke auf das Festland fuhren. Ein paar Sekunden lang knurrte ich böse, was aber reine Energieverschwendung war. Also beruhigte ich mich wieder und versuchte, auf alles zu achten, was mir später bei der Identifizierung der Männer behilflich sein könnte. Viel war es nicht. Die Männer im Fond sprachen ebenso wie der Fahrer kein Wort.

Nach ungefähr der Zeit, die man bis zum Tamiami Trail braucht, stoppte die Limousine, wartete und bog links ab. Wir fuhren nach Norden, also in Richtung Sarasota und Hafen. Falls sie mich auf ein Schiff bringen wollten, dann wäre dies der richtige Ort. Ob sie an der Stadt Sarasota mit ihren Läden, Theatern und Restaurants interessiert waren, bezweifelte ich.

Sie könnten den Tamiami Trail auch links verlassen und über die Brücke in Richtung Bird Key, St. Armands Key, Lido Key, Longboat Key oder Anna Maria Island fahren. Auf diesen Inseln leben reiche Leute, wenn also irgendein Multimillionär diese Schlägertypen engagiert hatte, um mich zu entführen, bringen sie mich vielleicht zum Schloss dieser Person. Aber wer sollte mich schon entführen wollen?

Aber wir verließen den Tamiami Trail nicht, sondern fuhren geradeaus weiter. Aber wohin? Mir gingen alle möglichen Ziele durch den Kopf, aber ich glaubte nicht, dass das Ringling Museum of Art darunter sein könnte oder das Ringling College of Art and Design oder der Sarasota Airport. Die Fahrt setzte sich fort, und nach einer Weile hörte ich auf, über mögliche Ziele nachzugrübeln. Stattdessen begann ich mich zu fragen, wie lange es wohl dauern würde, bis jemand auf die Idee kam, dass mich jemand entführt hatte. Das war ziemlich deprimierend, weil es womöglich Stunden dauern könnte.

Aber ich lebte nun mal alleine, und mein Tagesablauf war

völlig außer der Reihe. Ich stehe täglich um vier Uhr morgens auf. An den meisten Tagen habe ich vor zehn Uhr keinerlei Kontakt mit einem Wesen, das keine vier Beine und kein Fell hat. Um diese Zeit kehre ich im Village Diner zum Frühstücken ein. Ich bin dort Stammgast, und es würde auffallen, wenn ich einmal nicht komme. Tanisha, die Köchin, weiß genau, wann ich eintrudle, und sobald Judy, die Kellnerin, den Kaffee an meinen Stammplatz bringt, bereitet Tanisha bereits meine üblichen zwei Eier zu, beidseitig gebraten, mit extraknusprigen Bratkartoffeln sowie einem Brötchen. Hin und wieder jedoch lasse ich das Frühstück dort aus irgendeinem Grund ausfallen, sodass weder Tanisha noch Judy mich vermissen würden, sollte ich einmal nicht erscheinen. Sie würden gewiss nicht die Polizei anrufen und sagen, ich sei vielleicht entführt worden.

Jedoch machten beide auch mal Pause, und beide gingen nach Ende ihrer Schicht nach Hause. Beim Anblick meines Bronco auf dem Parkplatz würden sie sich fragen, warum das Auto da steht, ich aber nicht da gewesen war. Zumindest würden sie sich diese Frage stellen, wenn sie den Bronco als mein Auto erkannten. In dem Punkt war ich mir nicht sicher. Ich kannte Judy und Tanisha nun wirklich sehr gut, wusste aber nicht, welches Auto die beiden fuhren. Ich sah sie nur im Diner, nicht am Steuer ihres Autos, was umgekehrt auch für die beiden zutraf. Mist. Nach Lage der Dinge konnte mein Bronco also zwei, drei Tage auf diesem Parkplatz herumstehen, bis jemand auch nur den geringsten Verdacht schöpfen würde.

Michael, mein Bruder, würde mich vermissen, aber auch nicht gleich. Er und sein Lebenspartner Paco leben an der Golfseite in dem Holzrahmenhaus, in dem Michael und ich bei unseren Großeltern aufgewachsen waren. Ich wohne direkt daneben in einem Appartement über einem vierteiligen Carport. Michael ist Feuerwehrmann beim Sarasota Fire Departement und arbeitet im 24/48-Stunden-Rhythmus, was bedeutet, er ist 24 Stunden im Dienst und hat dann 48 Stunden frei. Er hatte seinen Dienst an diesem Morgen um acht Uhr angetreten, würde also vor dem nächsten Tag nicht nach Hause kommen. Paco ist Undercoveragent im Sheriff's Departement von Sarasota County. Seine Einsätze finden unregelmäßig und unangekündigt statt; es war also ungewiss, ob er nach Hause kommen und sich fragen würde, wo ich abgeblieben sei.

Und dann gab es noch Guidry, seines Zeichens Mordermittler im Sheriff's Departement von Sarasota County. Guidry mit seinen ruhigen grauen Augen, seiner markanten Nase und einem Gesicht, das so todernst wirkt, bis man die kleinen Lachfältchen an den Augenwinkeln entdeckt. Guidry, der mein Herz erbeben ließ, wenn wir zusammen waren, aber wir waren nicht regelmäßig zusammen, weil wir beiden noch nicht bereit waren für was Festes. Wir beide waren eher von der spontanen Sorte. Jedenfalls sagten wir das, einander und uns selbst, aber irgendwie hatte unsere Spontaneität zu einer beträchtlichen Zahl gemeinsam verbrachter Abende und auch Nächte geführt, was uns beide scheu machte wie Wildkatzen, die »es« zwar wollen, aber auch davor zurückschrecken.

Wenn Guidry bei mir anrufen sollte und ich nicht antwortete, würde er vermuten, ich bürstete gerade eine Katze oder reinigte gerade ein Katzenklo. Sollte er es daraufhin noch mal versuchen, würde er glauben, ich holte gerade Informationen über einen neuen Kunden ein oder steckte in einem Stau fest. Wenn ich aber nicht zurückrief, würde er sicher annehmen, dass etwas nicht stimmte. Doch selbst in dem Fall würde er nicht vermuten, dass ich entführt worden war. Ich meine, wer wird schon entführt? Die Sprösslinge reicher Eltern. Die Bosse multinationaler Konzerne. Drogenbosse im Auftrag rivalisierender Banden. Politiker in der Dritten Welt. Aber bitteschön doch keine Tiersitter.

Als die Limousine nach rechts abbog, hatte ich längst

die Orientierung verloren. Ich wusste lediglich, dass wir ein gutes Stück nördlich von Sarasota waren. Nach einer Strecke von gefühlten zwei oder drei Meilen fuhren wir wieder nach links. Ich hörte das Aufheulen hochdrehender Motoren und spürte das Rumpeln über Highway-Nahtstellen, weshalb ich vermutete, dass wir auf den Highway 301 eingebogen waren. Nach abermals etlichen Meilen bogen wir wieder nach rechts ab und fuhren so lange geradeaus, dass wir wohl den Interstate Highway 75 gequert haben mussten, ehe wir nach links, zweimal nach rechts und dann wieder links auf eine Straße eingebogen waren, von welcher der Kies gegen die Unterseite der Limousine prasselte.

Abermals ging es links ab, dann kam die Limousine zum Stillstand. Ich hörte elektronische Beep-Geräusche, als würde jemand ein Tastenfeld benutzen, dann ein Schleifgeräusch wie von Metall auf Asphalt. Dann rollte die Limousine abermals ein kurzes Stück nach vorne und blieb stehen.

Einer der Männer zog mir die Mütze vom Kopf. »Okay, Kleines, wir sind da.«

Ich sah aus dem Fenster auf ein gepflastertes Areal, auf dem ein Flugzeug vor einem Hangar stand. Mit Flugzeugen kenne ich mich nicht allzu gut aus, aber mir war klar, für ein Privatflugzeug war diese Maschine ziemlich groß. Ein kunstvoll mit Bäumen und blühenden Sträuchern bepflanzter Streifen trennte den Hangar von einem weitläufigen Haus mit niedriger, geschwungener Dachlinie. Der Hangar sah beinahe aus wie eine gewöhnliche freistehende Garage, nur dass der Bau groß genug war für ein ziemlich großes Flugzeug.

Ein großgewachsener, breitschultriger Mann trat aus dem Hangar wie Donald Trump höchstpersönlich, gerade im Begriff, jemanden zu feuern. Er war von mittlerem Alter, hatte graumeliertes, von einer Stirnglatze streng zurückgekämmtes Haar, eisblaue Augen und ein Pferdegesicht, das eigentlich nicht schlecht aussah, hätte er nicht so finster dreingeblickt.

Der Fahrer der Limousine ließ das Fenster heruntergleiten und grinste. »Hi, Tuck. Hier ist die Kleine. Wir haben sie vom Haus des Alten aus verfolgt.«

Der Mann beugte sich herunter, um ins Auto zu sehen, und die beiden maskierten Männer packten mich noch fester an den Armen und drehten mich herum, um mich zur Besichtigung freizugeben. Ich tat mein Bestes, keine Furcht zu zeigen, als ich ihm finster entgegenblickte.

Sein Blick glitt einige Male an mir auf und ab, woraufhin er den Mund verzog und kurz ein erschrockenes Gesicht machte. Dann kehrte seine eiskalte Arroganz zurück. »Das ist die Falsche!«

Der Fahrer drehte sich halb nach mir um, um mich anzusehen. »Sicher?«

»Natürlich bin ich mir sicher! Meine Güte, bin ich denn von lauter Trotteln umgeben!«

Sein kalter Blick fixierte mich. »Ma'am, Sie sollen wissen, dass ich damit nichts zu tun habe. Ich weiß absolut nichts darüber, was diese Männer im Schilde führen.«

Seine Wut wieder auf den Fahrer gerichtet, sagte er: »Sieh zu, dass du mir diese peinliche Angelegenheit vom Hals schaffst, Vern!«

»Vom Hals schaffen in der Bedeutung von ...«

»Nein, du Volltrottel! Ich meine, schaff die Sache aus der Welt! Ohne dass jemand verletzt wird! Verstanden?«

Hinter ihm waren noch einige weitere Männer aus dem Hangar hervorgekommen, um einen Blick auf die falsche Geisel auf dem Rücksitz der Limousine zu erhaschen. Ich hatte den Eindruck, mit ihnen wäre ich sehr viel besser dran als mit Vern, weshalb ich versuchte, zu quieken und zu quietschen, so laut ich konnte, es eilte aber niemand herbei, um mir das Isolierband vom Mund zu reißen.

Mit dem Klang verletzter Ehre und anmaßender Selbstgerechtigkeit in der Stimme sagte Vern: »Was soll ich denn jetzt bloß mit ihr machen?«

»Du hast die Sache doch verbockt. Also sieh zu, was du jetzt machst! Und lass dich hier erst wieder blicken, wenn du zur Vernunft gekommen bist.«

Er schlurfte zurück in den Hangar, und die Rolltore glitten langsam herab. Vern wartete, bis die Tore schließlich mit dem dumpfen Geräusch finaler Endgültigkeit auf dem Pflaster aufsetzten. Dann startete er wutentbrannt den Wagen, wendete mit quietschenden Reifen und raste durch die offene Einfahrt nach draußen. Ich konnte zwar nichts sehen, aber ich war mir sicher, dass sich die Tore hinter uns schlossen. Ich fragte mich, ob der Mann den Code zum Öffnen des Tors ändern würde.

Die Männer auf dem Rücksitz ließen mir etwas mehr Spielraum. Einer von ihnen wandte sich mir zu und sprach durch den Schlitz in seiner Maske.

»Da haben wir wohl einen Fehler gemacht.« Er klang zuversichtlich, als glaubte er, ich würde die Sache vergessen.

Der andere sagte: »Vern, was soll denn jetzt mit der Kleinen passieren?«

Das hätte ich auch gern gewusst.

Sie hatten mir die Mütze nicht wieder aufgesetzt, und in dem Spiegel im Armaturenbrett an der Fahrerseite konnte ich sehen, wie Verns Stirn sich in der Anstrengung darüber kräuselte, was er nun mit mir anstellen sollte. Ziemlich klar war, dass mir, was auch immer ihm einfallen würde, nicht sonderlich gefallen würde.

Er fasste mich im Spiegel ins Auge. »Du hast keine Chance, Lady. Wenn du nicht dichthältst, sagen wir einfach, dass du lügst. Du stehst alleine da mit deiner Aussage.«

Ich nickte und versuchte einen kleinmütigen Eindruck zu machen, was mich einiges an Überwindung kostete. Ich versuchte, auch verängstigt zu wirken, was mir keinerlei Probleme bereitete.

Wir traten die Rückfahrt an, zuerst entlang der kurvigen einspurigen Schotterpiste, dann über einige Straßen, an denen die Grundstücke mindestens ein Tagwerk groß waren, mit hier und da ein oder zwei grasenden Pferden drauf. Ich wusste, wir waren in den Außenbezirken irgendeiner Kleinstadt, aber die Gegend war mir nicht vertraut. Dazu kam, dass Vern anscheinend gar keine feste Route im Kopf hatte, sondern einfach ziellos drauflos fuhr, in der Hoffnung, ihm würde etwas einfallen.

Schließlich näherten wir uns einer Auffahrt zum Interstate Highway 75, wo es eine Raststätte mit Tankstellen und diversen Fastfood-Läden gab. Vern bog auf einen freien Parkplatz hinter einer »Friendly's«-Filiale. Mit dem Motor im Leerlauf wandte er sich mir zu.

»Okay, es geht folgendermaßen weiter. Wir nehmen dir jetzt die Fesseln ab, lassen dich frei und hauen ab. Du wirst uns nicht dabei beobachten. Wenn wir weg sind, kannst du zu Friendly's latschen und dir ein Taxi rufen. Das wird dich dorthin zurückbringen, wo wir dich aufgegriffen haben. Und du wirst die Klappe halten und keinem was von der Sache erzählen. *Comprende?*«

Ich nickte, versuchte aber gleichzeitig mir sein Gesicht zu merken, während er sprach. Die obere Zahnreihe war bei ihm ganz bedeckt, während die unteren Zähne, Raucherzähne, am Ansatz schwarz waren, bei magentafarbenem Zahnfleisch. Beim Sprechen waren die Unterzähne sichtbar, was ihm das Aussehen einer Bulldogge verlieh. »Wenn du uns verrätst, schnappen wir dich. Und beim nächsten Mal wird garantiert keine Fahrt ins Blaue daraus. Kapiert?«

Ich nickte abermals. So heftig wie ich nur konnte.

Er sagte: »Okay, nehmt ihr die Fesseln ab.«

Damit meinte er, sie sollten das Isolierband durchtrennen, womit sie mir die Hand- und Fußgelenke zusammengebunden hatten. Was isoliert man eigentlich mit Isolierband? Ich weiß lediglich, mittlerweile auch aus eigener Erfahrung, dass das Zeug Kidnappern ihr Handwerk deutlich erleichtert.

In den Sturmhauben konnte ich die Augen der Männer

erkennen, und ich hatte den Eindruck, sie wirkten verunsichert und auch irgendwie betreten. Was man von Vern nicht gerade behaupten konnte. Vern war wie jeder Loser auf dieser Welt nur mit Selbstmitleid beschäftigt.

Ich war gelehrig wie eine Ragdoll-Katze und verhielt mich absolut ruhig. Als sie das Isolierband von meinen Hand- und Fußgelenken entfernt hatten, drückte mir Vern einen 50-Dollar-Schein in die Hand.

»Für's Taxi.«

Einer der anderen Männer murmelte zustimmend. Dann öffneten sie die Autotür und machten Platz, damit ich aussteigen konnte. Kaum war ich draußen, knallte die Autotür zu, und die Limousine raste vom Parkplatz. Ich hätte mich entgegen unserer Abmachung umdrehen können, um die Nummernschilder zu identifizieren, aber der Wagen war außer Sichtweite, bevor mein Körper überhaupt aufgehört hatte zu zittern.

Vorsichtig hob ich das Isolierband an einer Ecke an, um es dann nach und nach von meinem Mund abzuziehen. Das fühlte sich an, als ob ein Teil meiner Lippe gleich mit abgehen würde, aber es blutete nicht. Das Klebeband zwischen Daumen und Zeigefinger weit von mir haltend, wankte ich nach vorne zum Eingang des Restaurants. Eine Familie kam gerade heraus, und der Vater hielt mir die Tür auf. Ich bedankte mich bei ihm und steuerte direkt das hinten liegende Damenklo an.

Wie ich gehofft hatte, befand sich neben einer ganzen Reihe von Waschbecken ein Spender für Papierhandtücher an der Wand. Es waren diese glatten, braunen Tücher, zum Händetrocknen gänzlich ungeeignet, dafür aber ideal, um Fingerabdruckspuren auf einem Stück Isolierband zu sichern. Ich zog ein Handtuch heraus, wickelte es lose um das Klebeband, welches ich dann in einer der Taschen meiner Cargohose verschwinden ließ. Dann lehnte ich mich an den Tresen und zitterte erst einmal eine ganze Weile.

Adrenalin hat diese Wirkung. Nachdem ich meine Fassung mehr oder weniger wiedererlangt hatte, ging ich auf die Toilette, wusch mir dann das Gesicht und die Hände und begutachtete meine geschwollenen Lippen im Spiegel. Frauen, die gerne Lippen wie Angela Jolie hätten, können teure Collagenspritzen komplett vergessen. Es genügt völlig, wenn sie sich alle paar Tage ein Stück Isolierband vom Mund reißen.

Jetzt blieb mir nur noch, mein Handy aus der Tasche zu ziehen und Guidry anzurufen.

# 4

Ich ging nicht allzu sehr ins Detail, erzählte Guidry lediglich, ich sei von ein paar Typen in eine Limousine gezerrt, zu einem Haus irgendwo in der Nähe von Bradenton verschleppt und an dieser »Friendly's«-Filiale wieder freigelassen worden.

Er sagte: »Bist du okay?«

Ich erwiderte Ja, und er sagte, er wäre in einer halben Stunde hier.

Vom Damenklo ging ich ins Lokal und setzte mich an einen Fenstertisch. Ich zitterte wieder am ganzen Leib, aber dieses Mal nicht wegen des Adrenalinschubs und des schrecklichen Erlebnisses, sondern weil ich seit Stunden nichts gegessen hatte. Die Kellnerin brachte die Speisekarte, aber ich wollte unbedingt sofort Kaffee, worauf sie mir nicht nur einen randvoll gefüllten Becher brachte, sondern auch gleich noch stehenblieb, um mir bereitwillig nachzuschenken.

Ich zuckte zusammen, als ich spürte, wie der heiße Kaffee auf meinen Lippen brannte. Die Kellnerin machte ein besorgtes Gesicht.

Ich sagte: »Ich hab hypersensitive Lippen.«

Sie nickte, aber ihr war eindeutig klar, dass mehr dahintersteckte. Ich stand kurz davor, ihr zu erklären, dass ich mir Klebeband von den Lippen gezogen und dabei die oberste Schicht der Haut gleich mit abgerissen hatte, ließ es aber dann doch bleiben. Stattdessen bestellte ich einen Cheeseburger und eine Portion extraknuspriger Bratkartoffeln.

Die Kellnerin musste bemerkt haben, dass ich vor Hunger fast in die Tischplatte gebissen hätte, denn sie sagte: »Dauert nur ein paar Minuten. Is noch nich viel los jetzt.«

Sie schenkte mir Kaffee nach und düste davon, um meine Bestellung weiterzugeben. Währenddessen ließ ich, den Blick aus dem Fenster gerichtet, die Ereignisse Revue passieren. Irgendeine weibliche Person sollte entführt werden, aber die Entführer waren so bescheuert und hatten sich mich geschnappt. Es erforderte nicht viel Fantasie, um zu wissen, dass Ruby die eigentlich gemeinte Person war. Vern hatte gesagt: »Ich hab sie vom Haus des Alten aus verfolgt.« Damit konnte nur Mr Sterns Haus gemeint sein. Dazu kam die äußere Ähnlichkeit. Ich war zwar zehn Jahre älter als Ruby, aber wir waren beide blond und hellhäutig, beide waren wir circa einssechzig groß und beide hatten wir die Kleidergröße 36.

Ich hatte Verns Gesicht gesehen und würde ihn jederzeit identifizieren können. Die beiden anderen Männer hatten Sturmhauben, aber keine Handschuhe getragen, und ich hatte womöglich gute Fingerabdrücke von dem Isolierband, das sie mir auf den Mund geklebt hatten.

Fingerabdrücke sind nur von Wert, wenn es ein Pendant dazu in IAFIS gibt, dem Integrated Automated Fingerprint Identification System. Diese Datenbank des FBI enthält Millionen von Fingerabdrücken von Kriminellen, von Leuten, denen der Fingerabdruck bei einer Bewerbung abgenommen wurde, sowie einem Großteil ranghoher Militärs und einfacher Soldaten, vor allem solchen, die nach 2000 eingetreten sind. Wenn nun meine Entführer nicht im Strafregister erfasst waren, nie Kontakt zu einem Arbeitgeber gehabt hatten, der Fingerabdrücke verlangte, oder nie beim US-Militär gedient hatten, wären sie aufgrund ihrer Fingerabdrücke nicht zu identifizieren.

Während mir all das durch den Kopf ging, brachte die Kellnerin meinen Cheeseburger und die Bratkartoffeln. Sie goß mir eine weitere Tasse Kaffee ein, zögerte dann einen Moment lang, als befürchtete sie, ich könnte mir den ganzen Burger auf einmal in den Mund schieben und daran ersticken, ehe sie mir ein mütterliches Lächeln schenkte und mich alleine ließ.

Der Burger war vorzüglich, mit mittelscharfem Senf, einer Scheibe Schmelzkäse, Tomate, Salat und Zwiebelringen, deren Anblick mir schon das Wasser in die Augen trieb. Da es aber jetzt einen Mann in meinem Leben gab und ich auf meinen Atem achten musste, verzichtete ich auf die Zwiebeln.

Salz und Senf brannten auf meinen offenen Lippen, aber ich schaffte es schließlich, die Lippen beim Zubeißen so weit zurückzuziehen, dass nur die Zähne das Essen berührten. Ich habe Pferde gesehen, die das genauso machen. Vielleicht sind deren Lippen ja auch sehr empfindlich. Die Kellnerin goss mir eine weitere Tasse Kaffee nach, als ich die letzte Scheibe von meinen Bratkartoffeln verdrückt hatte. Nachdenklich hielt ich die Tasse mit beiden Händen umfasst, als ich Guidry auf mich zustapfen sah.

Die meisten Mordermittler tragen Polyesteranzüge, dazu bügelfreie Kurzarmhemden und abgewetzte braune Schnürschuhe. Sie tragen stets unmoderne, entweder zu schmale oder zu breite Krawatten, und die Hemden drohen aufgrund der zehn Pfund, welche die Herren seit dem Kauf zugelegt haben, stets zu platzen. Guidry hingegen trägt coole ungefütterte Leinenjacketts mit passend dazu kombinierter Hose. Die Jacketts umspielen seine Schultern auf eine Weise, die unmissverständlich klarmacht, sie wurden von einem stilbewussten Italiener geschneidert. Die Ärmel sind lose über gebräunten Unterarmen hochgeschoben. Die Hosen sind exakt in dem Maß verknittert, welches den Kenner an Baumwolle denken lässt, wie sie nur unter ägyptischer Sonne gedeiht. Seine Hemden bestehen aus feinstem Wirkmaterial, möglicherweise aus Seide oder aus einer Faser von Insekten gesponnen, deren Namen ich nicht einmal kenne. An seinen nackten Füßen trägt er Sandalen aus Flechtleder. Gutem Leder, nicht dieses billige Zeug, das aussieht wie Pappe. Er trägt nie Krawatten, und lässt den oberen Knopf am Hemd stets offen. Unten an seinem Hals befindet sich ein kleines Grübchen zwischen den Schlüsselbeinen, das wie geschaffen erscheint für meine Lippen. Es duftet nach sauberer Haut und Ehrlichkeit.

Er wirkte ruhig und gelassen wie immer, aber die Falten um seine Lippen herum schienen tiefer als sonst, und seine grauen Augen blitzten. Er glitt auf einen Stuhl mir gegenüber und blickte mir ins Gesicht.

Er sagte: »Bist du wirklich okay?«

Ich nickte. »Sie haben mir eine Mütze über den Kopf gezogen und mich an Händen und Füßen mit Klebeband gefesselt, aber wehgetan haben sie mir nicht.«

»Deine Lippen sind geschwollen.«

»Da haben sie auch Klebeband drüber gemacht. Das hab ich aufgehoben wegen der Fingerabdrücke.«

»Hast du eine Ahnung, wer sie waren?«

»Sie waren zu dritt. Der Typ am Steuer nannte sich Vern. Hellhäutig, ungefähr vierzig, breite Schultern. Ich hab ihn nur sitzend gesehen, aber er schien mir ziemlich groß. Die anderen beiden waren auch hellhäutig, mittelgroß, mittelschwer. Sie trugen Sturmhauben. Einen hab ich sprechen gehört, aber seine Stimme war unauffällig.«

»Was hat er denn gesagt?«

»Er sagte: ›Da haben wir wohl einen Fehler gemacht.‹«

Guidry runzelte fragend die Stirn.

Ich sagte: »Sie hatten es auf eine andere Frau abgesehen.«

»Welche andere Frau?«

»Ich bin mir ziemlich sicher, sie haben mich mit einer Frau namens Ruby verwechselt, die Enkelin eines gewissen Mr Stern. Ich kümmere mich um seinen Kater, weil er einen Bizepsriss hat. Der Mann, nicht der Kater. Letzterer ist ein großer roter Kurzhaarkater namens Cheddar. Ein richtiger Brummer.«

Guidrys graue Augen blickten hoffnungslos drein wie immer, wenn ich von Tieren rede.

Ich sagte: »Sie karrten mich zu einem Mann namens Tuck. Neben seinem Haus befindet sich ein Hangar samt Landepiste für einen Privatjet. Dieser Tuck kam uns aus dem Haus entgegen. Als hätte er uns schon erwartet. Vern sagte: ›Hier ist sie.‹ Darauf erwiderte Tuck, als er mich sah: ›Das ist die Falsche.‹ Er war wütend auf Vern und riet ihm, sie sollten mir bloß nichts tun. Bei mir entschuldigte er sich und sagte, er wüsste von nichts und hätte nichts damit zu tun, was aber sicher nicht stimmt.«

»Wo warst du denn, als sie dich überwältigt haben?«

»Village Diner. Auf dem Parkplatz. Sie kamen angefahren und haben sich direkt neben mich gestellt.«

»Hatten Sie dich denn zuvor schon verfolgt?«

Ich zögerte, weil ich nicht zugeben wollte, dass ich unachtsam gewesen war. »Dieselbe Limousine war mir schon früher aufgefallen, aber auf der Higel Avenue kamen andere Autos dazwischen. Ich hab sie nicht gesehen, als ich auf den Ocean Drive einschwenkte, aber sie müssen hinter mir gewesen sein.«

»Wo warst du denn, als du sie zuvor hinter dir gesehen hast?«

Ich erklärte ihm, wo Mr Stern wohnte. »Als ich bei Mr Stern wegfuhr, stand die Limousine ein paar Häuser weiter weg. Sie heftete sich an meine Fersen und blieb dicht hinter mir, bis ich auf die Higel einbog. Vern sagte zu Tuck, er hätte mich vom Haus des ›Alten‹ aus verfolgt, als wüssten sie beide, wer ›der Alte‹ sei. Er meinte garantiert Mr Sterns Haus.«

Ich berührte meine wunden Lippen. »Ruby wohnt da nicht, aber es gibt ein Zimmer extra mit einem Kinderbett. Deshalb muss sie früher schon mal längere Zeit dort gewesen sein. Sie war woanders hingegangen, kam aber an dem Vormittag zurück, als ich dort war. Ruby ist mindestens zehn Jahre jünger als ich, aber wir sehen uns sehr ähnlich. Sie hat ein ganz entzückendes Baby, ungefähr vier Monate alt, heißt Opal.«

Guidrys Gesicht nahm denselben Ausdruck an, wie wenn ich von Tieren spreche. »Kennst du Rubys Familiennamen?«

Ich schüttelte den Kopf. »Mr Stern zufolge ist sie eventuell mit einem Rennfahrer namens Zack verheiratet. Anscheinend glaubt er, Ruby habe ihn angelogen, was die Heirat betrifft.«

»Zack Carlyle?«

Er sprach den Namen auf eine so bestimmte Art und Weise aus. Fast hätte man glauben können, Zack Carlyle wäre eine prominente Persönlichkeit, aber mein ahnungsloses Gesicht verriet ihm wahrscheinlich sofort, dass ich den Namen nie zuvor gehört hatte.

Er sagte: »Um auf diesen Tuck zurückzukommen. War das östlich des I-75?«

Ich nickte. »Das ist diese superreiche Gegend, wo jedes Anwesen einen Hangar und eine Landebahn hat.«

»Mit Tuck könnte Kantor Tucker gemeint sein. Steinreich, fliegt seinen eigenen dicken Jet und hat jede Menge wichtiger Kontakte.«

Auch dieser Name sagte mir nichts. Wieder einmal musste ich feststellen, dass es bei mir doch die eine oder andere Wissenslücke gab. So klug war ich gar nicht. Ich hasse es, wenn das passiert.

Guidry blickte auf mich herab und zuckte mit den Mundwinkeln. »Vern und seine Jungs haben dich also hierher kutschiert und freigelassen?«

»Vern hat mir 50 Dollar Fahrgeld fürs Taxi gegeben.«

»Wie großzügig.«

»Ich hab einen Cheeseburger verdrückt und will mit Verns Fünfziger bezahlen. Willst du auch einen?«

Er lehnte ab und schenkte mir sein berühmtes Strahlelächeln, bei dem es mir seit jeher in den Zehen kribbelte.

Mein Cheeseburger und der Kaffee kosteten mit Steuer etwas über zehn Dollar. Den Rest von dem Fünfziger ließ ich der Kellnerin als Trinkgeld liegen.

# 5

Auf der Fahrt zurück nach Sarasota schwiegen Guidry und ich. Was Guidry dachte, wusste ich nicht, aber ich dachte mir, dass diese Entführung, sollte ich sie anzeigen, in allen ihren Einzelheiten zu den öffentlich verfügbaren Behördendaten gehören würde. Was bedeutete, dass auch Lokalreporter, die den Polizeibericht auf der Suche nach Neuigkeiten durchstöbern, darauf stoßen würden. Was wiederum bedeutete, dass mein Privatleben öffentlich zur Schau gestellt würde. Abermals.

Gedanklich spielte ich zwei Möglichkeiten mit ihren Konsequenzen durch. Ich könnte den Fall zur Anzeige bringen und der Strafverfolgung dabei behilflich sein, Vern und seine Kompagnons zu identifizieren, oder aber ich könnte die Angelegenheit komplett unter den Teppich kehren.

*Wenn* ich denn Vern auf Fahndungsfotos identifizieren konnte, und *wenn* die Fingerabdruckspuren auf dem Klebeband nicht zu verschmiert waren und *wenn* die IAFIS-Datenbank korrespondierende Fingerabdrücke enthielt, dann könnte die Polizei den Mann identifizieren, der mir den Mund zugeklebt hatte. All diese Wenns waren wichtig, denn das Klebeband war der einzige verfügbare Beweis, dass die Entführung überhaupt stattgefunden hatte. Sollte das Klebeband keine verwertbaren Fingerabdrücke aufweisen, wäre dieser Beweis null und nichtig.

Sollten Vern und seine Kumpane vor Gericht landen, dann war mir klar, wie das ablaufen würde. Die Anwälte würden damit argumentieren, dass die Entführung gar nicht stattgefunden hätte, und dass ich, selbst wenn sie stattgefunden hatte, nicht verletzt worden war, nicht über Staatsgrenzen hinweg verschleppt, nicht vergewaltigt und nicht mit einem Messer oder einer Schusswaffe bedroht worden war. Sie würden behaupten, es habe sich um keine richtige Entführung gehandelt, weil niemand Lösegeldforderungen gestellt hatte. Sie würden vorgeben, die Täter hätten sich mit einem harmlosen Ausflug lediglich ein Späßchen mit mir erlaubt. Sie würden selbstgerechte Mienen aufsetzen und behaupten, dass Vern, sobald er bemerkt hatte, dass ich die Sache nicht als Spaß ansah, mich laufen lassen und mir sogar noch Fahrgeld mitgegeben hatte.

Ein gerissener Anwalt würde mich als wehleidige Neurotikerin hinstellen, die sich selbst zu ernst nahm. Selbst wenn ein Geschworenengericht eine gewisse Gewalteinwirkung konstatieren würde, würde die Strafe nicht sonderlich gravierend ausfallen.

Und dann war da noch dieser steinreiche Kantor Tucker, der sicher ableugnen würde, mich je gesehen zu haben. Er stand im Blickpunkt der Öffentlichkeit, und wenn ich behaupten sollte, ich sei entführt und zu ihm gebracht worden, hätten die Medien einen Heidenspaß daran, darüber zu berichten, Vern hätte mich für Tucker geschnappt, Tucker jedoch hätte mich abgewiesen. Zu allem Übel würde ich dann noch als abgelehntes Entführungsopfer lächerlich gemacht werden.

Ich sagte: »Ich werde nicht zur Polizei gehen.«

Guidry warf mir einen kurzen Blick von der Seite zu. »Du musst dich von diesen Ängsten lösen, Dixie.«

»Du hast leicht reden. Du bist ja nicht von der Presse an den Pranger gestellt worden.«

Ich klang verbittert und voller Selbstmitleid, was mir mehr zu schaffen machte als die Erinnerung an gewisse Fernsehbilder, auf denen ich mich bei der Beerdigung von Todd und Christy wutentbrannt auf eine Reporterin stürzte. Mein Gesicht war zu einer Grimasse verzerrt, und wenn Michael und Paco mich nicht zurückgehalten hätten, hätte ich die

Frau vielleicht vor laufender Kamera erwürgt. Sie hatte mir ein Mikrofon unter die Nase gerempelt und mich gefragt, was für ein Gefühl es sei, Mann und Kind auf so sinnlose Weise zu verlieren. Ich war schier ausgerastet vor Wut. Beim nächsten Mal, als ich es in die Medien schaffte, hatte ich einen Mann umgebracht. Dieses Mal galt ich als Heldin, aber das Gefühl, beschmutzt worden zu sein, als ich meinen Namen in den Schlagzeilen las, war genauso unangenehm wie beim ersten Mal. Ich wollte ihn nicht noch einmal darin sehen, hatte keine Lust auf die Schlagzeile: TIERSITTERIN ENTFÜHRT.

Aber ich wusste, wie Guidry darüber dachte: Man sollte ein Verbrechen nicht allein aus dem Grund verschweigen, weil man sich vor den Medien und der Öffentlichkeit fürchtet. Wenn ich den Fall nicht anzeigen würde, würden Kriminelle straflos davonkommen, die eine Frau wie ein Objekt behandelt und nach Lust und Laune durch die Gegend gekarrt hatten. Aus dem Gefühl der Unverwundbarkeit heraus könnten sie womöglich gleich das nächste Verbrechen begehen, und dann würde die Sache vielleicht weniger glimpflich ausgehen.

In die Defensive gedrängt, sagte ich kleinlaut: »Wenn ich überzeugt davon wäre, eine Anzeige hätte eine schwere Geld- oder Haftstrafe zur Folge, sähe die Sache anders aus.«

Guidry antwortete nicht, aber an der Art, wie er die Lippen aufeinanderpresste, konnte ich erkennen, dass er eine schwere Bestrafung von vornherein ausschloss. In demokratischen Rechtsstaaten ist es paradoxerweise manchmal so, dass das Recht mehr auf der Seite der Rechtsbrecher steht als auf der Seite derer, die sich an die Gesetze halten. Das passt mir überhaupt nicht, aber andererseits würde ich auch nicht gerne in einem Staat leben, in denen irgendein durchgeknallter Diktator die Spielregeln diktiert.

Wir fuhren eine Weile schweigend weiter. Dann sprach Guidry aus, was ich eigentlich hätte erwarten müssen, aber nicht erwartet hatte. »Dixie, ich bin vereidigter Polizeibeamter. Ich muss jedes Verbrechen anzeigen, von dem ich Kenntnis habe.«

Einen Moment lang fühlte ich mich verraten, obwohl ich wusste, dass er recht hatte. Im nächsten Moment wünschte ich, ich hätte mir für Verns Geld ein Taxi genommen und den ganzen Vorfall verschwiegen, wusste aber, dass das auch falsch gewesen wäre, denn ich wollte auf keinen Fall Geheimnisse haben in meiner Beziehung zu Guidry. Geheimnisse bewirken manchmal kleine Sprünge im Gefüge zweier Menschen, die sich zuweilen zu Abgründen auswachsen.

Ich rutschte in Richtung Vorderkante und stemmte mich mit meinen Keds am Boden fest, denn ich wusste, Guidry würde mich direkt zum Sheriff's Office am Ringling Boulevard bringen. Dort würde man mir Fahndungsfotos gesuchter Straftäter vorlegen, deren Aussehen ungefähr zu jenem Verns passten.

Genau das tat er auch. Leider haben Leute mit festen Wertvorstellungen diese ständig und permanent, auch in ungünstigen Momenten. Also zeigte ich das Verbrechen an, gab das Stück Isolierband ab, das ich mir vom Mund gezogen hatte, und sah mir zwei Stunden lang Fahndungsfotos an. Kein einziges dieser Gesichter glich der Visage Verns.

Als die Ermittler mit mir fertig waren, fuhr mich Guidry zu meinem Bronco auf dem Parkplatz des Village Diner. Nachdem er eingeparkt und den Motor abgestellt hatte, wandte er sich mir zu und legte einen Arm um meine Schulter.

»War doch gar nicht so schlimm, oder?«

»Das ist es nicht. Ich fürchte was anderes. Das weißt du ganz genau.«

Er strich mit dem Daumen über mein Schlüsselbein. »Hör zu, es ist in der Tat schlimm, wenn du in der Presse bloßgestellt wirst. Aber wart doch erst mal ab. Du reagierst auf etwas, das noch gar nicht eingetreten ist.«

In Situationen wie dieser wünsche ich mir immer, ich würde Kaugummi kauen. Dann könnte ich eine große Blase machen und sie direkt vor dem Gesicht der Person platzen lassen, die recht hat, wenn ich im Unrecht bin. Da diese Variante ausschied, schob ich wie ein zweijähriges Mädchen einfach die Unterlippe ein Stück weit vor.

Guidry tätschelte meine Schulter, als wäre ich ein junger Welpe. »Ich begleite dich nach Hause und werfe einen Blick in dein Appartement, um zu sehen, ob alles in Ordnung ist.«

Ich blickte ihn cool an. »Heute Morgen hat mich ein Mann aus seiner Einfahrt rausgewinkt. Sie war schnurgerade.«

»Willst du damit sagen, ich sei auch so ein Kontrollfreak?«

Ich beugte mich nach vorne und küsste seine Wange. »Ich meine damit, ich bin eine erwachsene Frau und brauche niemanden, der mich nach Hause begleitet. Zumindest keinen, der mein Appartement kontrolliert.«

Er atmete tief durch. »Sollte dir diese Limousine wieder mal über den Weg laufen, notier dir das Kennzeichen.«

»Mach ich.«

»Und pass auf dich auf, wenn du nach Hause fährst.«

»Mach ich.«

Er zog mich zu sich heran und küsste meine wunden Lippen so sanft, dass ich das Gefühl hatte, von Schmetterlingsflügeln berührt zu werden. Ein guter Küsser jedoch kann selbst in den zartesten Kuss jede Menge Leidenschaft legen, und Guidry ist ein hervorragender Küsser. O ja, das ist er. Vielleicht habe ich sogar leicht geschwankt, als ich von seinem Auto in meinen Bronco umstieg. Hoffentlich hat er nichts bemerkt. Immerhin habe ich meinen Stolz.

Er wartete, bis ich den Bronco gestartet und den Parkplatz verlassen hatte, um mir bis zur Midnight Pass Road zu folgen, wo ich links nach Süden abbog. Zum Abschied hupte er und bog in Richtung Norden ab. Mit einem bescheuerten Grinsen auf dem Gesicht machte ich mich auf den

Nachhauseweg. Irgendwie hatte dieser Kuss das schaurige Erlebnis dieses Vormittags ein bisschen ausgeglichen.

Die Aussicht, die Medien könnten Wind von der Sache kriegen, fand ich alles andere als entzückend. Und ich war auch nicht sonderlich optimistisch darüber, ob Vern und seine Kumpel ihre gerechte Strafe kriegen würden. Trotzdem fand ich es feige von mir, auch nur darüber nachzudenken, die Sache geheimzuhalten, und ich war froh darüber, dass Guidry mich dazu gedrängt hatte, das einzig Richtige zu tun.

Weiterhin wusste ich, dass die mit der Untersuchung befassten Beamten nur zwei Nanosekunden brauchen würden, um herauszufinden, wer Vern war, obwohl ich sein Gesicht auf den Fahndungsfotos nicht erkannt hatte. Ich hatte keine Idee, was danach geschehen würde, aber ich kannte zumindest zwei Polizisten – Guidry und Paco –, die ein höchst persönliches Interesse am Verlauf der Ermittlungen hatten.

Guidry würde nicht unter den Ermittlern sein, weil er auf Morde spezialisiert war, und Paco würde nicht dabei sein, weil er für Drogenrazzien und Undercoveraktionen zuständig war, aber beide würden die Sache aufmerksam beobachten. Weibliche Logik ließ mich diese Art von männlichem Schutzverhalten für gut befinden, im Gegensatz zu Guidrys Angebot, mich nach Hause zu begleiten, oder Mr Sterns Anmaßung, mich aus einer schnurgeraden Einfahrt herauszuwinken.

Wie ein Jagdhund, der Lunte gerochen hat, verfolgte ich in meinem Geist verschiedene Spuren. Bei Vern hatte ich nicht den Eindruck, er wäre zu selbstständigem Handeln in der Lage, weshalb ich Zweifel daran hatte, er hätte mich einfach zufällig gesehen und beschlossen, mich zu schnappen, als ich Mr Sterns Haus verließ. Wenn ich recht vermutete, hat ihn jemand damit beauftragt, mich zu Kantor Tucker zu bringen. Aber wer? Tucker konnte unmöglich wissen, dass ich bei Stern im Haus war, also kam er nicht in Betracht. Und natürlich hätte auch Mr Stern niemals Vern angerufen und ihn beauftragt, mich zu verfolgen und zu entführen.

Mir kam die Frau in den Sinn, die mich so fuchsteufelswild aus ihrem Fenster im Obergeschoss angesehen hatte. Der Zorn stand ihr geradezu ins Gesicht geschrieben, als hätte sie persönlich eine Rechnung mit mir offen. Konnte sie mich möglicherweise mit Ruby verwechselt und Vern damit beauftragt haben, mich zu überwältigen? Wenn ja, was war der Grund, warum sie Ruby entführen und zu Kantor Tucker bringen lassen wollte?

Die wichtigste Frage überhaupt war natürlich die, was mit Ruby geschehen wäre, hätte Vern sie und nicht mich erwischt.

Wie auch immer die Antwort auf diese Fragen ausfallen würde, ich musste Ruby darüber informieren, dass sie jemand auf dem Kieker hatte. Aber damit würde ich mich unweigerlich wieder in das Leben eines anderen Menschen einmischen, obwohl ich mir geschworen hatte, es nie wieder zu tun. Aber manchmal muss man eben Flagge zeigen, besonders, wenn es um Leben und Tod eines anderen Menschen geht. Und in diesem Fall sagte mir mein Gefühl eindeutig, es ging definitiv um Leben und Tod.

# 6

Sonnenlicht, Feuchtigkeit und vom Strand aufgewirbelter Sand haben alle scharfen Konturen auf Siesta Key gemildert. Die Umrisse der Hibiskusblüten sind verschwommen, die Palmwedel wirken an den Rändern leicht ausgefranst. Selbst die Dornen der Bougainvilleen geben sich just an ihrer Spitze so vage, als ob sie demnächst auf die Idee kommen könnten, gar nicht mehr zu stechen. Alle Linien auf der Insel sind sanft wellig geschwungen und in Unschärfe gehüllt.

Siesta Key erstreckt sich von Norden nach Süden über eine Ausdehnung von acht Meilen. Im Westen grenzt die Insel an den Golf von Mexiko, im Osten an die Roberts Bay und Little Sarasota Bay. Wir können uns rühmen, einige der schönsten Sandstrände der Welt zu haben, einige der reichsten Promis unter den Teilzeitbewohnern und einen unablässigen Zustrom immer neuer, sonnenhungriger Kurzzeittouristen. Bei uns gibt es auch alle Arten von Singvögeln und Watvögeln, die man sich nur vorstellen kann, Seekühe und Delfine, hier und da Haie sowie eine halbtropische Vegetation, unter der wir ersticken würden, hielten wir sie nicht ständig mit unseren Heckenscheren in Schach. Auf Siesta Key wurde ich geboren, und dort werde ich auch sterben. Würde ich fortziehen, wäre ich ganz gewiss nicht mehr ich selbst.

Die Midnight Pass Road verläuft ungefähr in der Mitte der Insel von der Nord- bis zur Südspitze; von ihr gehen nach Osten und Westen kleinere, gewundene Wohnstraßen ab. Siesta Beach und Crescent Beach, mit Sandstränden wie Puderzucker, liegen auf der Golfseite. Turtle Beach, wo der Sand eher grau und dichter ist, liegt an der äußersten Südspitze.

Ich wohne am Südende von Siesta Key auf der Golfseite, am Ende einer gewundenen, mit Muschelschalen befestigten und von Eichen, Pinien, Palmen und Meertrauben gesäumten Straße. In den Baumwipfeln leben ganze Kolonien von Sittichen, in den Stämmen bauen sich Eichhörnchen ihre Behausungen, und am Boden knabbern Kaninchen am üppigen Grünzeug. Immer wenn ich die letzte Biegung unserer Zufahrtsstraße hinter mir habe und die im Sonnenlicht glitzernden, an den Strand rollenden Wellen vor meinem Blick erscheinen, macht mein Herz einen kleinen Freudensprung; dann bin ich dankbar dafür, dass unser Großvater in den 30er-Jahren des vergangenen Jahrhunderts mit purem Glück ausgerechnet dieses paradiesische Fleckchen Erde entdeckt und für uns gesichert hatte.

Großvater war geschäftlich in Florida unterwegs gewesen, und die Grundstücke hier waren für einen Spottpreis zu haben. Ihm war auf Anhieb sonnenklar, dass hier sein zukünftiges Zuhause sein würde. Aus dem Versandkatalog von Sears, Roebuck & Company kaufte er ein zweistöckiges Holzrahmenhaus, errichtete es mit der Frontseite zum Golf hin ausgerichtet und zog dort zusammen mit meiner Großmutter meine Mutter groß. Sehr viel später, nachdem mein Vater gestorben war und meine Mutter uns verlassen hatte, lebten mein Bruder und ich in diesem Haus bei unseren Großeltern. Damals war ich neun, Michael elf Jahre alt. Nach dem Tod unserer Großeltern übernahmen Michael und sein Lebenspartner Paco das Haus, und vor knapp vier Jahren, nachdem mein Mann und meine kleine Tochter zu Tode gekommen waren, kam ich zurück und bezog das Appartement über dem Carport. Das Haus und das Appartement sind, wie viele alteingesessene Floridaner, alt und verwittert, aber stark und beständig.

Ich parkte das Auto auf meinem Stellplatz im Carport, stieg aus, und sofort schlug mir diese Bruthitze entgegen, wie sie an frühen Nachmittagen oft über der Küste lastet. In diesen Stunden, wenn die glühende Sonne scheinbar näher rückt, lässt der heiße Lufthauch des Meeres alles erschlaffen, und Watvögel und Singvögel verlassen den Strand für eine Siesta. Selbst die Wellen tragen ihre Schaumkronen niedriger, um Energie zu sparen.

Als ich die Treppen zu meinem Appartement hinaufstieg, griff ich zur Fernbedienung, um die metallenen Hurrikan-Rollläden vor der Eingangstür hochzufahren. Am oberen Ende der Treppe angekommen, sah ich schon Ella Fitzgerald, die mir durch die bodentiefe Glastür entgegenblickte. Ella ist ein echter Perser-Glückskatzenmischling, überwiegend jedoch Perser, mit deutlich erkennbaren schwarzen, weißen und roten Flecken. Ihren Namen hat Ella von den spitzen Tönen, die sie von sich gibt und die an Ella Fitzgeralds Scat-Gesang erinnern. Ursprünglich war sie ein Geschenk an mich gewesen, aber sie hatte ihr Herz in kürzester Zeit an Michael und Paco verschenkt, was übrigens auch andere weibliche Wesen ständig tun. Recht geschieht es ihnen.

An der Längsseite meines Appartements erstreckt sich eine überdachte Veranda mit zwei Deckenventilatoren, einer Hängematte in einer Ecke, einem Eiscafétisch und zwei Stühlen. Das Dach bietet zwar einen gewissen Sonnenschutz, aber schon gegen Mittag ist es auf der Veranda fast so heiß wie überall auf der Insel. Ich öffnete die Tür und betrat die angenehm klimatisierten Räume.

Ella streifte um meine Beine und sagte: »Thrripp!«

Ich nahm sie hoch und küsste sie auf die Nase. »Entschuldige die Verspätung, meine Süße, aber ich bin heute entführt worden.«

Sie blickte mir tief in die Augen und zwinkerte langsam, und zwar zweimal, was in der Katzensprache bedeutet *Ich liebe dich*. Ich zwinkerte in derselben Sprache zurück, obwohl mir klar war, sie würde mich fallen lassen wie eine heiße Kartoffel, könnte sie zwischen mir oder Michael und Paco wählen.

Offiziell lebt Ella bei den beiden, aber wir möchten sie nicht länger alleine lassen als unbedingt nötig; deshalb bringt derjenige von den beiden, der das Haus morgens als Letzter verlässt, Ella in meine Wohnung. Wenn ich nach Hause komme, machen wir zwei ein Schläfchen, und sie setzt sich neben mich, während ich den Bürokram erledige, der ja bei einem Tiersittingunternehmen auch anfällt.

Mein Appartement ist ganz in dem neutralen Cremeweiß gehalten, das bereits mein Großvater gewählt hatte, als er es für Verwandtenbesuche gebaut hatte. Andere Leute mögen das als spartanisch unterkühlt empfinden, aber ich finde es herrlich. Im Wohnzimmer gibt es ein kleines Zweiersofa und einen Clubsessel mit einem Überwurf aus grünem, mit roten und gelben Blumen bedruckten Leinen. Meine Großmutter hatte das Set für ihr kleines Refugium gekauft, in das sie sich zurückziehen wollte, um mal ihre Ruhe vor uns zu haben, aber ich glaube nicht, dass sie oft darauf gesessen hat. Es gibt auch noch einen Couchtisch und einige Beistelltische mit Lampen darauf. Keine Bilder an den Wänden. Keine Zimmerpflanzen. Kein unnötiger Krimskrams.

Eine Einpersonen-Bar trennt das Wohnzimmer von der Küche, die in etwa die Grundfläche einer Briefmarke mancher Entwicklungsländer hat. Ein Fenster über der Spüle gibt den Blick auf unsere Zufahrt mit den Bäumen frei.

Links neben dem Wohnzimmer liegt mein Schlafzimmer, das gerade mal Platz genug für ein an die Wand geschobenes Bett bietet, ein Nachtkästchen und eine Kommode. Auf der Kommode stehen Fotos von Todd und Christy, die ich beim Nachhausekommen immer berühre. Als sie zu Tode kamen, war Todd zweiunddreißig, Christy drei Jahre alt.

Der Schmerz bei ihrem Tod war so groß, dass ich nie wieder dieselbe sein werde. Wenn man den Tod eines geliebten Menschen betrauert, trauert man ein Stück weit auch um sich selbst, denn die Person, die man zu Lebzeiten des geliebten Angehörigen war, wird man nie wieder sein. Du bist einfach nicht mehr dieselbe in einer neuen Beziehung, lachst nicht über dieselben Witze, teilst nicht dieselben Erinnerungen. Diese besondere Saite, welche die Verstorbenen in dir zum Klingen brachten, ist verstimmt oder für immer verstummt. Ich habe mich nach dem Tod von Todd und Christy gewissermaßen neu erfunden, aber irgendwo in mir leben sie weiter, lachend und gesund. Und das wird, denke ich mal, auch immer so bleiben.

Eine Tür im Schlafzimmer führt zu einem Gang mit einer Nische für die Waschmaschinen-Trockner-Kombination. Links davon befindet sich ein kleines Badezimmer, rechts davon mein Schrank-Büro-Kabuff, groß genug, um auf der einen Seite meine Kleider aufzubewahren und auf der anderen Seite einen Schreibtisch zu stellen. An diesem Schreibtisch erledige ich den Bürokram für mein Tiersittingunternehmen, weshalb ich die Hälfte dieses Kabuffs – knapp dreieinhalb Quadratmeter – als Arbeitsplatz von der Steuer absetze. Irgendein Typ vom Finanzamt lacht sich darüber sicher zu Tode.

Ich setzte Ella auf mein Bett und warf auf dem Weg ins Bad nach und nach meine Kleider von mir, auch meine Keds, die ich gleich die Waschmaschine steckte. In der Dusche shampoonierte ich mir die Haare und blieb endlos lange unter dem warmen Strahl stehen, falls Vern und sein Anhang irgendwelche Hautzellen auf mir hinterlassen haben sollten. Schon bei dem Gedanken gruselte es mich.

Nach dem Duschen tupfte ich mich halbwegs trocken, zog einen Kamm durch die nassen Haare, putzte mir die Zähne, trug eine Art Conditioner auf und bestrich meine wunden Lippen mit Vaseline. Mein Mund glich den wulstigen Lippen absonderlicher Tiefseefische, die ich auf dem Doku-Kanal gesehen hatte. Nackt tapste ich in den Gang, steckte das feuchte Handtuch in die Waschmaschine zu den dort befindlichen Klamotten, gab Waschmittel hinein und stellte das Ding an. Dann schlüpfte ich ins Bett, und die

Klänge dieser heimeligen Symphonie – des Wassereinlassens, des Schwapp-Schwapp und des Schleuderns – wiegten Ella und mich in tiefen Schlaf.

Nach dem Aufwachen kam mir die Entführung nur mehr vor wie ein Traum. Kein schöner Traum, aber auch kein Alptraum. Auf einer Skala von eins bis zehn erreichte sie, im Vergleich zu den schlimmsten Erfahrungen meines Lebens, nicht einmal die Zwei oder die Drei. Eher eine gewichtige Eins. Bis auf die quälende Frage, was Vern, Tucker und Ruby denn nun miteinander zu tun hatten, war ich komplett darüber hinweg.

Um mich davon zu überzeugen, wie sehr ich darüber hinweg war, vollzog ich meine Tagesroutine konzentriert wie eine Meditationsübung. Ich machte mir eine Tasse Tee, stellte den CD-Spieler an, und während Tommy Castro *Let's Give Love a Try* zum Besten gab, warf ich die feuchte Wäsche in den Trockner und zog mich an. Mit Ella auf meinem Schreibtisch trug ich die Vormittagsbesuche in mein Klientenbuch ein. Der Zufallsgenerator war mittlerweile auf Eric Clapton gesprungen, und Ella übernahm den bluesigen Beat mit ihrer Schwanzspitze. Nachdem ich meine Büroarbeit erledigt hatte, ging ich mit Ella nach draußen auf die Rotholzveranda zwischen dem Haus und meinem Appartement, setzte sie auf einen Tisch, den mein lieber Opa gebaut hatte, und kämmte sie. Ich war gerade damit fertig geworden, mit einer Bürste ihr Fell auf Hochglanz zu striegeln, da bog Guidrys Blazer um die letzte Kurve der Zufahrt. Er parkte neben dem Carport und ging zur Veranda, wo er und Ella kritische Blicke austauschten.

Ich hätte ihn so gerne geküsst oder zumindest umarmt, aber er wirkte so distanziert und wie in ein Zwiegespräch mit sich selbst vertieft.

Er sagte: »Ah ... Ich muss dir was sagen. Ich hätte es dir schon früher gesagt, aber es schien mir nicht der richtige Zeitpunkt.«

Bei mir klingelten alle Alarmglocken. Wenn jemand herumdruckst und etwas nicht sagen will, ist es meist nichts Gutes.

Ich sagte: »Ist Michael okay? Paco?«

Er wirkte erstaunt. »Das ist es nicht.«

Ich spürte, wie ich errötete. »Tut mir leid, ich bin wohl noch ein bisschen überreizt.«

Er wurde selbst leicht rot. Irgendwie schien er es zu bereuen, überhaupt etwas gesagt zu haben. Als er dann weiterredete, kam es mir so vor, als sagte er nur irgendwas, aber nicht das, was er ursprünglich vorgehabt hatte zu sagen.

»Ich habe die Behördendaten überprüft. Ruby und Zack Carlyle haben vor achtzehn Monaten geheiratet.«

Die Luft um uns herum schien dünn geworden zu sein. Wie alle Kinder von Alkoholikereltern hatte ich den Vorteil, ein genaues Gespür dafür zu haben, wenn man angelogen wird. Es war keine Lüge im eigentlichen Sinn, was Guidry gesagt hatte, aber ich glaubte nicht, dass er gekommen war, um über Rubys Heirat zu sprechen. Er hatte etwas anderes im Kopf gehabt und sich dann umentschieden.

Das gehört zu den Problemen in einer neuen Beziehung, wenn beide Partner Wunden aus alten Verbindungen haben. Man muss sich jeden Schritt gut überlegen und dabei immer im Kopf behalten, wo man gerade steht und wo man hin möchte.

Ich wollte nichts falsch machen und tat so, als würde ich Guidry glauben, er wäre nur gekommen, um mir zu sagen, dass Ruby mit einem Rennfahrer verheiratet war. »Sie sind also wirklich verheiratet.«

»In den Daten steht nichts von einer Scheidung.«

»Steht sonst noch was in den Daten?«

»Er ist nicht vorbestraft, aber die Ermittler wollen sich trotzdem mit Zack über deine Entführung unterhalten.«

So wie seine Stimme klang, hatte ich den Eindruck, Guidry würde meine Entführung persönlich nehmen, als hätte man ihm den Fehdehandschuh hingeworfen. Ich vermute mal, es ist eine typisch männliche Eigenart, in allem, was der Partnerin zustößt, eine Bedrohung der eigenen Männlichkeit zu sehen.

Ich sagte: »Ich gehe nicht davon aus, dass Zack mit meiner Entführung was zu tun hat.«

»So sicher ist das nicht. Der Typ, der dich entführte, hat dich für Zacks Frau gehalten.«

Gut, ja, das war nicht von der Hand zu weisen.

Ella drehte den Kopf zur Seite und blickte mich irgendwie verängstigt an.

Plötzlich überfiel mich die Erinnerung an den Ausdruck in Verns Augen, und ich spürte den Horror von Neuem, dachte daran, wie wild mein Herz geklopft hatte, dachte daran, wie beängstigend es gewesen war, als sie mir die Mütze über den Kopf gezogen und den Mund zugeklebt hatten, welche Angst ich gehabt hatte, als ich nicht wusste, was überhaupt geschah, wer diese Typen waren und was sie mit mir vorhatten. Selbst wenn Zack Carlyle nur am Rande beteiligt war, so war er doch über Ruby in die Sache verwickelt, und seine Rolle konnte nicht ignoriert werden.

Ich musste wohl kurz weggetreten sein, als ich mich an die Ereignisse des Vormittags erinnerte, denn Guidry tippte mir auf die Schulter, um auf sich aufmerksam zu machen. Dann küsste er mich auf die Wange und sagte: »Bis später.«

Ella und ich sahen ihm hinterher, wie er zum Blazer ging und wegfuhr. Ich weiß nicht, was Ella damals dachte, aber ich dachte: *Wann denn später?*

So sind sie nun mal, die Männer. Sie sind nicht konkret. Sie kommen zu dir nach Hause, um dir eine wichtige Mitteilung zu machen, überlegen es sich dann aber anders und sprechen über etwas ganz anderes. Und sie lassen dich im Ungewissen mit Äußerungen wie *bis später*. Sie sind wirklich das nervigste »andere Geschlecht« der Welt.

# 7

Die Zeit für meine Nachmittagsrunde war gekommen. Ich brachte Ella in Michaels Küche und machte mich auf den Weg zu meiner ersten Station. Wie immer, ob morgens oder nachmittags, ist dies Tom Hales Eigentumswohnung im *Sea Breeze,* einem Appartementhaus an der Midnight Pass Road. Tom ist von Beruf Wirtschaftsprüfer und an den Rollstuhl gefesselt, seit in einem Baumarkt ein Hochregal voller Türen über ihm eingestürzt war, weshalb ich zweimal täglich vorbeikomme, um seinen Windhund Billy Elliot Gassi zu führen. Im Gegenzug macht Tom mir dafür die Steuer und kümmert sich um alle meine übrigen Geldangelegenheiten.

Ich parkte auf dem großen Platz vor dem *Sea Breeze* und fuhr mit dem Fahrstuhl nach oben zu Toms Wohnung. Er und Billy Elliot guckte gerade *Oprah Winfrey* im Fernsehen. Es musste eine Show über das Thema Fitness gewesen sein, denn Oprah sah einem Mann zu, der sich an einem Metallgestell hochzog, als würde er Klimmzüge machen. Die Anstrengung ließ seine Arme erzittern, aber er machte trotzdem eisern weiter. Er wirkte wie ein jugendlicher Angeber, der sich vor einem Mädchen zur Schau stellt, was so gar nicht zu seinem wahren Alter passte. Oprah blickte leicht gelangweilt drein. Wahrscheinlich ist sie es gewohnt, dass Männer vor ihr posieren.

Tom schaltete den Fernseher aus und sah mir zu, wie ich Billys Leine am Halsband einklinkte. Tom hat üppiges, schwarzgelocktes Haar und trägt eine Harry-Potter-Brille mit runden Gläsern. Irgendwie sieht er aus wie ein niedlicher Pudel, dem man dauernd über den Kopf streicheln möchte.

Er sagte: »Wie geht's dir denn bei der Hitze?«

Gern hätte ich ihm von der Entführung erzählt, und dass die Hitze im Vergleich dazu ein Klacks war, aber Billy Elliot wuffte. Alles klar. Ich war hier, um mit ihm zu rennen, nicht um mit Tom zu plaudern. Ich führte Billy hinaus zum Aufzug im Flur. Unten angekommen, trabten wir direkt auf den Parkplatz, eine Anlage in der Form eines Ovals mit einer Grünfläche in der Mitte. Der Weg zwischen den parkenden Autos und der Grünfläche bildet eine ideale Rennstrecke für mich und Billy. So stelle ich mir auch eine richtige Autorennstrecke vor.

Ihrem Ruf zum Trotz sind nicht alle Windhunde begeisterte Rennläufer. Viele machen es sich viel lieber vor dem Fernseher bequem. Nicht jedoch Billy Elliott. Dieser Hund liebt nichts so sehr auf der Welt, als sich auszutoben. Darin ähnelt er jenen Leuten, die frühmorgens raus müssen, um sich rein zum Spaß die Seele aus dem Leib zu rennen, mir ein Rätsel, aber sicher nicht Billy Elliott.

Nachdem er gegen jeden Baum gepinkelt hatte, gegen den er meinte, pinkeln zu müssen, zog mich Billy auf die Rennbahn, und wir rannten los. Billy ist sehr rücksichtsvoll. Er beginnt immer ganz langsam, damit sich meine Muskeln erwärmen können, ehe er, meist nach der Hälfte einer Runde, richtig loslegt. Ungefähr nach zwei Runden fühle ich mich meistens wie eine Laborratte, die sich auf einem zu schnell eingestellten Laufband nur mit größter Mühe auf den Beinen halten kann. Dieses Mal brachte ich Billy dort zum Stehen, wo der Weg zum Haus abzweigt, beugte mich nach vorne und klopfte mit den Händen auf meine Oberschenkel. Just in dem Moment kam eine omamäßig wirkende Frau heraus. Auf dem Arm trug sie einen Lhasa Apso mit rosafarbener Schleife auf dem aufwendig zurechtfrisierten Kopf.

Die Frau blieb stehen. »Geht's Ihnen nicht gut?«
Ich keuchte: »Bin nur außer Atem.«

Sie ging weiter zu ihrem Auto, während der Lhasa mir über ihre Schulter hinweg nachblickte. Ehe sie einstieg, zwitscherte mir die Oma noch entgegen: »Verdammt heiß zum Laufen, finden Sie nicht?«

Ich nickte und bedankte mich mit einer Handbewegung für den Tipp, während Billy grinsend um mich herumtänzelte. Wir gingen ins Haus, und selbst als wir den verspiegelten Aufzug erreicht hatten, war mein Gesicht immer noch beetenrot. Billy grinste nach wie vor und wedelte fröhlich mit dem Schwanz.

In Toms Appartement angekommen, ging ich in die Küche, wo er am Tisch vor einem ultra-schlanken Laptop saß. Ich selbst bin ja nun alles andere als ein Computerfreak und wahrscheinlich die einzige Person in der westlichen Hemisphäre ohne E-Mail-Adresse oder Webseite. Mein Leben, finde ich, ist auch ohne diesen Elektronik-Irrsinn schon kompliziert genug, und Twitter, Facebook, Google, Blogs oder SMS sind für mich reine Fremdwörter. Ab und zu jedoch, wenn ich schnell eine bestimmte Information brauche, komme ich gerne auf computeraffine Freunde zurück. Leute wie Tom.

Ich nahm mir ein Glas Wasser und lehnte mich beim Trinken rückwärts gegen die Arbeitsplatte.

Ich sagte: »Wenn ich dir eine Adresse sage, könntest du dann herausfinden, wer da wohnt?«

Die Fingerspitzen über der Tastatur schwebend, sah mich Tom über die Brillenränder hinweg an. »Schieß los.«

Ich erzählte ihm von Mr Stern und dem Haus auf dem Nachbargrundstück mit den beiden Frauen, die dort aus dem Fenster geschaut hatten. Nach ungefähr zwei Nanosekunden hatte er den Besitzernamen.

»Myra Kreigle.«

Ich schluckte kurz und hatte genau dieses »Da stimmt was nicht«-Gefühl, das sich einstellt, kurz bevor man merkt, dass man einen Tangaslip verkehrt herum angezogen hat.

Ich hatte nachgefragt, weil ich wissen wollte, wer mich aus diesem Haus so fuchsteufelswild angestarrt hatte. Nun, da ich wusste, wer sie war, kam mir ihr Verhalten noch merkwürdiger vor.

Tom sagte: »Du weißt, wer Myra Kreigle ist?«

»Klar. Big Flipper.«

Als *big flipper* bezeichnete man in Sarasota ursprünglich die Schwimmflossen der Karettschildkröte, die sie auch zur Fortbewegung benutzt, wenn sie zur Eiablage an den Strand kriecht. Heutzutage dient der Name auch zur Bezeichnung von Betrügern, die die Immobilienpreise künstlich in die Höhe getrieben und damit den wirtschaftlichen Niedergang Südwestfloridas beschleunigt haben.

Tom sagte: »Noch schlimmer. Myra Kreigle ist die Initiatorin eines Immobilienfonds mit Schneeballsystem.«

Ich erinnerte mich vage an die Schlagzeilen und Fotos in den Gazetten, als es hieß, Myra Kreigle und ihrer Immobilieninvestitionsfirma drohe ein Betrugsverfahren. Zuvor war Myras Foto, eine temperamentvolle, attraktive Frau in ihren Fünfzigern, meist im Zusammenhang mit Investorenseminaren in den Zeitungen zu sehen gewesen, oder weil sie Geld an Wohlfahrtsverbände oder andere Einrichtungen gespendet hatte. Ich war erstaunt gewesen, von ihrer dunklen Seite zu erfahren, aber da ich nicht in Myras sozialen Kreisen verkehrte, war sie nur ein Name für mich, mit dem ich keine reale Person in Zusammenhang brachte.

Tom sagte: »Sie hat alle Möglichkeiten, einen Prozessaufschub zu erwirken, ausgeschöpft. Die Geschworenenauswahl ist bereits abgeschlossen, und die mündliche Verhandlung beginnt am Montag.«

Ich hatte nicht einmal gewusst, dass ein Datum für den Prozessbeginn festgelegt worden wäre. Darüber hinaus fragte ich mich, ob die junge Frau, die ich an Myras Fenster gesehen hatte, ihre Tochter war. Wenn ja, dann hatte sie eine notorische Lügnerin zur Mutter, was wiederum erklären würde, warum sie so unglücklich aussah. Meine Mutter hatte uns auch nach Strich und Faden angelogen, und somit konnte ich das nachempfinden.

Ich sagte: »Kannst du mir in zwanzig Wörtern erklären, was genau sich Myra zuschulden kommen ließ?«

»Zwanzig Wörter werden nicht ganz reichen, aber ich fasse mich so kurz wie möglich. Du weißt, wie diese Flipper vorgehen, ja?«

»Jemand kauft ein Haus zu seinem realen Wert und bestellt dann einen Schätzer, um den Wert in die Höhe zu treiben. Er verkauft das Haus quasi zum Schein zu diesem überhöhten Preis an einen Komplizen. Dieser nimmt bei einem Banker, der in die Sache eingeweiht ist und eine Extrazahlung bekommt, eine Hypothek auf und übergibt das geliehene Geld an den Käufer oder teilt es sich mit ihm. Dann zieht sich der Käufer zurück und gibt das Haus zur Zwangsversteigerung frei.«

»So funktionierte das im kleinen Stil. Richtige Banditen gründeten Briefkastenfirmen oder eine Teilhaberschaft mit begrenzter Haftung und verkauften ein und dasselbe Anwesen mit immer höheren fingierten Grundstückswerten, höheren Hypotheken und höheren Gewinnen mehrmals hin und her. Myra Kreigle kaufte und verkaufte Hunderte von Anwesen auf diese Art und Weise. Allein das war schon ein Verbrechen, aber dazu hatte Myra noch einen Immobilieninvestmentfond gegründet, über den sie Investoren anlockte, denen sie zweistellige Renditen versprach, wenn sie ihr hohe Summen überließen, um es in Immobilien zu investieren. Ungefähr zweitausend Leute sind ihr auf den Leim gegangen, aber es war alles reiner Schwindel.«

Wenn jemand über große Summen spricht, habe ich immer das Gefühl, meine Augäpfel würden zu rotieren beginnen, und vielleicht taten sie das in dem Moment ja wirklich, denn Tom grinste und begann langsamer zu sprechen.

»Ein Schneeballsystem funktioniert so, dass viele Leute in eine äußerst vielversprechende Sache investieren. Der Betrüger zahlt die Rendite der ersten Investoren mit den Geldern, die spätere Investoren in den Fond einbringen, und das spricht sich rum, sodass immer mehr Leute aufkreuzen, um von dem lukrativen Geschäft zu profitieren. Und solange stets neue Investoren nachdrängen, funktioniert das auch. Es ist genug Geld da, um den Leuten ihre Rendite auszubezahlen, und der Betrüger, der dahintersteckt, kann vom Geld anderer Leute in Saus und Braus leben.«

»Myra hat also niemals wirklich Geld in echte Immobilien investiert?«

»Na ja, sie hat ein paar Hypotheken gekauft, Hochrisikopapiere die meisten, und keine brachte den Erlös, den sie ihren Investoren versprach. Der Betrug bestand darin, dass sie ihren Investoren gefälschte Monatsberichte schickte, mit immensen Renditen, die sie mit ihren Immobiliengeschäften angeblich erwirtschaftet hatte. Die meisten Leute beließen ihre Gewinne im Fond, wenn aber jemand seine Gewinne ausbezahlt haben wollte, zahlte sie mit dem Geld neuer Investoren. Mit dieser Methode nahm sie fast zweihundert Millionen Dollar ein, und ihre Investoren sehen ihr Geld nie wieder. Ich denke mal, das meiste davon landete auf irgendwelchen Offshore-Konten.«

»Ich verstehe nicht, wie sie damit so lange ungeschoren davonkommen konnte.«

Er rollte mit den Augen. »Tauben ist es egal, wer sie füttert, solange sie gefüttert werden.«

Ich nickte, kapierte aber immer noch nicht, wie es sein konnte, dass sich intelligente Menschen so leicht hereinlegen ließen.

Tom sagte: »Bei einem Schneeballsystem hat es der Betrüger auf Leute seinesgleichen abgesehen. Das schafft Vertrauen. Fundamentalisten hintergehen Fundamentalisten. New Ager bescheißen New Ager, Katholiken führen andere

Katholiken aufs Glatteis. Und auch Myra hatte ihre ganz besondere Klientel.«

Myras Klientel war die High Society von Sarasota, Angehörige der oberen Zehntausend, die für eine Flasche Wein zum Lunch gerne mal locker dreihundert Dollar hinblättern. Aalglatt und strotzend vor Selbstbewusstsein, bereisten sie die Weltmeere auf ihren Kreuzfahrten, besuchten schicke Partys, ließen ihr Konterfei bereitwillig in den Klatschspalten abbilden. Mit ihrem Charme hatte Myra sie betört, getäuscht und ihnen das Mark aus ihren gutgläubigen Knochen gesaugt, um sie dann fallen zu lassen wie eine heiße Kartoffel. In ihrem Niedergang rissen sie all diese kleinen Leute gleich mit in den Abgrund, die ihre Häuser gepflegt, ihren Rasen gemäht, ihre Kinder unterrichtet und Läden für sie unterhalten haben.

Tom hackte weiter auf den Tasten seines Computers herum und sah gleichzeitig auf den Bildschirm. Manche Leute sind zu dieser Art Multitasking fähig, während ich schon Probleme damit habe, gleichzeitig zu gehen und mich dabei zu unterhalten. Seine Finger hoben sich von der Tastatur, und er ging näher an den Bildschirm heran, um etwas zu lesen, das er zu Tage gefördert hatte. Dabei verzog er den Mund, als hätte er auf ein Stück durch und durch verfaulten Käse gebissen, und klappte dann sein Notebook zu.

»Es dauert mindestens zehn Jahre, bis sich unsere Wirtschaft davon wieder erholt hat. Myra Kreigle sollte längst hinter Schloss und Riegel sein, und wenn dieser Tucker nicht zwei Millionen Dollar Kaution für sie hinterlegt hätte, wäre sie das auch.«

Mir standen die Nackenhaare zu Berge.

»Kantor Tucker?«

»Genau der. Bei Myra Kreigle bestand Fluchtgefahr, aber dieser Tucker, ein enger Freund von ihr, brachte das Geld auf. Aber auf Dauer kann er sie nicht schützen. Die Beweislast der Bundesermittler gegen sie ist zu erdrückend. Investmentbetrug, Überweisungsbetrug und Geldwäsche in diversen Fällen. Sollte der Prozess nicht zwischenzeitlich platzen, steht ihr eine Haftstrafe von mehreren Jahren bevor.«

Ich trank mein Glas Wasser leer und füllte es erneut. »Heute Vormittag wurde ich entführt und zu Kantor Tucker verschleppt.«

Jetzt hatte ich Toms volle Aufmerksamkeit. »Du bist *entführt* worden?«

»Sie haben mich vor dem Village Diner überwältigt. Von dort ging es im Auto bis zu einem Ort östlich des I-75, wo Tucker ein Anwesen besitzt. Ein Riesengrundstück mit Landebahn und Hangar neben dem Haus. Die Entführer haben mich mit jemand anderem verwechselt. Als sie bemerkten, dass ich die Falsche bin, brachten sie mich zu einer ›Friendly's‹-Filiale und ließen mich frei. Von dort habe ich Guidry angerufen, und er hat mich abgeholt. Ich hab sie angezeigt, obwohl ich keinerlei Beweise und noch dazu Angst vor der Presse habe. Aber Guidry wollte es so.«

»Großer Gott, Dixie.«

»Tja. Ich habe Fahndungsfotos im Sheriffsbüro durchgesehen, aber der Fahrer der Limousine war nicht dabei. Er heißt Vern.«

»Das ist alles? Du kennst nur den Vornamen des Typen?«

»Sie haben mir den Mund zugeklebt. Das Klebeband habe ich wegen möglicher Fingerabdrücke sichergestellt und den Ermittlern überlassen.«

»Hast du deshalb diese Lippen?«

»Sind sie immer noch geschwollen?«

»Ich dachte, bei dir und Guidry wär's mal etwas härter zur Sache gegangen.«

Ich nahm noch einen Schluck Wasser. »Nein, ich hab sie mir beim Abziehen des Klebebands verletzt.«

Er fasste sich mit den Fingern an die eigenen Lippen, um sich zu überzeugen, dass sie heil waren. »Wer hättest du denn eigentlich sein sollen?«

Ich zuckte mit den Schultern. »Sie haben keinen Namen erwähnt.« Genau genommen stimmte das.

»Meinst du, die Sache könnte was mit Myra Kreigle zu tun haben?«

»Nicht wirklich. Es war wohl reiner Zufall, dass die Limousine vor Myras Haus stand, als ich das Nachbarhaus verließ.«

Ich versuchte, möglichst überzeugend zu klingen, aber Tom weiß genau, wenn ich nicht ganz ehrlich bin. Dazu kennt er mich zu gut.

Ich leerte eifrig mein Wasserglas aus und stellte es in die Spülmaschine. Beim Verlassen der Wohnung sahen mir Tom und Elliot beide mit hochgezogener Augenbraue hinterher. Billy Elliott fragte sich vermutlich, wie lange es wohl dauern würde bis zu unserem nächsten Ausgang, während Tom sich wohl die Frage stellte, was Myra Kreigle mit meiner Entführung zu tun haben könnte.

Diese Frage stellte ich mir allerdings auch.

## 8

Myra Kreigle und Leute ihres Schlages waren nicht die ersten Immobilienbetrüger in der Geschichte Sarasotas. Als Sarasota in den 1920er-Jahren in gewissen Kreisen schick wurde, kamen scharenweise Spekulanten in die Stadt und trieben die Immobilienpreise in astronomische Höhen. Glücksjäger machten Orangenhaine für Bauland platt, aber es blieben nur Bauruinen zurück. Die Leute kauften am Vormittag eines bestimmten Tages Grundstücke, um sie am Nachmittag desselben Tages mit Profit wieder zu verkaufen. Im September des Jahres 1926 jedoch machte ein verheerender Hurrikan dem Immobilienboom ein Ende. Als Nächstes schlug die Weltwirtschaftskrise zu, in deren Gefolge viele Firmen pleitegingen und der Tourismusstrom zu einem Rinnsal versiegte.

In den 1950er-Jahren kam der Immobilienhandel wieder in Schwung, aber ohne Spekulanten. In einer Periode gesunden und verantwortungsvollen Wachstums entstanden Einkaufszentren, Wohnsiedlungen, Schulen, Kirchen und Eigentumswohnanlagen für Familien und Ruheständler, die ein angenehmes Leben suchten. Jenen überreizten und von Spekulanten angefeuerten Immobilienmarkt sollte Sarasota erst wieder erleben, als Myra Kreigle und Konsorten auf den Plan traten und die Gelegenheit beim Schopf ergriffen, mit ihren betrügerischen Machenschaften den Leuten das Geld aus der Tasche zu ziehen. Bei dem Gedanken daran, welche klaren Worte wohl meinem Großvater zu Myra Kreigle eingefallen wären, musste ich grinsen. Er war ein Mann, der zwar für Dummköpfe ein gewisses Verständnis hatte, nicht aber für Kriminelle. Er und Mr Stern wären sicher gut miteinander ausgekommen.

An diesem Nachmittag bog ich ungefähr zu Beginn der Happy Hour auf Mr Sterns Zufahrt ein – um die Zeit, in der die in Florida ansässigen Ruheständler die Restaurants regelrecht stürmen. Auf dem Weg zum Haus kam mir eine dreiköpfige Putzcrew entgegen, drei Frauen, die einen Staubsauger und einen Plastikeimer voller Putzutensilien mit sich schleiften. Die Frau mit dem Staubsauger war jung, übergewichtig und schluchzte laut. Die anderen beiden waren schlank und älter und murmelten ihr tröstliche Worte zu. Fast ohne mich anzusehen, schlurften sie an mir vorüber. Vermutlich hatte Mr Stern etwas gesagt, das die weinende Frau in ihren Gefühlen verletzt hatte.

Ruby öffnete mit Opal auf dem Arm die Tür. Hinter ihr stand Mr Stern, der Cheddar auf seinem gesunden Arm hielt. Sie befanden sich offenbar mitten in einem Streit.

Mr Stern sagte: »Wenn alle amerikanischen GIs immer gleich die Arbeit eingestellt hätten, wenn sie außer Fassung gerieten, würden wir jetzt alle deutsch sprechen.«

Ruby sagte: »Sie hat erst vor einem Monat ihr Baby verloren. Da ist es normal, wenn sie Opal sieht und so reagiert.«

Als ob sie verstanden hätte, was ihre Mutter gesagt hatte, begann Opal in dem Moment zu weinen. Ruby ruckelte mit ihr hin und her, worauf sie die Augen schloss und zu weinen aufhörte. Wahrscheinlich dachte Opal, dies sei die einzige Art, das Ruckeln abzustellen. Ich hatte Mühe, meine Arme zu bändigen und sie nicht nach dem Baby auszustrecken.

Mr Stern sagte: »Woher willst du denn wissen, dass sie ihr Baby verloren hat? Hat sie es dir etwa gesagt und damit noch mehr Zeit vergeudet?«

»Ich erledige das Staubsaugen, Opa.«

Mr Stern schnaubte und stapfte in Richtung Küche. Entnervt rollte Ruby die Augen und ging auf ihr Zimmer. Dabei sahen mir Opals runde Augen über Rubys Schulter entgegen.

Ich folgte Mr Stern in die Küche, wo er am Tresen Platz

nahm und mir dabei zusah, wie ich Trockenfutter in Cheddars Napf schüttete.

Er sagte: »Zum Abendessen bekommt Cheddar eine Hühnerleber. Es gibt welche in einer Schale im Kühlschrank. Sie wird nicht gebraten. Legen Sie die Leber einfach oben auf das Futter.«

Dass Mr Stern, der mit Menschen so rüde umspringen konnte, bei Tieren so ganz anders, geradezu rührend einfühlsam reagierte, erstaunt mich nicht so sehr. Haustiere bringen die guten Anteile selbst der größten Raubeine zum Vorschein, wenn auch oft nur in kleinen Mengen.

Ich ließ eine Hühnerleber auf Cheddars Abendessen plumpsen, und Mr Stern nickte zufrieden. Während sich Cheddar auf sein Futter stürzte und es verschlang, spülte ich seinen Trinknapf und füllte ihn mit frischem Wasser. Mr Sterns Blicke wanderten zu einem Weinregal am Ende des Küchentresens.

Ich sagte: »Schwierig, mit nur einer Hand einen Korkenzieher zu bedienen. Soll ich eine Flasche für Sie aufmachen?«

»Ein Shiraz wäre schön.«

Ich öffnete eine Flasche Wein, während Mr Stern sich ein Glas holte. Ich goss ein und ließ die Flasche offen, falls er Lust haben sollte, nachzuschenken. Mittlerweile hatte Cheddar seine Mahlzeit beendet und leckte sich die Pfoten; also wusch ich gleich noch seinen Fressnapf aus und trocknete ihn ab, während Mr Stern Wein schlürfte. Ich hatte den Eindruck, Cheddar war das einzige Wesen in der Küche, das nicht krampfhaft bemüht war, weder Ruby noch Opal auch nur mit einem Wort zu erwähnen.

Ich schnappte mir meine Pflegeutensilien und öffnete die Verandatür im Esszimmer. Daraufhin kam Cheddar sofort angerannt, machte aber auf der Schwelle Halt, halb drinnen, halb draußen, und schaute in den Gartenhof, als hätte er ihn nie zuvor gesehen.

Ich nahm ihn hoch, schloss die Tür und setzte mich auf

einen der Stühle direkt am Bassin mit den Kois. Kurzhaarkatzen müssen nicht täglich gebürstet werden, aber sie genießen die Prozedur trotzdem, und man vermeidet damit allzu viele Haare auf den Polstermöbeln. Ich griff zur Zupfbürste und glitt mit kurzen Strichen, wie Katzen sie mögen, über Brust und Kehle, ganz vorsichtig, um ihm mit den spitzen Borsten nicht wehzutun; dann ging ich zügig über den ganzen Körper. Cheddar begann sofort missmutig mit dem Schwanz zu schlagen, und somit wandte ich mich wieder seiner Kehle zu, um ihn zu beruhigen.

Mr Stern kam heraus, in der Hand einen Plastikbehälter mit Futter für die Kois. Mit steinerner Miene beugte er sich über das Becken und streute Futter auf die Wasseroberfläche, woraufhin sofort einige Kois angeschwommen kamen. Er beobachtete sie eine Weile, wie sie das Futter aufschnappten, ehe er auf einem Stuhl Platz nahm.

Er sagte: »Kois haben keinen Magen und können deshalb nicht viel auf einmal fressen, sonst würden sie sterben.«

Cheddar und ich sahen einem gelben Schmetterling zu, der gerade über Mr Sterns Kopf hinwegflatterte und dann auf eine dichte Ansammlung Männertreu zusteuerte.

Er sagte: »Noch wichtiger als Nahrung ist eine gute Filteranlage. Kois können vier Wochen ohne Futter auskommen, gehen aber bei schlechtem Wasser schon nach einer Stunde ein.«

Cheddar sprang von meinem Schoß auf den Backsteinboden, von dort aus auf Mr Sterns Schoß. Geradezu reflexartig hob sich Mr Sterns Hand und streichelte über seinen Rücken, worauf Cheddar sich auf den Hinterbeinen aufrichtete und die Vorderpfoten auf Mr Sterns Schulter legte. Dabei schnurrte er laut und befühlte mit der Nase Mr Sterns Kinn.

Während er Cheddar in die Augen schaute, sagte Mr Stern: »Meine Tochter starb, als Ruby auf der Highschool war. Eierstockkrebs. Da war sie gerade mal vierzig. Beryl hieß sie. Danach haben meine Frau und ich Ruby zu uns genommen, aber ich wurde mit dem Mädchen einfach nicht fertig. Drogen, schlechte Gesellschaft, einfach alles. Meine Frau starb ein Jahr nach Beryls Tod. Wahrscheinlich an gebrochenem Herzen.«

Cheddar streckte den Hals und leckte mit der Zunge über Mr Sterns Kinn. Mr Stern lächelte, neigte den Kopf und rieb seine Nase gegen Cheddars Stirn. Voll und ganz Cheddar zugewandt, sagte er: »Ruby freundete sich mit dieser Hexe vom Nachbarhaus an. Sie waren ein Herz und eine Seele. Ruby zog aus und ging nicht aufs College. Ich sah sie kaum noch. Keine Ahnung, wie sie an diesen Rennfahrertypen geriet. Angeblich haben die beiden geheiratet. Zumindest behauptet sie das, aber ich war mir nie sicher, ob sie die Wahrheit sagt.«

Cheddar senkte den Kopf und rieb ihn an der Unterseite von Mr Sterns Kinn. Mr Stern kniff die Lippen zusammen, als ob er es bedauerte, seine schmerzlichen Erfahrungen vor dem Kater offenzulegen. »Sie tauchte wieder hier auf, da war das Baby gerade mal ein paar Wochen alt. Ich weiß nicht, ob sie ihn oder er sie verlassen hat. Damals brachte sie auch Cheddar mit.«

Am liebsten wäre ich aufgestanden und gegangen. Ich fand es nicht in Ordnung, mir die intimen Bekenntnisse dieses Mannes anzuhören, aber meine Füße waren wie auf dem Boden festgewachsen.

Immer noch Cheddar im Blick, sagte er: »Lange blieb sie nicht. Sie packte eines Tages Opal und verschwand wieder. Ich weiß nicht, wo sie untergetaucht war. Ich rief diesen Zack an, aber er behauptete, er wisse auch nicht, wo sie war.«

Ich sagte: »Was ist mit Rubys Vater?«

Er schien zu zucken beim Hören meiner Stimme. »Gefallen im Irakkrieg.«

Seine Stimme bebte, und er wandte den Kopf zur Seite.

Anscheinend hatte Mr Stern das Gefühl, er habe nicht nur Frau und Tochter verloren, sondern auch einen Sohn.

Ich packte meine Pflegeutensilien zusammen und stand auf. Es war Zeit für mich, zu gehen. Die Stimmung in diesem Haus war aufgeladen mit rechtlichen, emotionalen und familiären Schwierigkeiten und Problemen, denen ich bei Weitem nicht gewachsen war. Was Ruby und Mr Stern wirklich brauchten, waren ein guter Anwalt und ein guter Familientherapeut, nicht die vergebliche Sympathie einer Tiersitterin.

Ich sagte: »Kann ich sonst noch was für Sie tun, bevor ich gehe?«

Er schüttelte den Kopf, und ich ging eilends weg. Beide ignorierten wir die Tränen in seinen Augen.

## 9

In der Küche stand Ruby mit Opal auf den Armen und drehte sich hin und her. Frisch gebackene Eltern glauben immer, Babys wollten geschaukelt, gewiegt oder sonst wie geruckelt werden. Dabei wäre es den meisten Babys garantiert sehr viel lieber, man ließe sie einfach in Ruhe.

Sie sagte: »Ich glaube, Opal zahnt. Sie war fast die ganze Nacht wach.«

Ich ging zum Kühlschrank und holte mir einen Eiswürfel aus dem Eisbereiter, packte ihn in ein Geschirrtuch und zerkleinerte ihn mittels kräftiger Schläge mit einem Schneidbrettchen.

Ich streckte die Arme aus, und wie in Erwartung eines kleinen Wunders reichte Ruby Opal an mich weiter. Ich drückte sie eng an mich und hielt ihr das kühle Handtuch vor den Mund, worauf sie sofort zuzubeißen begann, wie ein Vogeljunges, das ein dicken, fetten Wurm aus dem Schnabel seiner Mutter empfängt.

Ich strich über daunenweiches Babyhaar auf und atmete den unwiderstehlichen Duft sauberer Babyhaut ein. »Als meine kleine Tochter zahnte, liebte sie alles, was kalt ist, um darauf herumzukauen. Es funktioniert auch ein feuchter Waschlappen aus dem Kühlschrank.«

Ruby sah lächelnd zu, wie Opal an dem kalten Geschirrtuch nuckelte. »Wie alt ist denn Ihre Kleine?«

Ich zögerte wie immer bei dieser Frage, wollte das wahre Schicksal meiner Tochter aber auch nicht verschweigen. »Sie ist mit drei Jahren ums Leben gekommen.«

»Ach du meine Güte. Wie sind Sie denn damit fertiggeworden?«

»Lange Zeit überhaupt nicht. Ich hatte eine Zeitlang den Verstand verloren. Gleichzeitig kam auch mein Mann zu Tode. Vor fast vier Jahren. Ein alter Tattergreis, der die Bremse mit dem Gaspedal verwechselte, hat sie überfahren. Es passierte auf dem Parkplatz eines Supermarkts. Zwei Jahre hat es gedauert, ehe ich wieder dort einkaufen konnte.«

Rubys Augen glänzten feucht. »Ich glaube nicht, dass ich weiterleben könnte, wenn Opal etwas zustoßen würde. Erst seit ich sie habe, ist mir bewusst, was *Liebe* bedeutet. Es ist etwas völlig anderes als die Liebe zu einem Mann, zu den Eltern oder Freunden. Es ist, als wäre dieses kleine, fordernde Wesen wie der eigene *Atem,* und man würde sterben ohne es.«

Je öfter ich mich mit Ruby unterhielt, umso mehr mochte ich sie.

Als ob sie verstanden hätte, dass ihre Mutter von ihr sprach, schenkte mir Opal ein verschämtes, zahnloses Lächeln. Was, wenn nicht ein Babylächeln, könnte einen davor bewahren, den Glauben an die Menschheit für immer zu verlieren? Babys lächeln nicht, um sich einzuschmeicheln oder dich zu beeinflussen, sie lächeln nur deshalb, weil ihnen die Fähigkeit zu lächeln angeboren ist und sie mit äußerster Großzügigkeit damit umgehen. Opals Lächeln ließ mir das Herz aufgehen. Sie war wirklich ein entzückendes Baby, und ich hätte sie ständig im Arm halten können.

Ich sagte: »Sie hat so schöne Augen.«

»Sie hat Zacks Augen. Dieses dunkle Blau, das ins Violette spielt, und diese langen, dichten Wimpern.«

Sie hob die Arme, und Opals Arme streckten sich unmittelbar dem Menschen entgegen, dem sie vertraute wie sonst niemandem auf der Welt. Einen Moment lang fühlte ich den Schmerz darüber, dass ich dieses Urvertrauen nie wieder in den Augen meines eigenen Kindes sehen würde.

Ruby sagte: »Großvater hält Zack für primitiv, dabei hat er keine Ahnung von Beschleunigungsrennen. Und mich hält er natürlich auch für primitiv.«

»Taten sagen mehr als Worte. Immerhin hat dein Großvater Opals Kinderbett in deinem früheren Zimmer stehen lassen. Das wiegt vieles auf, was er sagt.«

Sie lächelte zögerlich. »Gut möglich. Aber ich wüsste nicht, dass Großvater mir je gesagt hat, dass er mich liebt. Ich bezweifle auch, ob er meiner Mutter oder meiner Großmutter je gesagt hat, dass er sie liebt, obwohl ich weiß, dass er sie geliebt hat. Wahrscheinlich hat er es einfach nie gelernt, Liebe zu zeigen, oder? Deshalb habe ich Cheddar für ihn gekauft.«

»Ich hab gedacht, Cheddar wäre deine Katze.«

Sie schüttelte den Kopf. »Das war nur ein Vorwand. Ich habe Cheddar aus dem Tierheim geholt, damit Opa was hat, das er lieben, aber nicht herumkommandieren kann.«

Ich grinste. »Allem Anschein nach hat ihn Cheddar gut im Griff.«

»Nach Mamas Tod haben er und meine Großmutter sich gemeinsam um mich gekümmert. Der reine Horror. Ich brauchte nur zehn Minuten zu spät nach Hause zu kommen, schon hat er sich aufgeführt, als hätte ich rumgehurt oder Heroin gespritzt. Wenn ich nicht die allerbesten Schulnoten nach Hause brachte, sah er mich schon auf der Straße enden. Nach Großmutters Tod wurde alles nur noch schlimmer. Wäre unsere Nachbarin nicht gewesen, ich wäre ausgeflippt. Myra war der einzige Mensch, der an mich geglaubt und mir die Hand gereicht hat. Und das hat ihr mein Großvater nie verziehen.«

Vorsichtig sagte ich: »Ich habe heute Morgen im Nachbarhaus eine Frau am Fenster gesehen. Mr Stern und ich waren gerade im Garten, und sie hat uns beobachtet.«

Rubys Gesichtszüge verspannten sich. »Das war Myra Kreigle. Du weißt sicher, wer sie ist. Ich habe für Myra gearbeitet und trete als Zeugin in ihrem Prozess auf. Sie darf auf keinen Fall wissen, dass ich hier bin.«

»Aber sie ist doch die Frau, die gut zu dir gewesen ist?«

»*Damals* ist sie gut zu mir gewesen. Die Menschen können gut und schlecht sein. Stimmt doch, oder? Niemand ist nur schlecht.«

Ich erinnerte mich an Myras hasserfülltes Gesicht und war mir nicht sicher, ob ich glauben konnte, Myra hätte eine gute Seite.

Ich sagte: »Da drüben waren eigentlich zwei Frauen gewesen. Eine jüngere und eine ältere. Hat Myra denn selber auch eine Tochter?«

Ruby schüttelte den Kopf. »Wenn sie je eine Art Tochter gehabt hat, dann mich. Und ich bin ihr nicht geblieben.«

Opal begann zu wimmern, und ich reichte Ruby das feuchte, kühle Geschirrtuch. Es hatte jedoch seinen Reiz verloren, und somit versuchte Ruby, mit dem Zeigefinger Opals gereiztes Zahnfleisch zu beruhigen.

Ruby sagte: »Später, da war schon in der Oberstufe, begann ich für Myra zu arbeiten. Meine Aufgabe war es, reiche Männer anzubaggern. Aber nicht als Hure, nein, ich schwirrte auf Myras Investmentpartys herum, quatschte die Kerle an nach dem Motto, was bist du doch für ein toller Hecht, als wäre ich echt beeindruckt von einem Typen mit so viel Kohle. Ich legte ihnen meine Hand auf den Arm, zeigte ein bisschen Dekolleté und erzählte, wie viel Geld Myra im Auftrag anderer Männer für diese machte. Dabei tat ich so, als wäre ich von den anderen noch viel mehr beeindruckt, weil sie noch viel mehr Kohle hatten. Und dann kam die Frage, warum nicht auch sie durch Myra und ihr heißestes Investmentangebot ihr Vermögen vermehren wollten. Die meisten konnte gar nicht schnell genug zuschlagen. Lustig, zu sehen, wie sie einander überboten, mich zu beeindrucken. Als würden sie denken, sie kauften mich gleich mit, wenn sie Myra ihr Geld überließen.«

»Weißt du denn, wie sie ihr Geld gemacht hat?«

Sie sah zur Seite. »Anfangs nicht. Genau weiß ich immer noch nicht, wie sie es angestellt hat. Aber nach einer Zeit redete sie offen vor meinen Augen über alles, und ich kapierte schnell, dass an ihrem Investmentdeal etwas faul war.«

Sie holte tief Luft. »Viele Investoren bekamen mehr Geld zurück, als sie eingezahlt hatten. Je mehr Personen neues Geld einbezahlt haben, umso mehr stand für diejenigen zur Verfügung, die ihren Gewinn abschöpfen wollten.«

»Und je mehr Leute du bezirzt hast, umso mehr Neuinvestoren gab es.«

»So etwa in der Art.«

Opal wimmerte und ließ von Rubys Finger ab, um an ihrem Schlüsselbein weiterzuknabbern.

Sie sagte: »Bis vor wenigen Monaten hatte ich das Wort Schneeballsystem noch nicht mal gehört. Ich wusste lediglich, dass Myra mir gutes Geld dafür bezahlte, dass ich ihre Seminare besuchte, um dort mit alten Geldsäcken zu flirten. Ich bin nie mit einem von ihnen ausgegangen und habe auch nie mit einem geschlafen. Nun ja, mit einigen bin ich schon ausgegangen, aber außer Zack war da nichts Seriöses dabei. Mit ihm wäre ich auch dann ausgegangen, wenn er kein Geld in Myras Investmentfond investiert hätte.«

Okay, allmählich vervollständigte sich das Bild. Zack war eine der Tauben, die Ruby in Myras Falle gelockt hatte.

»Hast du Zack jemals gesagt, dass Myras Geschäfte auf Betrug basierten?«

»Myra hat mir versprochen, er würde sein ganzes Geld zurückbekommen. Unter Garantie.«

Mit dem Gefühl einer Riesenlast auf den Schultern sagte ich: »Ruby, es geht mich ja nichts an, aber weiß denn der Staatsanwalt, der das Verfahren gegen Myra Kreigle führen soll, wo du dich aufhältst?«

Voller Stolz sagte sie: »Ich habe mich in den letzten Wochen mehrmals mit ihm getroffen und ihm gesagt, was ich gehört und gesehen habe. Er kam zu mir, bevor er Anklage gegen Myra erhoben hat, und dann hat er einen Aufenthaltsort für mich bestimmt, an dem ich sicher vor ihr war. Wir haben eine Prozessabsprache getroffen. Ich packe mit allem aus, was ich über Myras Geschäfte weiß, insbesondere, wohin sie das ganze Geld geschoben hat, werde aber dafür nicht wegen Mittäterschaft belangt.«

Ihr Blick war genauso treuherzig und naiv wie der Ausdruck in Opals Augen.

Ich wusste die Antwort bereits, musste aber die Frage trotzdem stellen. »Weiß Zack darüber Bescheid, dass du mit dem Staatsanwalt kooperierst?«

»Zack glaubt, ich wäre ein Teil von Myras betrügerischem System. Er glaubt, ich hätte ihn angelogen und ihn nur wegen des Geldes geheiratet.« Indem sie das Kinn zuversichtlich nach vorn reckte, sagte sie: »Ich denke mal, nach meiner Aussage wird er seine Meinung ändern.«

Ich hatte ein ungutes Gefühl im Magen. Mir kam Ruby vor wie eine Mischung aus abgebrühtem Lockvogel und Naivchen vom Lande. Und ihr Umfeld war geradezu kontaminiert mit gefährlichen Fallen. Myra hatte sie für ihre betrügerischen Machenschaften benutzt, der Staatsanwalt hatte sie dazu benutzt, eine Anklageschrift gegen Myra zusammenzuschustern, und sie selbst glaubte von ganzem Herzen daran, Zack würde an ihre wahre Liebe glauben, sobald er von ihrem Auftritt als Kronzeugin erfahren würde. Ich konnte mir ihre Erwartung bildlich vorstellen – Zack nimmt sie auf seine Arme und trägt sie wie Richard Gere in *Ein Offizier und Gentleman* aus dem Gerichtssaal, während ihnen alles zujubelt und Myra abgeführt und direkt ins Gefängnis geschleift wird.

Ich sagte: »Kennst du vielleicht einen gewissen Vern? Oder sagt dir der Name Kantor Tucker etwas?«

Einen Moment lang sah ich in ihrer Miene kühler Vorsicht eine gewisse verwandtschaftliche Ähnlichkeit zu Mr Stern. »Warum fragst du mich das?«

»Heute Morgen, als ich von hier weggefahren bin, haben mich drei Männer in einer Limousine bis zu meiner nächsten Station verfolgt, wo sie mich überwältigten. Sie fesselten mich an den Hand- und Fußgelenken, verklebten mir den Mund und zogen mir eine Mütze über den Kopf und brachten mich zu einem Mann namens Kantor Tucker. Am Steuer der Limousine saß ein Mann namens Vern. Er berichtete Tucker, er habe mich von hier wegfahren gesehen. Ich nehme an, er hat mich mit dir verwechselt.«

Rubys Gesicht war kreidebleich. Sie machte die Augen zu und berührte mit der Stirn Opals Köpfchen, als ob sie Kraft suchen würde.

Sie sagte: »Vern ist Tucks Mann fürs Grobe. Manchmal arbeitet er auch für Myra.«

»Ich bin zwar älter als du, aber wir sehen uns ziemlich ähnlich – Körpergröße, Kleidergröße, Hautfarbe. Als Myra mich im Innenhof mit deinem Großvater gesehen hat, muss sie wohl gedacht haben, du seist zurückgekehrt. Möglicherweise hat sie Vern angerufen und ihn beauftragt, dich zu schnappen und zu Tucker zu bringen.«

Einen Moment lang neigte sich Rubys ganzer Körper zur Seite wie ein windgepeitschter Baum. Angst, Schuldgefühle oder Scham ließen ihre Worte unscharf klingen. »Wie bist du denn wieder freigekommen?«

»Als Tucker mich zu Gesicht bekam, sagte er ›Das ist die Falsche!‹ und schickte Vern wieder weg. Vern hat mir nichts getan. Er gab mir sogar Geld fürs Taxi, als er mich freiließ. Aber mit Sicherheit haben sie dich im Visier.«

Die Glastür ging auf, und Mr Stern kam mit Cheddar unter dem Arm herein. Er blieb abrupt stehen, als er Ruby und mich gemeinsam in der Küche sah, und er musste es uns angesehen haben, dass da gerade etwas gewesen war zwischen uns beiden. Beide präsentierten wir ihm jedoch ein aufgesetztes Lächeln, und so ging der Moment vorüber.

Mr Stern wirkte entspannter als sonst, vielleicht weil Cheddar ihn liebevoll anschnurrte. Oder weil er sich gerade einen Teil seiner Schmerzen von der Seele geredet hatte. Was auch immer der Grund sein mochte, er ließ mich jedenfalls wegfahren, ohne mich aus der Einfahrt herauszulotsen.

Wenigstens er und Cheddar hatten von meinem Besuch profitiert. Aber Opals Zahnleisten waren immer noch wund und geschwollen, und ich hatte Ruby einen Schrecken eingejagt.

Ich selbst hatte auch Angst – nicht wegen mir, sondern wegen Ruby. Ich war jetzt sicher, dass Vern mich für Ruby gehalten hatte, als er mich überwältigte. Und ich fürchtete, ich wüsste die Antwort auf die Frage, was mit Ruby passiert wäre, wenn sie statt mich sie erwischt hätten.

Einen einzigen Lichtblick konnte ich in der dunklen Wolke erkennen, die über Ruby und Opal schwebte. Verns Auftraggeber würde mittlerweile sicher davon ausgehen, dass Ruby nun gewarnt war. Das würde ihn vielleicht abschrecken, und er würde keinen erneuten Versuch wagen.

Ich redete mir mit aller Kraft ein, daran zu glauben. Mit mäßigem Erfolg.

## 10

Auf der Fahrt nach Hause teilte ich mir die Straße mit Radfahrern in hautengen Lycrashorts und mit Hochglanzhelmen auf dem Kopf. Nebenan auf den Gehwegen drängelten sich rollerbladende Eltern mit Kinderwagen zwischen Skateboard-Kids hindurch, die irgendwelche Tricks wie beispielsweise den Ollie einübten. Vor mir fuhr ein Touristen-Pärchen in einem viel zu sauberen roten Jeep und betrachtete die Welt mit selbstgefälligen Augen. Seine Khakishorts waren makellos sauber, das Strickhemd weiß und an seinen bleichen Beinen prangten verräterisch schwarze Socken – mit Sneakers an den Füßen! Sie trug gelbe Leinenshorts mit Bügelfalte, eine Bluse mit floralem Muster und dazu einen nagelneuen Strohhut mit Strassband.

Am Feuerwehrhaus an der Kreuzung Beach Road mit der Midnight Pass Road waren zwei Feuerwehrmänner damit beschäftigt, die Chromteile eines Löschwagens aufzupolieren, während ein anderer Feuerwehrmann auf dem Rasen einem Dobermann eine Frisbeescheibe zuwarf. Der Feuerwehrmann war mein Bruder, der Dobermann Reggie, ein äußerst mutiger Hund, dessen Besitzer vor einem Jahr ermordet worden waren. Reggie und ich hatten einander vor einem ähnlichen Schicksal bewahrt, und als Michael und seine Kollegen erfuhren, dass Reggie ohne ein Zuhause war, nahmen sie ihn als offiziellen Feuerwehrhund, als ihr Maskottchen, zu sich. Reggie hatte sich schnell eingelebt in die dortige Alltagsroutine, als ob er ein ganzes Leben lang dafür geübt hätte, mit einem Haufen kerliger Männer zusammenzuleben, die ihn fütterten und mit ihm spielten und sich ab und zu in Schale warfen und in einem laut heulenden roten Riesengefährt davonbrausten.

Als ich einbog und hinter dem Feuerwehrauto in der Einfahrt anhielt, wandten der Mann und der Hund ihre Gesichter mit ein und demselben Ausdruck in meine Richtung – einer Mischung aus neugierig gespannter Erwartung und Verärgerung darüber, dass sie beim Spielen gestört wurden. Als sie sahen, dass ich es war, lächelten beide, und Reggie wedelte mit dem Schwanz. Inwiefern das auch auf einige der Männer zutraf, konnte ich nicht sagen.

Ich glitt mit den Beinen aus dem Bronco, und Reggie kam angerannt, küsste mir die Knie, während Michael, ein breites Grinsen auf dem Gesicht, gemächlich auf mich zutrottete. Wie Paco gehört auch Michael zu dieser Sorte Mann, bei deren Anblick jede noch so emanzipierte Frau schwach wird und weiche Knie bekommt. Er ist blond und blauäugig und derart muskelbepackt, dass er sich, wenn er durch Türen geht, instinktiv leicht zur Seite dreht, um überhaupt durchzukommen. Er ist Feuerwehrmann wie schon unser Vater, und seine Kollegen wissen, dass sie sich in jeder noch so brenzligen Situation auf ihn verlassen können. Darüber hinaus ist er der netteste, sanftmütigste Mann der Welt und mein bester Freund.

Beim Anblick meiner geschwollenen Lippen lief er puterrot an und sah verschämt weg; offenbar erlag er wie Tom Hale der Vermutung, ich hätte zu heftig geknutscht.

Ich sagte: »Ich dachte mir, ich bring ein neues Tauspielzeug für Reggie mit.«

Einer der Männer, die das Auto polierten, sagte: »Sehr gut! Bei Reggie halten diese Dinger eh nicht sehr lang.«

Ich ging zum Kofferraum des Bronco und holte zwei von den Tierspielsachen heraus, die ich dort in einem Karton immer bei mir habe. Die meisten dieser Spielsachen sind nicht gekauft, sondern irgendwelche Alltagsdinge, mit denen Hunde oder Katzen den größten Spaß haben. Hunde haben geflochtenes Tauspielzeug besonders gern, das meist maßlos teuer und dabei kinderleicht aus Stoffstreifen selbst herzustellen ist. Ich kaufe rot karierte Flanelldecken bei Walmart – kräftige Farben mögen Tiere am liebsten – und schneide sie in zwölf Zentimeter breite und ein Meter lange Streifen. Dann knote ich drei Streifen an einem Ende zusammen, flechte einen Zopf daraus und verknote auch das andere Ende. Das ergibt ein perfektes Spielzeug für einen Hund zum Rumschleppen oder zum Tauziehen mit Herrchen oder Frauchen. Da es aus Flanell ist, franst das Tauspielzeug nicht aus, und es liegen keine Flusen auf dem Boden herum, und wenn der Hund es kaputt gemacht hat, kannst in null Komma nichts aus derselben Decke ein neues basteln.

Ich warf Reggie ein neues Tauspielzeug zu, der auch sofort danach schnappte und wie ein siegreicher Held damit davontrabte.

Im nächsten Moment düsten die beiden anderen Feuerwehrmänner wie auf Kommando zur Kabine des Löschautos und holten einen nagelneuen Alubehälter heraus.

Michael sagte: »Wir müssen dir unbedingt was zeigen.«

Die drei Männer standen um mich herum, während Michael die Kiste öffnete. »Das hier ist eine Sauerstoffmaske für Tiere. Ein großzügiger Spender hat eine davon für jedes Feuerwehrauto in Sarasota County gespendet. Die Passform ist universal und für ein Kätzchen ebenso geeignet wie für die Schnauze einer Dogge. Man schließt sie an denselben Sauerstoffbehälter an, den die Rettungssanitäter auch für Menschen verwenden.«

Nur mit der Fingerspitze berührte ich die Maske ehrfürchtig wie ein sakrales Kultobjekt. Gerade Tiere können, wenn es brennt, sehr schnell an Rauchvergiftung sterben, weil sie sich in die hintersten Ecken verkriechen, um der Hitze zu entkommen. Mit der neuen Sauerstoffmaske könnte man sicher so manches Tierleben retten.

Ich sagte: »Wow.«

Die Männer nickten feierlich und brachten den Alubehälter wieder zurück in die Kabine des Feuerwehrautos, indem sie ihn vor sich hertrugen wie die Bundeslade.

Ich sagte: »Jemand hat Sauerstoffmasken für jeden Löschzug gespendet?«

Wie auf Kommando platzten alle drei Männer gleichzeitig mit dem Namen der Frau heraus. Sie sprachen ihn mit derselben Ehrfurcht aus, die sie auch vor der Maske gezeigt hatten. Einen Moment lang schwiegen wir, dachten wahrscheinlich alle dasselbe, dass nämlich nur wenige Auserwählte Leben retteten, während jeder hirnverbrannte Trottel Tod und Verderben bringen konnte.

Mit dem Tauspielzeug im Maul kam Reggie auf Michael zugerannt und wuffte, eine klare Ansage, dass er unsere Unterhaltung lange genug geduldig ertragen hatte und dass es nun wieder Zeit wäre für die wichtigeren Dinge im Leben – wie etwa Spielen. Ich küsste ihn kurz auf den Kopf und machte dasselbe mit Michaels Wange.

Ich sagte: »Wir sehen uns morgen.«

»Kann sein, dass ich morgen für einen Kollegen einspringe. Seine Kids wollen nach Disney World, bevor die Schule wieder anfängt, und es ist das einzige Wochenende, an dem seine Frau weg kann. Wir wechseln einander ab, gut möglich also, dass ich morgen dran bin.«

Im Leben eines Feuerwehrmanns gehört das dazu – hin und wieder eine Doppelschicht einzulegen für einen Kollegen. Manchmal bedeutet das noch mehr gefährliche Einsätze zu nachtschlafender Zeit, manchmal aber nur weitere vierundzwanzig langweilige Stunden. Für Michael kommt dazu, dass er noch drei weitere Mahlzeiten auf der Arbeit kocht anstatt zu Hause, was wiederum für Paco und mich heißt, dass wir selbst sehen müssen, wie wir über die Runden kommen, während die Feuerwehrmänner schlemmen.

Michael ist der Koch in unserer Familie. Seit er vier, ich zwei Jahre alt war, hat er es als seine Pflicht angesehen, mich zu versorgen, wenn meine Mutter loszog, um sich die Hucke vollzusaufen, während mein Vater im Feuerwehrhaus Dienst schob. Und natürlich ist Michael auch im Feuerwehrhaus fürs Kochen zuständig. Egal wo Michael ist, er ist eigentlich immer der Koch, und er kocht so, wie große Dichter schreiben – leidenschaftlich und mit zarter Kompromisslosigkeit. Paco und ich hingegen essen so, wie Liebhaber großer Dichtung lesen, indem wir nämlich jede Nuance auskosten bis in die äußersten Spitzen unserer Geschmacksnerven.

Die untergehende Sonne färbte den Himmel orangerot, gerade als ich zu Hause angelangte. Paco stand mit Ella auf dem Arm auf der Veranda, von wo aus beide die unter einem tiefen Wolkengespinst stehende Sonne beobachteten. Paco ist von großer Statur, schmal da, wo ein Mann schmal sein sollte, und breit, wo ein Mann breit sein sollte – wie ein Dreieck eben. Er ist griechisch-amerikanischer Abstammung, aber mit seinen dunklen Haaren und Augen und der olivfarbenen Haut würde er auch als Hispanoamerikaner durchgehen – oder als aus dem Nahen Osten oder der Karibik gebürtig. Da er als Undercoveragent für das SIB arbeitet – das Special Investigations Bureau von Sarasota County –, kommt ihm dieses in punkto Herkunft und Nationalität schillernde Aussehen sehr zupass. Aber Paco ist nicht nur ein Beau, der in dieser oder jener Verkleidung jede kriminelle Organisation unterwandern kann, er hat auch mehr auf dem Kasten als ungefähr neunundneunzig Prozent aller Menschen der Welt, was manchmal geradezu unheimlich ist. Am wichtigsten von allem aber ist, dass er meinen Bruder liebt und infolgedessen auch mich. Paco gehört sozusagen zur Familie.

Ich stapfte ihm über den Sand zwischen Carport und Veranda entgegen. Beide, er und Ella, sahen mich kurz an, um sich dann wieder dem Sonnenuntergang zuzuwenden. Unsere Sonnenuntergänge sind eine Klasse für sich und gehören zu den spektakulärsten der Welt, weshalb die meisten Bewohner auf Siesta Key allabendlich ins Freie gehen, um fasziniert zuzusehen, wie die Sonne allmählich im Meer versinkt. Es ist immer das gleiche Schauspiel, aber trotzdem immer anders, und wir wollen keine einzige Variante versäumen.

Heute Abend war die Sonne an ihrem pulsierenden äußeren Rand burgunderrot gefärbt, als hätte sie sich während des Abstiegs gestoßen und verletzt. Von ihrem glühenden Zentrum aus erstreckte sich ein gewellter, rosenfarbener Highway über das silbrige Wasser bis hin zu unserem Strand wie ein einladender roter Teppich. Für einen langen Moment schwebte die Sonne träge über dem Wasser, als hätte sie vergessen, was man von ihr erwartete, nämlich hinter dem Horizont zu versinken. Da flog eine V-förmige Formation von Seevögeln über ihr Antlitz hinweg, woraufhin die alte Dame, erschreckt und verlegen, es doch vorzog, tunlichst ins Meer abzutauchen.

Ein paar Minuten noch betrachteten wir den strahlend erleuchteten Himmel, dann war Schluss mit dem Zauber.

Paco sagte: »Abendrot – Schönwetterbot.«

Ich nickte, als hätte er gerade etwas sehr Weises und Kluges gesagt. Dabei glauben wir beide nicht sonderlich an diese alten Weisheitsregeln, kramen sie aber bei passender Gelegenheit immer wieder mal gerne hervor.

Paco sagte: »Ich hab gehört, du hast heute neue Freunde gewonnen, Kidnapper und derlei Konsorten.«

Ich sagte: »Damit meinst du wohl einen Typen namens Vern.«

»Hast du schon was geplant in Sachen Abendessen?«

Das war auch so eine Sache, die sich in meinem Leben geändert hatte, seit ich in die Post-Guidry-Phase eingetreten war. Bevor Guidry zu einem wesentlichen Bestandteil meines Lebens wurde, aßen Paco und ich selbstverständlich immer gemeinsam zu Abend, wenn Michael auf der Arbeit und wir alleine zu Hause waren. Wenn Michael zu Hause war, betrachteten wir es als selbstverständlich, dass er für uns kochte und wir anschließend zu dritt gemeinsam essen würden.

In meiner Post-Guidry-Phase nun wusste Paco jedoch nicht, ob ich vielleicht mit Guidry etwas geplant hatte, weshalb er so ungewöhnlich zögerlich war. Und da ich zwischen Sehnsucht und Abwehr hin- und hergerissen war, versuchte ich, so zu klingen, als hätte ich es nie auch nur in Erwägung gezogen, mit Guidry zu dinieren. Tatsächlich hatte er die Frage gar nicht erwähnt und ich auch nicht. Unser Zusammensein fühlte sich für uns beide noch so komisch und ungewohnt an, dass sich noch keine Routine eingestellt hatte. Ich hoffte, das wäre nie der Fall. Ich hoffte doch. Ich war völlig konfus.

Ich sagte: »Ich hab keine Pläne. Hast du welche?«

»Wie wär's mit mexikanisch?«

»*Me gusto* mexikanisch. Gib mir eine Viertelstunde zum Duschen und Umziehen.«

Ich ließ Paco und Ella auf der Veranda zurück, um mir Katzenhaare und Hundespeichel abzuwaschen.

Als Weltmeisterin im Schnellduschen stand ich wie versprochen rechtzeitig in einem Jeans-Minirock und weißem Strickoberteil mit U-Ausschnitt auf der Matte. Sogar etwas Lipgloss hatte ich auf meine gereizten Lippen aufgetragen und mir die Haare zu einer Art Dutt zusammengebunden und dabei lässig-schick ein paar einzelne lange Strähnen rausgezogen. Große goldene Ohrringe und hochhackige Pantoletten verliehen meinem Aussehen diese spannende Mischung zwischen nuttig und stylish, die Paco prompt mit anerkennend hochgezogener Augenbraue bestaunte.

Meine Entführung war kein Thema, bis wir am El Toro Bravo angelangt waren, unserem Lieblingsmexikaner in der Stickney Point Road. Wir entschieden uns für einen Außentisch. Die Kellnerin brachte gleich zwei kühle Gläser Bier, knusprige Tortilla-Chips und zum Dippen Salsa und

Guacamole, und wir bestellten unsere Lieblingsgerichte mit extra viel Chili, Käse und Jalapeños.

Während wir auf unser Essen warteten, sagte Paco: »Okay, schieß los.«

Ich entschied mich für die gestraffte Fassung. »Drei Typen in einer Limousine überwältigten mich auf dem Parkplatz vor dem Village Diner. Zwei Typen mit Sturmhaube setzten sich zu mir auf den Rücksitz, der Fahrer trug keine solche Haube. Sie fesselten mir Hand- und Fußgelenke mit Isolierband und zogen mir eine Mütze über den Kopf. Sie brachten mich in diese wohlhabende Gegend östlich des I-75, wo jedes Haus seinen eigenen kleinen Privatflughafen hat. Ein Typ namens Tuck kam ans Auto, und der Fahrer sagte: »Hier ist sie.« Damit meinte er mich. Tuck sah zu mir ins Auto und sagte: »Das ist die Falsche.« Der Fahrer des Wagens hieß Vern. Dumm wie Bohnenstroh, aber fies wie Oskar. Tuck befahl Vern, die Sache zu erledigen, womit er auch wieder mich meinte. Vern karrte mich also zu Friendly's am Sixty-four und ließ mich auf dem Parkplatz frei. Er sagte, er würde alles abstreiten, sollte ich zur Polizei gehen, und dass es mir dann schlecht gehen würde.«

Paco tunkte einen Tortillachip in das Guacamole und betrachtete ihn eingehend, als könnte er aus dem Ding was rauslesen. »Guidry hat dir zu einer Anzeige geraten, stimmt's?«

»Er sagte, als Mann der Strafverfolgung sei er sowieso zu einer Anzeige verpflichtet. Jetzt fallen diese Presseleute wieder über mich her.«

Er machte eine abwinkende Geste mit dem Tortillachip in der Hand. »Ich würde mir darüber keine Sorgen machen. Manche Anzeigen werden auch vertraulich behandelt. Vor allem bei etwaigen laufenden Ermittlungen.«

Mir fiel ein Stein vom Herzen. »Im Sheriffsbüro wurden mir Fahndungfotos vorgelegt. Auf keinem konnte ich Vern erkennen, aber ich weiß, mit wem Vern mich verwechselt hat.«

Die Kellnerin kam mit gepolsterten Fäustlingen am den Händen an den Tisch und brachte uns das in metallenen Servierschalen noch leicht brodelnde, chiligesättigte Essen. Als sie es abstellte, sagte sie: »Vorsicht! Die Teller sind sehr heiß. *Sehr* heiß.«

Das sagt sie immer. Idiotischerweise und beinahe zwanghaft fassten Paco und ich trotzdem an die Teller. Das machen wir immer.

Wir zuckten sofort wieder zurück, denn die Teller waren, entsprechend der Warnung der Kellnerin, tatsächlich verdammt heiß.

Nachdem wir wie in einer Art Ritual die ersten paar Bisse aufgegabelt hatten, die so heiß waren, dass wir uns mit der Hand vor dem Mund herumwedeln und Bier nachkippen mussten, sagte Paco: »Mit wem haben sie dich denn verwechselt?«

Ich erzählte ihm von Ruby und davon, dass sie für Myra gearbeitet und reiche Männer in deren Schneeballsystem gelockt hatte.

»Sie sagte, Vern sei Tuckers Mann fürs Grobe, und manchmal würde er auch für Myra arbeiten.«

Paco blies auf einen Bissen Enchilada auf seiner Gabel. »Vern ist ein gewisser Vernon Brogher, mit Tucker irgendwie verwandt, eine Art Cousin oder so was. Er arbeitet als Rausschmeißer in einem Stripschuppen am nördlichen Tamiami Trail, oder er kutschiert während des Festivals die Stars herum, das meiste also nur Gelegenheitsjobs. Ein paar Mal war er auch schon im Knast wegen Trunkenheit und ungebührlichem Benehmen, Schlägereien in Bars und derlei Dinge. Es heißt, er kriecht Tucker quasi hinten rein, und ab und zu lässt Tucker ihm ein paar Cent zukommen, weil er mit ihm verwandt ist.«

Ich stellte mir vor, wie Paco und Guidry vor den Schreibtischen der in meinem Fall ermittelnden Deputys standen und alle Informationen im Detail aufsaugten.

Ich sagte: »Was gibt es zu den anderen beiden Männern zu sagen? Die mit den Sturmhauben?«

»Soviel ich weiß, gibt es noch keine Ergebnisse von IAFIS.«

Ich sagte: »Ruby hat ein Baby. Die Kleine heißt Opal, ist wahnsinnig süß und ungefähr vier oder fünf Monate alt. Ruby ist mit einem Rennfahrer verheiratet. Einem gewissen Zack.«

Paco nickte. »Zack Carlyle.«

Autorennen waren anscheinend reine Männersache. Ich hatte nie etwas von Zack Carlyle gehört, aber ich hatte den Eindruck, ich bräuchte mich nur auf den Marktplatz zu stellen und laut »Zack!« zu rufen, und jeder Mann im Umkreis von mehreren Meilen würde wissen, wen ich meinte.

Ich sagte: »Bei Dragsterrennen dachte ich immer an jugendliche Typen, die sich mit frisierten Kisten öffentliche Straßenrennen liefern.«

»Tatsächlich handelt es sich dabei um sündteure, aufgemotzte Rennwagen, die von professionellen Rennfahrern auf ganz legalen Rennstrecken, sogenannten Drag Strips, gesteuert werden. Sehr kurze Strecken und sehr schnelle Autos. Zack Carlyle ist Profi und Champion in der Klasse Pro Stock. Sein Onkel, Webster Carlyle, gilt als Dragster-Legende. Webster hat sich vom aktiven Rennsport zurückgezogen, aber er hatte sicher großen Einfluss auf Zack, größeren Einfluss als sein Vater. Der Vater besitzt eine Elektrowaren-Fabrik in Bradenton, und Zack ist bei ihm angestellt. Angeblich soll sein Vater nicht sonderlich erfreut über das teure Hobby seines Sohnes sein, aber Zack holt die meisten Kosten mit den Preisgeldern wieder zurück, weshalb sich der alte Herr nicht allzu sehr beklagen kann. Dem Vernehmen nach ist Zack ein überaus geradliniger, solider Bursche. Er unterhält ein Übungslager für sozial benachteiligte Kinder und hat eine Menge Rennfahrer und andere Athleten davon überzeugt, sich auch zu engagieren. Es gibt dort eine kleine Rennstrecke und spezielle kleine Autos für die Kids. Und die haben jede Menge Spaß dabei und lernen etwas über Timing und sportliches Verhalten und derlei Dinge.«

Ich nahm einen Schluck Bier und dachte kurz nach. Zacks Vater war erfolgreicher Geschäftsmann, Zack erfolgreicher Rennsportler. Möglicherweise gab es Spannungen zwischen den beiden. Ich fragte mich auch, ob Zacks Vater Ruby als Schwiegertochter akzeptiert hatte.

Ich sagte: »Zack und Ruby sind getrennt. Mr Stern weiß nicht, ob Ruby Zack oder ob Zack Ruby verlassen hat, aber sie kam nach Hause, als Opal gerade mal ein paar Wochen alt war, und ging dann wieder weg, ohne Mr Stern zu sagen, wohin. Ruby zufolge hatte der Staatsanwalt sie an einen Ort bringen lassen, an dem sie sicher vor Myra und Tucker war. Ruby und der Staatsanwalt haben sich auf einen Deal verständigt, und sie wird gegen Myra aussagen.«

Paco zog eine Augenbraue hoch. »Sollte Ruby wissen, wohin Myra ihre Betrugsgelder geschleust hat, stellt sie eine große Bedrohung für Myra dar. Um genau zu sein, Myra hat mehrere hundert Millionen Gründe, Ruby mit allen Mitteln an der Aussage zu hindern.«

Wir schwiegen einen Moment. Ich fragte mich, ob Paco mehr wusste, als er sagte. Und ich fragte mich auch, ob Ruby tatsächlich das Unschuldslamm war, das sie so gern spielte.

Dann sagte ich: »Zack glaubt, Ruby würde mit Myra unter einer Decke stecken, aber Ruby geht davon aus, dass er seine Meinung ändert, wenn sie im Prozess gegen Myra auspackt.«

Paco sah skeptisch drein. »Zack Carlyles Organisation für Kids hat rund eine Viertelmillion in Myras Immobilienfond investiert. Er und die anderen Athleten hatten große Pläne, das Programm für Kinder auszubauen. Den gefälschten Monatsberichten Myras zufolge hatte sich die ursprünglich investierte Summe angeblich verdoppelt. Aber natürlich basierte das alles auf Lug und Trug, und das Geld dieser

Männer ist futsch. Falls Ruby wusste, dass die Berichte gefälscht waren, und dennoch dazu schwieg, hat er alle Gründe, sie dafür zu hassen.«

Ich dachte an Myra Kreigles hasserfülltes Gesicht am Fenster und beschloss, Paco nichts davon zu sagen. »Wie auch immer der Prozess ausgeht, es ändert nichts an der Lage all derer, die wegen Myra ihre Jobs und ihr Obdach verloren haben.«

»Dixie, halt dich raus aus diesem Schlamassel. Wirtschaftskriminelle sind genauso gewalttätig wie alle anderen Verbrecher. Und sie sind genauso schnell bereit, dich umzunageln, wenn du dich ihnen in den Weg stellst.«

»Ich kümmere mich lediglich um Mr Sterns Kater. Vern weiß nun, dass ich nicht Ruby bin, und wird mich tunlichst in Ruhe lassen. Und womöglich lässt er auch Ruby in Ruhe, nun, da er weiß, dass sie vor ihm auf der Hut ist.«

»Leute wie Vern und Tucker und Myra Kreigle haben seit jeher anderen Menschen geschadet. Vor denen ist nur der sicher, der ihnen aus dem Weg geht.«

»Ich verspreche, dass ich nichts mit der Sache zu tun habe.«

Als ich das sagte, hatte ich Opals vertrauensseliges Gesicht vor Augen, und ich dachte mir, Erwachsene können ihren Verstand einsetzen, um sich zu schützen, aber wer beschützt Babys wie Opal?

# 11

Während Paco und ich zu Abend aßen, hatte sich der Himmel verdunkelt und in etwa die Farbe der Augen eines Neugeborenen angenommen – mit ein paar ersten Sternen, die das Himmelszelt zögerlich erhellten. Als wir die letzte Biegung unserer Zufahrt umfuhren, fiel uns der Schein fahlen Mondlichts auf, den Guidrys neben dem Carport geparkter Blazer widerspiegelte. Paco schmunzelte, sah mich an und ließ die Brauen tanzen. Ich knuffte ihn in die Seite, aber die dazu passende böse Miene wollte mir mit verzogenen Mundwinkeln nicht gelingen. Paco fuhr auf seinen Parkplatz, und wir stiegen beide aus.

Er sagte: »Nacht!«

Ich sagte: »Danke fürs Abendessen.«

Keiner von uns sah zu meinem Balkon hinauf, auf dem, wie wir natürlich wussten, Guidry stand. Paco trabte rasch zu seiner Verandatür und verschwand im Haus. Ich stieg die Treppe zu meinem Appartement hinauf, beeilte mich aber nicht, sondern ging ganz normal. Gut, ein bisschen schneller vielleicht als sonst, aber ich rannte definitiv nicht.

Im verschatteten Dunkel meiner Eingangsveranda war Guidry beinahe unsichtbar. Die Hände auf der Brust verschränkt und die Beine überkreuz, lag er schlafend in der Hängematte in der Ecke. Es war eine seltene Gelegenheit, mir sein Gesicht zu betrachten, ohne dass er es merkte. Ruhig schaute ich auf ihn hinunter. Mal abgesehen von der Brust, die sich hob und senkte, sah er aus wie eine Leiche. Eine sehr gesunde, gebräunte Leiche.

Um uns herum prangte die Nacht mit ihrem akustischen Zauber, dem sanften Tschilp-Tschilp der Baumfrösche, den fragenden Pfiffen der Fischadler und dem dunklen Heulen der Schleiereule. Das Meer schien in Erwartung der abendlichen Flut den Atem anzuhalten.

Als hätte er meine Anwesenheit gespürt, öffnete Guidry die Augen, lächelte und streckte mir die Arme entgegen. Ich legte mich neben ihn, die Hängematte drehte sich zur Seite, und wir endeten in einem sich windenden Knäuel aus Armen und Beinen, mein Lachen von seinen Lippen erstickt, auf dem Boden. Ich musste kurz an meinen Atem und das mexikanische Essen denken, vergaß den Gedanken aber gleich wieder.

Der Mond lächelte, die Flut murmelte leise, die Sterne kamen neugierig näher, und unsere Herzen lagen, der Zeit scheinbar entrückt, unverhüllt und bloß unter einem unendlichen Himmel, nicht mehr getrennt voneinander durch Raum und Zeit, sondern verbunden in grenzenloser Liebe.

Später, hinter dem schlafenden Guidry in meinem engen Bett, gestand ich mir die Einsicht, dass in mein Glück auch Tränen gemischt waren. Ich erinnerte mich an die Wochen nach Todds Tod, als ich, sein Hemd an mein Gesicht gepresst, seinen Duft eingeatmet und dabei geschluchzt hatte. Lange Zeit konnte ich überhaupt nicht schlafen, wenn ich nicht wusste, er lag neben mir. Der Tod löscht die Erinnerung an den anderen aus, den Geruch, den Klang der Stimme, das Gefühl der Haut, und so hatte ich nicht mehr essen und mich nicht mehr waschen wollen aus Angst, ich würde seinen Geruch verlieren, ohne jede Erinnerung an ihn in meinen Poren.

Und nun lag ein anderer Mann in meinem Bett, und ich atmete seinen Duft ein, so wie ich früher Todds Duft eingeatmet hatte, und es war richtig und gut, dass er hier war. Der alte Schmerz war noch präsent, aber das neue Glücksgefühl überwog. Eine Liebe war gekommen, leise wie auf Katzenpfoten, lautlos wie Rauch oder rieselnder Sand. Sie war in mein Bewusstsein eingesickert, als ich es am wenigsten erwartet hätte, und hatte dabei die Erinnerung an alte Lieben verdrängt, verlorene Liebe, hoffnungslose Liebe, falsche Liebe, verratene Liebe, wahre Liebe, all dies verblasste, bis es keine Rolle mehr spielte. Diese neue Liebe überstrahlte alles. Geglaubt an sie hatte ich immer, aber nie mit ihr gerechnet. Der Blitz, den sie erzeugte, ließ das ganze Universum bis in mein Herz hinein erstrahlen.

Ich schmiegte mich dicht an Guidry an und drückte meine Wange gegen seinen Rücken. Im unendlichen Raum der Nacht gab mir die Berührung seiner Haut das Gefühl von Sicherheit. Ich schlief ein in dem Wissen, dass einzig und allein dieser Moment zählte, die einzige Wahrheit war, an die ich mich klammern musste.

## 12

Mein Tagesablauf ist so strikt durchgeplant, dass ich ihn auch im Schlaf nachvollziehen könnte. Kleine Abweichungen sind unter Umständen erlaubt. Beim Klingeln des Weckers um vier Uhr morgens krieche ich aus dem Bett, spritze mir ein bisschen Wasser ins Gesicht, putze mir die Zähne und binde meine Haare zu einem Pferdeschwanz zusammen. Noch immer halb im Schlaf, schlüpfe ich in meine Shorts und ein T-Shirt, ziehe mir frische weiße Keds an – verschwitzte Schuhe vom Vortag sind mir ein Graus – und düse los, um die für diesen Tag eingeplanten Hunde Gassi zu führen. Hunde können anders als Katzen nicht warten und sind deshalb zuerst dran. Erst danach sind die Katzen an der Reihe. Unter Umständen auch mal ein Kaninchen, Frettchen oder Meerschweinchen. Keine Schlangen. Die überlasse ich meinen Kollegen. Nicht dass ich etwas gegen beinlose Kreaturen hätte, aber mir schaudert allein bei dem Gedanken, kleine Mäuse in den offenen Schlund von Schlangen zu werfen.

Einen schlafenden Mann in meinem Bett zurückzulassen, gehört definitiv nicht zu meiner Tagesroutine, und ich fühlte mich äußerst komisch dabei. Obwohl ich mit meinen dreiunddreißig Jahren alles Recht der Welt dazu habe, Männer in mein Bett einzuladen, wann immer ich will, hoffte ich doch irgendwie, dass Michael an diesem Tag eine Sonderschicht im Feuerwehrhaus schieben würde. Andernfalls könnte er beim Nachhausekommen feststellen, dass Guidry, sollte er noch da sein, die Nacht bei mir verbracht hatte. Michael respektiert zwar mein Recht, so zu leben, wie ich will, gibt sich aber, was mich betrifft, gerne ein bisschen viktorianisch-prüde.

Der Himmel präsentierte sich in einem matten Blau, mit wenigen übrig gebliebenen, blassen Sternen. Am Horizont hatte die Nacht ihren dunklen Rock etwas angehoben, und liess am Saum einen ersten Schimmer rosafarbenen Tageslichts sehen. Am Strand entlang tummelten sich kleine Wellenbabys, während ihre Mutter, das Meer, noch schlief. Die Luft roch nach Meer und Neubeginn, diamantenähnliche Tautropfen verwandelten Bäume und Blumen in märchenhafte Fantasiegebilde. Auf dem Geländer meiner Veranda zuckte ein schlafender, schneeweisser Reiher leicht zusammen und öffnete seine topasfarbenen Augen, um zu sehen, was ich im Schilde führte.

Langsam, um ihn nicht aufzuschrecken, schlich ich die Treppe hinunter zu meinem Bronco, scheuchte einen schlafenden Pelikan und einen jungen Reiher sanft von der Motorhaube und rüstete mich für den Tag. Nach einer mit einem Mann verbrachten Nacht denkt eine Frau an so manches, am wenigsten jedoch an ihre Karriere.

Wie immer begann ich an der Südspitze von Siesta Key und arbeitet mich sukzessive nach Norden vor, führte also zuerst Billy Elliot und die anderen Hunde aus. Dann arbeitete ich in umgekehrter Richtung meine Katzenliste ab, auf der an diesem Tag drei Mischlingskatzen standen, deren Besitzer gerade eine Kreuzfahrt machten, ein Siampärchen, das nur für einen Tag allein gelassen worden war, während die Besitzer ein neues Baby im Krankenhaus begrüssten, sowie mehrere Single-Katzen, deren Besitzer aus Gründen abwesend waren, die keine der Katzen als ausreichend akzeptiert hätte.

Beim Verlassen des Hauses von einer der Single-Katzen sah ich am Nachbarhaus zwei Frauen, die gerade aus einem Van ausstiegen. Sie schafften Putzartikel aus dem Van, und eine der Frauen trug anscheinend gerade einen persönlichen Kampf mit einem widerständigen Staubsaugerschlauch aus. Ich war schon an meinem Bronco, als ich sie als jene Frauen erkannte, die ich Tags zuvor bei Mr Stern im Haus gesehen hatte; allerdings war die Frau, die geweint hatte, nicht unter ihnen. Da sie ebenso wie ich für Mr Stern arbeiteten und da ich mir ziemlich sicher war, dass Mr Stern sich danebenbenommen hatte, empfand ich es als eine Art schwesterliche Pflicht, mich kurz mit ihnen zu unterhalten, um vielleicht das eine oder andere geradezurücken, damit sie nicht schlecht denken würden von unserem gemeinsamen Arbeitgeber. Ich hatte sie, noch ehe sie die Haustür erreicht hatten, eingeholt, und beide sahen mich entrüstet an, wie man normalerweise Bibelforscher ansieht, die ungebeten an der Haustür klingeln.

Ich sagte: »Hi, ich bin Dixie Hemingway. Ich kümmere mich um Mr Sterns Katze, bis sein Arm wieder heil ist. Sie machen doch bei ihm sauber, nicht wahr?«

Sie taxierten mich einen Moment lang ab, als könnte ich doch noch um eine Spende bitten. Schließlich sagte die Ältere: »Ich erinnere mich an Sie. Sie kamen gerade herein, als wir abfuhren.«

Die andere sagte: »Egal wo wir auch auftauchen, überall haben die Leute Katzen. Wir saugen mehr Katzenhaare auf als sonst was. Das ruiniert den Motor. Dieser Staubsauger hier ist so gut wie nagelneu und funktioniert schon nicht mehr richtig. Nur wegen der Katzenhaare.«

Ich sagte: »Ich weiß, Ihre Kollegin hat wegen des Babys in Mr Sterns Haus die Fassung verloren. Ich hoffe, es geht ihr gut.«

Die Ältere machte ein ernstes Gesicht: »Wissen wir nicht, weil Doreen heute Morgen nicht erschienen ist. Wir treffen uns immer auf dem Target-Parkplatz, aber sie ist einfach nicht aufgetaucht. Ich hab immer wieder versucht, sie anzurufen, aber sie ging nicht ran. Ich weiß also nicht, was los ist.«

Die andere Frau sagte: »Doreen hat vor einigen Monaten ein Baby bekommen, aber der kleine Wurm lebte nur wenige Stunden. Seit der Zeit ist Doreen sehr emotional.

Dann hat sie auch noch ihr Freund verlassen, und das hat ihr den Rest gegeben.«

Die ältere Frau schüttelte den Kopf. »Ohne ihn ist sie besser dran, wenn du mich fragst. Hat nie was gehabt von ihm, nicht einmal mit den Arztrechnungen hat er ihr geholfen.«

Ich machte einen zögerlichen Schritt rückwärts und wünschte, ich hätte diese Unterhaltung nie begonnen. »Also gut, ich wollte nur ›Hi!‹ sagen, weil wir ja alle im selben Haus arbeiten.«

Sie verstummten und starrten mich an – misstrauisch wie zuvor. Ohne ein Wort der Verabschiedung sahen sie mir zu, wie ich mich ins Auto schwang und zurückstieß. Ich winkte, aber keine von ihnen winkte zurück. Ich seufzte tonlos und fürchtete beinahe, sie könnten ihren Job bei Mr Stern unverzüglich hinschmeißen mit der Begründung, ich hätte ihnen nachgestellt und sie ausspioniert.

Mindestens hundertmal habe ich in meinem Leben schon dem Drang nachgegeben, Fremden gegenüber freundlich zu sein, die aber dann immer so reagiert haben, als wäre ich eine CIA-Agentin und würde ihnen ein Verbrechen anhängen wollen. Zwar bin ich ständig bemüht, diesem Drang zur Freundlichkeit nicht zu erliegen, aber die Einsicht, dass es vernünftiger ist, andere in Ruhe zu lassen, kommt immer erst hinterher so richtig zum Tragen.

Die Sonne stand hoch am Himmel, und der Tau auf den Blättern war getrocknet, als ich bei Mr Stern vorfuhr. Ich läutete an der Tür, und Ruby ließ mich herein. Ihre Haut wirkte trocken und rau, und sie hatte schwarze Ringe unter den Augen.

Sie sagte: »Opal ist gerade eben erst eingeschlafen, Gott sei Dank. Die halbe Nacht war sie wach. Cheddar ist bei ihr auf dem Zimmer.« Mit verschwörerischer Miene sagte sie plötzlich: »Komm und schau mal!«

Ihre Müdigkeit schien wie verflogen zu sein, als sie vor mir den Flur entlanghuschte. Sie war wie ein Teenagermädchen, das der Freundin sein neuestes Geheimnis zeigen möchte, was mich wieder daran erinnerte, wie jung sie war. Übertrieben vorsichtig drehte sie den Türknauf und öffnete die Tür gerade so weit, dass ich einen Blick ins Zimmer werfen konnte.

Als ich hineinlinste, musste ich auch grinsen. Opal lag wie im Tiefschlaf in ihrem Bettchen, darunter, in einem flachen Pappkarton, schlief Cheddar. Der Karton war ein bisschen zu klein für ihn, und eine seiner Pfoten baumelte in scheinbarer Glückseligkeit schlaff über dem Rand.

Ruby sagte: »Ist es in Ordnung, wenn ich ihn da lasse, bis Opal aufwacht?«

Ich konnte gut nachvollziehen, was sie meinte. Wenn dein Baby nach langer Zeit endlich eingeschlafen ist, willst du tunlichst alles vermeiden, was es aufwecken könnte.

Ich sagte: »Wenn Cheddar auf freier Wildbahn leben würde, hätte er auch keine festen Fressenszeiten.«

Sie sagte: »Großvater ist im Garten und füttert die Kois.«

Ich war mir nicht sicher, ob sie lediglich Bericht erstattete, oder ob sie hoffte, ich würde Cheddars verspätetes Frühstück vor Mr Stern verheimlichen.

Sie folgte mir in die Küche und sah mir zu, wie ich Trockenfutter in Cheddars sauberen Fressnapf schüttete. Somit stand es bereit, wann immer er und Opal ihr Nickerchen beendet haben würden.

Ich nahm Eier aus dem Kühlschrank und legte sie in einen Topf. »Mr Stern sieht es gern, wenn ich ein Ei für Cheddar pochiere und gleich einige für ihn selbst mitkoche.«

»Find ich wahnsinnig nett von dir.«

Ich bedeckte die Eier mit Wasser und stellte den Topf auf eine Kochplatte. Das dringende Bedürfnis, ihr zu sagen, dass Mr Stern ihre Ehe mit Zack Carlyle zu Unrecht anzweifelte, schoss mir durch die Gehirnrinde, kam aber wieder zum Erliegen, ehe mir der Satz über die Lippen kommen konnte. Ich hatte diesem dringenden Bedürfnis, mich zu einer Sache zu äußern, schon einmal an diesem Tag nachgegeben, zweimal wäre wirklich zu viel des Guten gewesen.

Mein Gehirn jedoch musste seine Kontrollkapazitäten ausgeschöpft haben, denn der nächste Satz, der meinem Mund entwich, war sogar noch schlimmer. »Ruby, war Kantor Tucker an Myras betrügerischem Schneeballsystem mitbeteiligt?«

»Ich weiß nicht, ob er daran beteiligt war oder ob er nur davon wusste und stillschweigen wahrte.«

»Du weißt jetzt, wie weit sie bereit sind zu gehen, um dich an einer Aussage zu hindern. Was gedenkst du denn nun zu tun?«

Sie sah mich verdutzt an. »Du redest von Entführung?«

Ich unterdrückte ein »Von was sonst, Dummchen!« und nickte.

»Ihnen ist alles zuzutrauen. Das weiß ich längst. Tuck hatte mal einen Typen gegen sich. Mit dem flog er raus auf den Golf und schmiss ihn aus dem Flugzeug. *So* weit zu gehen, sind sie bereit.«

In ihrer Stimme lag eine gewisse Gleichgültigkeit, die nicht zu dem schlimmen Verbrechen passte, von dem sie berichtete.

Ich sagte: »Bist du dir da sicher?«

»Ich war bei der Tat nicht dabei, falls du das meinst, aber er und Myra haben sich totgelacht über den Typen, der nun Fraß für die Haie war. Ich glaube nicht, dass es ein Spaß war. Wenn er es sich erlauben könnte, würde er auch mich den Haien zum Fraß vorwerfen.«

Über mein Rückgrat hinweg, hatte ich das Gefühl, kroch kalt eine Schnecke und hinterließ eine schleimige Spur – der Angst. Anscheinend wusste Ruby noch von weiteren Verbrechen außer Betrugsdelikten. Dies machte sie noch gefährlicher für Myra und Tucker.

»Wie stellst du dir denn nun deinen Auftritt bei Myras Prozess vor?«

»So wie mit dem Staatsanwalt besprochen. Ich werde auspacken und alles sagen, was ich weiß.«

Ihr Gesicht hatte einen Ausdruck angenommen, der mir bekannt vorkam – zu allem entschlossener Mut und dazu diese Art Zuversicht, die sich nur äußerster Naivität verdankt. Diese Mischung kann Berge versetzen, aber manchmal erzeugt sie auch einen Abgrund, auf den du unbewusst zusteuerst.

Ich sagte: »Was ist mit Zack? Hat er eine Ahnung davon, was sich hier abspielt?«

Sie schüttelte den Kopf. »Zack ist Pfadfinder. Für ihn besteht die Welt nur aus Schwarz und Weiß, gut und schlecht. Er wirft mich in einen Topf mit Myra, und er würde mir niemals glauben, wenn ich ihm die ganze Wahrheit erzählen würde.«

Aus Rubys Zimmer kam ein schwaches Weinen, und wir zuckten beide zusammen. Opal war für einen Moment aufgewacht, war aber dann wieder eingeschlafen. Ruby und ich sahen einander erleichtert an. Ruby war erleichtert, weil sie als Opals Mutter diese tiefe mystische Verbindung zu ihr empfand; ich dagegen war aufgrund dieser besonderen, allzu großen Hingezogenheit zu Ruby und Opal erleichtert. Und zwar nicht nur, weil Ruby und ich einander äußerlich so ähnlich waren, sondern weil sie mir auch sonst so vertraut war. Ich wusste, was es bedeutete, einer verlorenen Mutter nachzutrauern, wusste, was es bedeutete, zu jung und naiv zu sein und jemandem zu vertrauen, der es nicht gut mit dir meint. Ich wusste auch, was es bedeutete, sich Hals über Kopf in einen Mann zu verlieben, ein Kind von ihm zu bekommen und diesem so nahe zu sein wie dem eigenen Herzschlag.

Das Wasser im Topf mit den Eiern begann zu kochen, und ich drehte die Hitze herunter, stellte den Timer auf drei Minuten und nahm einen Löffel, um Cheddars Ei herauszufischen.

Ich schlug das Ei über das Trockenfutter in Cheddars Fressnapf und wandte mich wieder Ruby zu.

»Meinst du, Myra und Tuck könnten es noch mal probieren, dich an deiner Aussage zu hindern?«

»Gut möglich, aber ich werde dieses Haus bis zum Prozessbeginn nicht mehr verlassen, nicht einmal, um in den Garten zu gehen. Und wenn jemand an der Tür klingelt, mache ich nicht auf, außer ich weiß, wer es ist.«

»Ein sehr kluger Mensch hat mal gesagt, Wirtschaftskriminelle sind genauso gefährlich wie alle anderen Verbrecher.«

Sie schaute mir mit furchtloser Direktheit in die Augen. »Myra und Tuck hätten mir längst den Garaus gemacht, wenn sie glaubten, sie würden so einfach davonkommen. Aber dem ist nicht so. Außerdem habe ich dem Staatsanwalt schon längst genügend Informationen gegeben, um Myra in allen Punkten zu verurteilen, die man ihr vorwirft.«

Etwas an der Argumentation schien nicht zu stimmen, aber während ich nach einer Antwort suchte, summte der Timer, und ich beeilte mich, Mr Sterns Eier aus dem kochenden Wasser zu fischen.

Just in dem Moment kam Mr Stern aus dem Garten hereingeschlurft. Mit einem missbilligenden Blick auf Cheddars Fressnapf sagte er: »Wo bitteschön ist Cheddar?«

Ruby sagte: »Er ist in meinem Zimmer unter Opals Bettchen. Sie schlafen beide.«

Er schnaubte verächtlich, und ich hatte das Gefühl, dass er sich gar nicht so sehr Sorgen um Cheddars Frühstück machte, sondern schlicht und einfach eifersüchtig war.

Als ob er meinte, seine Autorität wiederherstellen zu müssen, sagte er: »Haben Sie Eier gekocht?«

»Eben erst hab ich sie rausgenommen.«

»Ich hätte gerne auch Toast dazu. Zwei Scheiben. Leicht gebuttert.«

Ruby hielt ihren Blick auf Mr Stern geheftet. Dabei schien sie die Lippen zusammenzupressen, um nicht sofort loszuplatzen.

Ich selbst musste mir auf die Zunge beißen, denn sonst

hätte ich ihm glatt gesagt, dass ich erstens nicht sein Dienstmädchen sei, und zweitens, dass er sich unmöglich aufführte. Ich hob seine Eier auf einen Teller und bereitete seinen Toast zu, während er am Küchentresen Platz nahm und mich beobachtete wie ein großer brütender Vogel.

Beim Wegfahren ging mir der Gedanken nicht aus dem Kopf, dieser Mr Stern würde sich aufführen wie ein sitzengelassener verliebter Trottel, nur weil Cheddar unter Opals Bett geschlafen hatte. Für einen Mann, der seine Zeit angeblich nicht an eine Katze verschwenden wollte, fand ich seine Eifersucht auch ein bisschen lustig. Zumindest wäre sie es gewesen, wenn er sich Ruby gegenüber nicht so pampig verhalten hätte. Von allen Emotionen, denen die Menschen zum Opfer fallen, sind Eifersucht und Habgier vielleicht die schlimmsten.

Zu der Zeit wäre es mir nicht in den Sinn gekommen, dass Mr Stern gar nicht so sehr an Cheddar hing, sondern vielmehr glaubte, Ruby wäre ihm weggenommen worden. Und dass es dieser Verlust gewesen sein könnte, auf den er mit dieser abstoßenden Ruppigkeit reagierte.

## 13

Die gespannte Stimmung in Mr Sterns Haus hatte nichts an der Tatsache geändert, dass ich so leer war wie ein Koi ohne Magen. Unterwegs zum Frühstücken im Village Diner achtete ich sehr genau auf die anderen Autos auf der Straße, vor allem auf die hin und wieder vorbeirauschenden Limousinen, aber mir fiel nichts Verdächtiges auf. Trotzdem blieb ich nach dem Einparken einen Moment lang in meinem Bronco sitzen – nur für den Fall, dass jemand vorhaben sollte, mich zu entführen.

Ich hatte nicht vor, beim Frühstück lange herumzutrödeln, denn ich wollte möglichst schnell nach Hause, ausgiebig schlafen und das Gefühl für meinen eigenen Körper zurückerlangen. Es war toll, dass es Guidry gab, aber ich hatte hart gearbeitet, bis ich einen Punkt erreicht hatte, an dem ich mich einigermaßen akzeptierte, so wie ich war, und ich wollte nicht dass sich daran was änderte. Das konnte man langweilig oder beruhigend finden.

Im Diner winkte ich Tanisha auf dem Weg zur Toilette kurz zu. Sie sah mich sofort und verzog ihr volles Gesicht zu einem Lächeln, und ich wusste, mein Frühstück war fertig, sobald ich den Platz in meiner Stammnische eingenommen hatte. Mir gefiel das, denn ich weiß das Leben viel mehr zu schätzen, wenn es von Tag zu Tag ruhig dahinplätschert und bleibt, wie es ist, ohne einschneidende Änderungen. Viele Menschen würden das langweilig finden, ich meine, es hat was Beruhigendes.

Tatsächlich hatte Judy, nachdem ich mich auf der Damentoilette in einen halbwegs präsentablen Zustand versetzt hatte, bereits einen Becher Kaffee für mich bereitgestellt.

Wie Tanisha ist auch Judy eine gute Freundin, die ich nur vom Diner her kenne. Judy ist groß und hat kantige Schultern und ein paar Sommersprossen auf der Nase, und ihre Haare, die sich im Dampf aus Tanishas Küche kräuseln, sind hellbraun, während die Augen zwischen haselnussbraun und dem Bernsteinton eines Weimaraners changieren. Sie hat ein ziemlich freches Mundwerk und gerät stets an Männer, die ihr wehtun. Sie war gut zu mir, als ich nach dem Tod von Todd und Christy fast den Verstand verloren hätte, und sie hat als Erste in meinem Bekanntenkreis vorausgesehen, dass Guidry und ich als Paar enden würden.

Als ich in die Nische glitt, sagte sie: »Hab dich vermisst gestern.«

Ich sagte: »Bin entführt worden.«

Sie schmunzelte und düste ab, um einem anderen Gast Kaffee einzuschenken. Mein Leben ist so chaotisch, dass die Leute glauben, ich würde Witze machen, wenn ich daraus erzähle. Wenn ich ihr erzählt hätte, dass ich gerade noch mit einer Frau gesprochen hatte, die bis über die Ohren in einem Immobilienbetrugsverfahren steckte, hätte sie sich wahrscheinlich schiefgelacht.

Judy war gerade an meinen Tisch zurückgekommen, um mir das Frühstück zu bringen, als Guidry den Gang entlang geschlendert kam und auf der Bank gegenüber Platz nahm. Mir war klar, Judy, die nun etwas abseits stand, erkannte sofort allein an der Art, wie wir einander anschauten, dass dies unsere erste Begegnung war, nachdem wir die letzte Nacht gemeinsam verbracht hatten. Diese Art von Blicken enthält schließlich immer eine Spur gemeinsam erlebter Lust, einen Hauch Verlegenheit angesichts der hemmungslosen Leidenschaft und ein bisschen von der prickelnden Vorfreude auf neue solche Erfahrungen.

Guidry sagte: »Ich nehm dasselbe wie sie.«

Mit unbewegter Miene und knochentrocken sagte Judy: »Mit Speck oder ohne?«

Er grinste: »O ja, hab ich ganz vergessen. Sie bestellt ja nie Speck.«

Judy sagte: »Sie stibitzt ihn nur von anderen Tellern.«

Ich zuckte nur mit den Schultern, weil es stimmte. Ich liebe Speck nun mal über alles. Wenn ich vor dem Verlassen dieses Planeten eine Henkersmahlzeit wählen dürfte, bestelle ich garantiert ein Speck-Salat-Tomaten-Sandwich mit extraknusprigem Speck, ohne diese ekligen weißen Bläschen, ohne aufgebogene Enden und ohne labberige Mittelpartien. Ich bestelle höchst selten Speck, weil er für meine Gesundheit und meine Taille unzuträglich ist, aber jeder weiß, dass man kein Fett ansetzt, wenn man es vom Teller anderer Leute isst.

Judy hinterließ einen Becher Kaffee für Guidry und zockelte davon, um Guidrys Bestellung abzugeben. Wir beide grinsten uns unterdessen verlegen an, weil wir in der Nacht zuvor wie Pech und Schwefel aneinandergeklebt hatten.

Ich schlürfte meinen Kaffee und sah ihn durch den aufsteigenden Dampf an.

»Heute Morgen bei Mr Stern – er ist Rubys Großvater, hat einen roten Kater und wohnt direkt neben Myra Kreigle – habe ich mit Ruby gesprochen. Sie sagt, sie sei sich nicht sicher, ob Kantor Tucker ein vollwertiger Partner von Myras betrügerischem Investmentfond oder nur Mitwisser war.«

Guidrys graue Augen fixierten mich einen Moment lang, und ich wusste, er rätselte darüber nach, wie es kam, dass mir komplett fremde Leute die privatesten und persönlichsten Sachen quasi aufs Butterbrot schmierten. Da es sein Job war, Informationen aus Leuten herauszuquetschen, machte es ihn schier wahnsinnig, dass mir die Leute ihr Innerstes jederzeit freimütig und bereitwillig offenlegten. Manchmal sogar, ohne dass ich sie danach gefragt hätte.

Er sagte: »Tucker und Myra Kreigle sind seit Jahren miteinander verbunden, entweder als Liebende, als Komplizen oder nur als gute Freunde. Sollte sie vor dem Prozess die Flucht ergreifen und das Land verlassen, verliert er die zwei Millionen Dollar Kaution, die er für sie hinterlegt hat.«

»Er hat ein Privatflugzeug direkt vorm Haus. Könnte sein, er fliegt sie außer Landes.«

Er grinste. »Unwahrscheinlich. Man würde ihn stellen und verhaften, wo immer er landen würde. Und sein Flugzeug würde sofort konfisziert werden. Sie könnte jedoch zwei Millionen von einem ihrer Offshore-Konten an ihn transferiert haben, sodass er tatsächlich gar nichts verlieren würde, sollte sie ausbüchsen. Wenn aber Rubys Aussage Tucker einen Platz in Myra Kreigles Machenschaften zuweist, könnte das sein Verderben sein.«

Ich hatte das ungute Gefühl, dass Guidry mich beschwichtigen wollte und in Wahrheit etwas anderes auf dem Herzen hatte, aber nicht wagte, damit herauszukommen.

Judy brachte Guidrys Frühstück, goss uns beiden Kaffee nach und rauschte wortlos wieder davon. Ich schnappte mir eine von Guidrys Speckscheiben. Ein paar Minuten lang schwiegen wir. Ich knabberte meinen Speck, während Guidry schweigend vor sich hin futterte.

Er sagte: »Ich hatte einen Freund in New Orleans, der Rennen fuhr wie Zack Carlyle, Dragsterrennen. Bis er sich durch die Wucht zu schnellen Abbremsens eine Netzhautablösung zuzog.«

»Das meinst du nicht ernst, oder?«

»Manche dieser Kisten erreichen eine höhere Geschwindigkeit als das Space Shuttle beim Start. Sie brauchen Fallschirme, um wieder zum Stillstand zu kommen. Du kommst von fünfhundert Stundenkilometern in weniger als zwanzig Sekunden komplett zum Stehen und bist dabei einer Belastung von bis zu fünf g ausgesetzt. Bei meinem Freund hat das dazu geführt, dass sich die Netzhaut der Augen abgelöst hat. Seine Frau sagte, als Nächstes würde sie sich von ihm lösen, solle er wieder Rennen fahren. Da hat er es aufgegeben.«

Ich sagte: »Ruby sagt, Zack habe dunkelblaue, fast violette Augen. Die hat auch das Baby.«

Es war nicht zu übersehen, dass Zacks Augen Guidry so was von egal waren. Er beendete sein Frühstück, legte Geld für Judy auf den Tisch und stand auf.

Dann tippte er mir abermals wie schon neulich auf die Schulter: »Bis später.«

Judy kam mit ihrem Kaffeepott angewackelt, und wir schauten ihm beide hinterher. Ich hatte den Eindruck, ich sah ihn in diesen Tagen oft von hinten, was kein schlechter Anblick war, mit seinen breiten Schultern und dem lässigen Gang. Aber ich bekam trotzdem ein ungutes Gefühl, ihn weggehen zu sehen, als wäre es stets das letzte Mal gewesen, dass ich ihn gesehen hatte.

Mir fiel auf, dass Guidrys Stimme, wenn er New Orleans auch nur erwähnte, immer so sehnsüchtig klang. Wie wenn ein Mann den Namen einer Frau ausspricht, die er einmal sehr geliebt, dann aber verloren hat. Oder die er einmal geliebt hat und wieder zurückerobern wollte.

Mit diesen Gedanken beschäftigt, ging ich zum Bronco und wäre, vertieft in die schrecklichen Konsequenzen, beinahe mit Ethan Crane zusammengestoßen. Ethan ist ein verdammt gut aussehender Anwalt mit dunklen Augen und jettschwarzem Haar, das er von seinen Vorfahren, Indianer vom Stamm der Seminolen, geerbt hat. Wir tänzelten verlegen hin und her, wie es bei Menschen manchmal vorkommt, zwischen denen es zwar mal heftig geknistert, aber nie so richtig gefunkt hatte. Um ehrlich zu sein, da war immer noch was zwischen uns beiden, aber wir hatten beide beschlossen, dass eine andere Person besser zu uns passte. Wieder eine Anwältin für Ethan, wieder ein Cop für mich. Ich hatte Ethans neue Freundin kennengelernt, er hatte Guidry kennengelernt. Wir akzeptierten die Entscheidung des jeweils anderen, aber meine Hormone spielten noch immer verrückt, wenn sie Ethan rochen, und aus der Art und Weise wie seine Augen aufleuchteten schloss ich, dass sich auch andere Teile seiner Anatomie aufrichteten.

Wir standen in der brennenden Sonne und unterhielten uns ein bisschen, nichts besonderes, nur der übliche gespreizte Smalltalk, mit dem die Leute gerne die Tatsache vernebeln, dass sie einander viel lieber andere, wichtigere Fragen stellen würden – in der Art wie *Vermisst du mich?* oder *Bist du jetzt glücklich?* oder *Hast du deine Entscheidung bereut?* Ich hätte geantwortet, dass ich glücklich mit Guidry war, und dass ich nichts bereute, hoffte aber irgendwie und insgeheim, Ethan würde seine Entscheidung hin und wieder doch ein bisschen bereuen.

Als wir uns verabschiedeten, spürte ich diesen merkwürdigen Kick in mir, der dich immer dann überkommt, wenn du mit einem Mann zusammen warst, der dich für begehrenswert hält. Auch wenn du nichts von ihm willst, ist es doch aufregend zu wissen, dass er etwas von dir will.

Zu Hause angekommen, sah ich, dass Pacos Pick-up weg war, Michaels Auto jedoch auf dem Stellplatz stand. Anstatt also direkt zu mir hinaufzugehen, stapfte ich über den sandigen Hof zur Veranda und öffnete die Tür zur Küche. Als Michael und Paco in das Haus unserer Großeltern gezogen waren, brachten sie die Küche in einen zeitgemäßen, dem 21. Jahrhundert angemessenen Zustand. Wo einmal der runde Säulentisch unserer Großmutter den Raum beherrschte, befindet sich nun ein großer Küchenblock mit Essplätzen und einem Extrabecken zum Salatwaschen. Darüber hinaus hat sich Michael genügend Einbaukühl- und Gefriergeräte angeschafft, in denen sämtliches Obst und Gemüse eines ganzen Bauernmarkts plus zwei bis drei Mastochsen Platz gefunden hätten.

Als ich hereinkam, stand er über eine Kühlschublade gebeugt und versuchte, ein sperriges Selleriebündel in die bereits mit anderem Gemüse vollgestopfte Schublade zu quetschen.

Er sah mich über die Schulter hinweg an: »Hi.«

Ella Fitzgerald thronte auf ihrem Stammhocker. Sie hat eine Vereinbarung mit den Jungs getroffen – wenn sie auf dem Hocker ruhig sitzenbleibt und nicht bettelt, darf sie sich dort aufhalten und die Herren bewundern. Ich küsste sie auf den Kopf.

Ich sagte: »Ich will, dass du dir das anhörst.«

Michael richtete sich auf und sah mich aus plötzlich zu Schlitzen verengten Augen an. »Was soll ich mir anhören?«

»Nun, die Sache ist die, ich bin hier und mir geht es offensichtlich gut. Es ist also gar nicht so wichtig, aber passiert ist es trotzdem, und ich weiß, früher oder später erfährst du es sowieso, also sag ich es dir lieber gleich selbst.«

Seine Augen verengten sich noch weiter. Ella richtete sich auf und machte eine besorgte Miene.

Ich sagte: »Die Sache ist also die, gestern Morgen verwechselte mich ein Typ namens Vern mit einer Frau namens Ruby und fuhr mit mir bis jenseits des I-75 in diese Gegend mit den Luxusanwesen, wo jeder eine eigene Landebahn und einen Hangar hat. Er brachte mich zu einem Mann namens Kantor Tucker, aber sobald Tucker mich sah, wusste er, dass ich die Falsche war. Daraufhin fuhr mich Vern zu einer ›Friendly's‹-Filiale und gab mir fünfzig Dollar für ein Taxi. Ich rief Guidry an, und er kam und holte mich ab. Und das war's dann auch schon.«

»Dieser Vern hat dich also nett gefragt, ob du bei ihm einsteigen möchtest, was du auch prompt gemacht hast, und er fuhr mit dir an einen Ort, an dem eine fremde Person einen Blick auf dich werfen konnte. Das also ist in etwa passiert.«

»Könnte man sagen. Ich versorge die Katze von Rubys Großvater, und Vern hat mich wohl von dort wegfahren gesehen und ist zu dem Schluss gekommen, ich sei Ruby. Sie ist Zeugin im Prozess gegen Myra Kreigle. Du weißt schon, diese Immobilienbetrügerin. Ruby hat für sie gearbeitet.«

»Gibt's sonst noch was?«

»Das war's, könnte man sagen. Bis auf die zwei Typen in Verns Limousine, die mich überwältigt und mir eine Mütze über den Kopf gezogen haben. Vern saß am Steuer, während sie mir die Arme und Beine gefesselt und mir den Mund zugeklebt haben. Aber sie haben mir nicht wehgetan, Michael. Sie haben mich überwältigt, aber nicht geschlagen oder so was in der Art.«

Michaels Lippen wirkten seltsam angespannt, und in seinem Kiefer zuckte ein Muskel. »Und wie hat Guidry darauf reagiert?«

»Er riet mir zu einer Anzeige. Ich ging zum Sheriffsbüro und schaute mir Fahndungsfotos an. Keiner sah aus wie Vern, aber die Ermittler wissen schon, wer er ist. Er arbeitet für Tucker, eine kleine Nummer. Über die anderen beiden Typen ist nichts bekannt, aber die Polizei hat das Klebeband von meinem Mund. Sie machen einen IAFIS-Abgleich der Fingerabdrücke. Mal sehen, was dabei rauskommt.«

Michael umkreiste den Küchenblock einige Male wie ein Mann auf dem Deck eines Schiffs, von dem es kein Entrinnen gibt. Ella verfolgte ihn dabei mit ihren großen, runden Augen.

»Wie geht es also nun weiter? Kümmert sich Guidry um die Angelegenheit?«

Michaels Stimme klang wie zu entschlossenem Eingreifen bereit, sollte Guidry nichts unternehmen.

Ich sagte: »Guidry ist im Morddezernat und hat von daher offiziell nichts mit der Ermittlung zu tun, aber er ist nah dran. Und Paco auch.«

»Paco weiß von der Sache?«

»Ja. Gestern bei einem gemeinsamen Abendessen hab ich ihm alles erzählt.«

Er wirkte wie ein bisschen gekränkt, und ich erzählte

ihm schnell von Ruby und ihrer Verbindung mit Zack Carlyle.

Sein Gesicht begann zu strahlen. »Zack Carlyle? Im Ernst?«

Seine Stimme klang so, als würde Zack Carlyle mit einem roten Cape durch die Gegend sausen und ganze Häuserzeilen überspringen.

Wenigsten hatte ich ihn damit auf andere Gedanken gebracht und von meiner Entführung abgelenkt.

Oben in meinem Appartement hatte Guidry vor dem Weggehen doch tatsächlich das Bett gemacht. Dass er sich die Zeit dafür genommen hatte, fand ich wirklich rührend. Nach einer Dusche, einem Schläfchen und ein wenig Büroarbeit, startete ich eine gründliche Putzaktion. Ich beseitigte jedes Staubkörnchen, jeden Fingerabdruck auf allen Spiegelflächen, jede matte Stelle auf jeglichem Chrom oder Edelstahl. Ich staubsaugte, polierte und desinfizierte, bis ich von den vielen Mitteln ganz benommen im Kopf war. Mein Bruder geht bei Stress in seine Küche und kocht, ich dagegen beginne zu putzen wie verrückt. Mein Kopf sagt mir zwar, dass Menschen mit sauberen Wohnungen die schlimmsten Dinge passieren können, aber meine skandinavischen Gene sagen mir, dass Sauberkeit und Ordnung dieselbe Wirkung haben wie ein Hufeisen über der Tür. Es beschützt dich, auch wenn du nicht daran glaubst.

Als ich den Staubsauger wegräumte, hörte ich ein seltsames, klopfendes Geräusch am Küchenfenster. Ein weiblicher Kardinalsvogel flog immer wieder mit der Brust und dem Schnabel gegen die Scheibe, während das Männchen dahinter ängstliche Kreise zog. Kardinalsvögel zeigen dieses Verhalten oft im Frühling, wenn sie brüten und wenn einer sein Spiegelbild erblickt und es fälschlicherweise mit einem Eindringling in sein Revier verwechselt. Wir hatten aber jetzt September, und die Nistzeit war längst vorbei, weshalb mir dieser Angriff des Weibchens auf sein eigenes Spiegelbild so ganz außerhalb der natürlichen Ordnung erschien. Ich fragte mich, ob der Vogel befürchtete, ein weiblicher Rivale könnte die Grenzen seines Reviers bedrohen. Aus welchem Grund auch immer, der Kardinalsvogel attackierte sein eigenes Spiegelbild, um zu verteidigen, was ihm gehörte. Eine edle Absicht vielleicht, aber der Vogel konnte dabei selbst zu Tode kommen.

Ich sah kurz zu und versuchte dann, denn Vogel zu verscheuchen, aber kaum hatte ich mich vom Fenster abgewandt, kam er zurück und startete seine Kamikazeflüge erneut. Daraufhin klebte ich Papier auf die Scheibe, aber auch das half nichts. Ich fand das Zeitschriftenbild einer Eule mit stechendem Blick, und auch das ließ den Vogel unbeeindruckt. Während ich mich für meine Nachmittagsrunde anzog, begleitete mich das Geräusch des gegen die Scheibe pochenden Schnabels wie das unbarmherzige Ticken einer Uhr. Ich befürchtete, der Vogel würde sich den Schnabel der Länge nach spalten und nie mehr fressen können.

Als es Zeit war, die Wohnung für meine Nachmittagsrunde zu verlassen, war der Gedanke nicht mehr von der Hand zu weisen, dass da ein Vogel peu à peu Selbstmord an meinem Küchenfenster beging. Am Strand trotzten ein paar Möwen, Seeschwalben und Wasserläufer der Gluthitze und pickten mikroskopisch kleine Häppchen aus dem Wellensaum. Ihre zögerlichen Schreie klangen wie eine traurige Vorahnung. Ich fuhr extra langsam, um die Singvögel und Sittiche in den Bäumen entlang der Zufahrtsstraße nicht in ihrer Siesta zu stören, und war schon fast an der Midnight Pass Road, ehe ich mich wieder einigermaßen beruhigt hatte. Die Natur nahm seit Urzeiten ihren Lauf, ohne dass ich ihr ins Handwerk gepfuscht hätte. Der Kardinalsvogel würde seine Attacken gegen das eigene Spiegelbild entweder einstellen oder nicht. Ich jedenfalls hatte getan, was ich konnte, um ihn möglicherweise zu retten.

Nichtsdestotrotz beschlich mich das ungute Gefühl, der Kardinalsvogel könnte mir eine Botschaft überbracht haben, eine Art Weisheitsregel von Frau zu Frau. Aber ich warf mich doch nicht gegen harte Oberflächen, die mich verletzen könnten, und ich glaubte auch nicht, eine andere könnte mir meinen Partner wegstehlen. Zumindest wusste ich von keiner.

## 14

Zu Hause bei Tom Hale empfing mich Billy Elliot schon an der Tür mit einem breiten Grinsen. Tom war in der Küche mit dem Laptop auf dem Tisch.

Er rief: »Ich will dir was zeigen.«

Als wollte er sicherstellen, dass ich den wahren Grund meines Besuchs nicht vergaß, wich mir Billy Elliot auf dem Weg zur Küche nicht von der Seite. Tom zeigte auf ein Foto auf dem Bildschirm.

»Ist das der Typ, der dich entführt hat?«

Auf einem Zeitungsfoto standen Vern und Kantor Tucker vor einem Flugzeug, Vern ein wenig hinter Tucker. Beide lächelten, Tucker breiter als Vern. Die Bildunterschrift dazu lautete: »Kantor Tucker vor seiner neuesten Errungenschaft.« Aus dem dazugehörigen Artikel ging hervor, dass es sich bei dem Flugzeug um eine Boeing 707 handelte, den jüngsten Neuzugang in »Tuck« Tuckers Privatflotte. Vern wurde mit keinem Wort erwähnt.

Ich sagte: »Genau das ist er. Vern.«

Tom sagte: »Wart's ab. Es gibt noch ein Bild.« Nach nur wenigen Mausklicks erschien ein Polizeifoto von Verns Gesicht, mürrisch und blutunterlaufen.

Er sagte: »Das entstand vor ungefähr einem Jahr in Indiana. Sein Name ist Vernon Brogher. Er wurde verhaftet, nachdem er in einer Bar jemanden mit dem Kopf gegen die Wand geschlagen hatte. Der Mann hatte ihm nur verboten, ständig Handyfotos von seiner Freundin zu machen. Darauf hat Vern ihn zusammengeschlagen.«

»Hat Vern den Pilotenschein?«

Tom schnaubte. »Ach was, der hat doch nicht mal genügend Grips, um ein Papierflugzeug zu fliegen, geschweige denn einen Jet.«

»Ruby zufolge ist er Tuckers Mann fürs Grobe.«

»Soll das heißen, er ist Tuckers Bodyguard oder der Mann, der Leute für ihn zusammenschlägt.«

»Wahrscheinlich beides. Bei so einer Vergangenheit. Wie hast du diese Bilder gefunden?«

»Wenn du dir Zeit nimmst, findest du alles im Internet, vor allem in den öffentlich verfügbaren Behördendaten.«

Billy Elliot schmiegte sich an mein Knie, um mich daran zu erinnern, dass die Zeit nicht stillstand. Tom sah mir zu, wie ich Billys Leine am Halsband einklinkte.

Ich sagte: »Kennst du dich mit Dragsterrennen aus? Auf Profiebene?«

»Willst du damit anfangen?«

»Ruby ist mit Zack Carlyle verheiratet. Er fährt solche Rennen. Immer dieselbe Strecke im Kreis herum.«

Er begann zu strahlen wie Kids, die von einem extracoolen Videospiel hören.

Er sagte: »Bei Dragsterrennen fahren die Fahrer nicht im Kreis, Dixie. Ein Dragstrip, so nennt man die Piste, ist schnurgerade, und die Rennen dauern kaum länger als vier Sekunden. Es treten immer zwei Rennautos an, bis ein Rennauto alle anderen innerhalb seiner Klasse geschlagen hat.«

Ich sagte: »Hä?« Egal was Tom mir da erzählte, ich stellte mir immer noch eine Reihe von Autos vor, die auf einer ovalen Rennstrecke im Kreis herumrasten. Die Vorstellung eines schnurgeraden Rennens, das nur vier Sekunden dauerte, ging mir nicht in den Kopf.

Billy Elliot wuffte, um mich daran zu erinnern, dass ich hier war, um mit ihm zu laufen, nicht um mit Tom zu plaudern, also führte ich Billy jetzt schnurstracks hinaus in den Flur zum Aufzug.

Als wir wieder zurück nach oben kamen, nahm ich Billy Elliots Leine ab und verabschiedete mich von Tom.

Er sagte: »Sollen wir nicht mal zu einem Dragsterrennen gehen? Du zusammen mit Guidry, ich zusammen mit Jenny.«

Langsam bekam ich den Eindruck, sämtliche lebendigen Wesen dieser Welt wären damit beschäftigt, neue Beziehungen einzugehen wie Tom und Jenny oder um den Erhalt einer Beziehung zu kämpfen wie dieses selbstzerstörerische Kardinalvogelweibchen draußen an meinem Küchenfenster. Wahrscheinlich bedeuteten einige Beziehungen das große Glück, andere nur Schmerz und Leid.

Jenny war Toms neue Freundin und hatte sich als würdige Partnerin für Tom erwiesen, indem sie aus freien Stücken und einfach so einen Strandlauf mit Billy Elliot unternommen hatte. Ich war mir dagegen nicht sicher, ob Guidry und ich noch ein Paar waren, das mit anderen Paaren ausging. Unternehmungen mit anderen Paaren stellten eine andere Aussage dar als Einzelunternehmungen. Ich weiß nicht, worin diese Aussage bestand, aber ich glaubte nicht, dass wir sie noch treffen konnten.

Ich sagte: »Guidry würde sicher gerne zu einem Dragsterrennen gehen, aber mein Ding ist es dann doch nicht.«

Ich sprach es nicht aus, aber ich dachte mir, Zack Carlyle war vielleicht eine Name, bei dem Männer ins Schwärmen gerieten, aber in meinen Augen war er ein Mann, der Frau und Kind im Stich gelassen hatte.

Tom sagte: »War vielleicht sowieso keine gute Idee. Die Typen, die dich überwältigt haben, könnten vielleicht was mit Dragsterrennen zu tun haben, und Männer, die eine Frau auf offener Straße entführen, wissen es womöglich nicht sonderlich zu schätzen, wenn dieselbe Person ihnen nachstellt. Noch dazu in Begleitung eines Cops.«

»Sie würden nicht wissen, dass Guidry ein Cop ist. Er sieht nicht so aus.«

Tom schaute mitleidig. »Dixie, sogar Billy Elliot würde Guidry auf den ersten Blick als Cop erkennen. Cops sehen nun mal aus wie Cops. Sie können nichts dafür. Sie haben

Augen wie Cops und Münder wie Cops, und sie bewegen sich wie Cops. Glaub mir, du kannst mit Guidry zu einem Autorennen irgendwo auf der Welt gehen, und die Hälfte der Besucher sucht schon nach dem ersten Blick das Weite.«

Während des ganzen restlichen Nachmittags dachte ich darüber nach, was Tom gesagt hatte. Wenn ich Guidry anschaute, sah ich nicht den Cop in ihm, aber trotzdem stimmte es, Cops haben einen Blick, den Leute mit anderen Berufen nicht haben. Einen wachsamen Blick. Nicht wie Ranger, deren Augen den Horizont nach Waldbränden absuchen, oder wie Kaufhausdetektive, die nach Ladendieben Ausschau halten. Mehr eine Art 360-Grad-Aufmerksamkeit für alles, was um sie herum vorgeht, selbst wenn es nicht direkt in ihrem Blickfeld liegt. Ich musste zugeben, Guidry hatte diesen Blick. Würden wir zu einem Autorennen gehen, bei dem auch Vern und seine Kumpel anwesend wären, würde ihnen dieser Blick vielleicht auffallen. Wenn ja, dann würden sie vielleicht vor Schreck das Land verlassen, was mir gerade recht wäre.

Als ich in Mr Sterns Zufahrt einbog, warf ich instinktiv einen kurz Blick zum Haus von Myra Kreigle. Aus keinem der Fenster sah jemand zu mir herunter. Vielleicht war die traurige junge Frau weggegangen, an einen Ort, wo sie glücklicher sein könnte. Ich wünschte es mir so sehr.

Im Haus der Sterns herrschte mal wieder dicke Luft. Ruby sagte kein Wort und blickte finster drein, Mr Stern war in der Küche und telefonierte. Selbst Opal schien zu schmollen.

Als ich Trockenfutter in Cheddars Fressnapf schüttete, sagte Mr Stern wie mitten in einem Gespräch mit Ruby: »Du bist eine erwachsene Frau, Ruby, und du weißt, wie man ein Telefon bedient. Du musst nicht zwangsweise verhungern, nur weil ich für mich alleine was zum Essen bestellt habe.«

Sie sagte: »Das ist mir klar, Großvater. Ich finde es halt

nur nicht in Ordnung, wenn jemand Essen bestellt, ohne zu fragen, ob der andere im Haus nicht vielleicht auch Hunger hat.«

»Kann sein, ich habe mich so sehr daran gewöhnt, nichts von dir zu sehen oder zu hören, dass es mir einfach entgangen ist, dass du hier bist.«

Rubys Augen füllten sich mit Tränen, und sie verließ mit Opal eng an sich gedrückt die Küche.

Ich sagte nichts dazu, sondern ließ Mr Stern einfach alleine mit seiner üblen Laune in der Küche zurück. Ich wusch Cheddars Katzenklo aus, während er aß, und ging dann in die Küche zurück, um Cheddars Näpfe zu spülen und abzutrocknen. Ich füllte seinen Trinknapf mit frischem Wasser und verließ die Küche mit zusammengepressten Lippen. Auf dem Küchentresen stand ein leeres Weinglas, aber Mr Stern bat mich nicht, eine neue Flasche für ihn zu öffnen, und ich bot es ihm auch nicht an.

Vor Rubys Zimmer klopfte vorsichtig an der Tür und flüsterte ihren Namen. Ihr »Komm rein« klang gedämpft, als hätte sie das Gesicht in einem Kissen vergraben. Als ich hereinkam, saß sie auf der Bettkante. Opal lag in ihrem Bettchen und verfolgte die Schattenspiele der Nachmittagssonne an der Wand.

Ich sagte: »Dies ist meine letzte Station für heute. Dann fahre ich nach Hause, um mit meinem Bruder und seinem Partner zu Abend zu essen. Hättet ihr beide, du und Opal, vielleicht Lust mitzukommen?«

Sie sah mich mit dankbaren Augen an, und ich musste weggucken, so sehr tat sie mir leid. »Muss ich mich dazu umziehen?«

»Quatsch, nein. Bei uns geht es ganz leger zu.«

»Ich zieh nur noch schnell Opal einen frischen Strampler an.«

In der Zwischenzeit stellte ich mir all die jungen Mütter vor, die ihr Haus in einem Aufzug verlassen, der an den aufgewärmten Haferbrei von gestern denken lässt, deren Babys aber stets aussehen wie aus dem Ei gepellt.

Bevor wir losfuhren, huschte Ruby noch schnell in die Küche. »Ich begleite Dixie zum Abendessen mit nach Hause, Opa. Kann ich einen Hausschlüssel haben?«

Völlig überrascht murmelte er etwas Unverständliches vor sich hin, und als Ruby an der Eingangstür erschien, hielt sie einen Schlüssel in der Hand.

Auf der Fahrt zu mir nach Hause erwähnte keine von uns beiden weder die Spannungen in Mr Sterns Haus noch die Tatsache, dass er immer so gemein zu Ruby war. Auch von Myra Kreigle, dem anstehenden Prozess oder von Vern sprachen wir kein Wort. Stattdessen unterhielten wir uns über die Passanten und deren Klamotten oder über die Aufmachung von Filmstars und Promis und die Läden in Sarasota, in denen es diese Sachen zu kaufen gab. Triviale Gespräche von Frau zu Frau, um die wirklich tiefgründigen Themen zu vermeiden.

Zu Hause begrüßten Michael und Paco den zusätzlichen Gast mit einem Baby im Schlepptau auf ihre gewohnt charmante und gelassene Art. Paco brachte eilends einen zusätzlichen Teller an den Rotholztisch auf der Veranda, und Michael reagierte mit jener Entzückung auf Opal, die das Herz jeder Mutter erfreut. Ich ließ sie auf der Veranda zurück, damit sie ein bisschen vertraut miteinander wurden, huschte unterdessen zu mir nach oben, um zu duschen und um mir ein frisches T-Shirt und Shorts anzuziehen. Als ich wieder nach unten kam, hatte Paco Opal auf seinen Armen und Ruby half Michael beim Auftragen des Essens.

Einen Moment lang glaubte ich ein im Bernstein der Zeit aufbewahrtes Stück Leben vor Augen zu haben, mit dem Baby, das plötzlich zu Christy wurde, Ruby, in der ich mich selbst sah, und mit Todd als schattenhafter Existenz irgendwo im Abseits. Der Moment glitt vorüber, und wir waren wieder eine normale Runde von Leuten im Kennenlerngespräch – eine Frau, die eine jüngere Version meiner selbst war, ein Baby, das wie mein eigenes, nun verstorbenes Kind war, Michael und Paco, die immer für mich dagewesen und dabei auch stets eine schmerzliche Erinnerung an meinen Mann waren.

Ella teilte meine bittersüßen Gefühle nicht. Seit sie Paco einen Schrecken eingejagt hatte, als sie einmal während des Essens auf einen Baum entfleuchte, musste sie auf seine Anordnung hin ein kleines Geschirr mit einer Baumwollleine tragen, die wir an einem Stuhlbein festbanden. Letztlich hatte sie diese Demütigung akzeptiert, aber sie beobachtete Michael und Paco, die nur noch Augen für das Baby hatten, mit dem stechend-herrischen Blick der Roten Königin aus Alice im Wunderland.

Das Abendessen begann mit einer Schale Linsensuppe, der ein Spritzer Zitronensaft den letzten Pfiff verlieh. Eine kleine Portion davon pürierte Michael im Mixer für Opal, die sich mit einem koketten Augenaufschlag und einem sabbernden Lächeln dafür bedankte. Ob alt oder jung, Michael verfällt jedes weibliche Wesen.

Nach der Suppe servierte Michael pochierten Alaska-Lachs mit Dillsauce, rote Babykartoffeln und einen Salat aus Gurke, Orange und Florida-Avocado. Ofenwarmes Baguette und trockener Weißwein rundeten das Ganze ideal ab.

Während des Dinners sorgten Michael, Paco und ich laufend für Gesprächsstoff, indem wir uns die Themen wie Beach-Volleyball-Spieler zuspielten, mit der lockeren Vertrautheit von Leuten, die einander sehr gut kennen und einen Code sprechen, der keiner besonderen Erklärung bedarf. Wir redeten über völlig zusammenhanglose Sachen – das Wetter, eine lustige Szene, die Paco auf der Straße beobachtet hatte, Michaels Kumpel von der Feuerwache, der mit seiner Familie Disney World besuchte.

»Wir springen wechselweise für ihn ein«, erzählte er Ruby. »Ich bin morgen dran.«

Ruby interessierte sich herzlich wenig für Michaels Dienstplan – warum sollte sie auch? –, Paco und ich jedoch nickten wie Firmenchefs bei der Entgegennahme wichtiger Planungsänderungen. Ich wusste nicht, ob Ruby spürte, wie sehr wir darum bemüht waren, nicht von Myra Kreigle oder dem anstehenden Prozess zu sprechen.

Zum Dessert gab es große Stücke Wassermelone – die echte, unverfälschte Sorte, mit schwarzglänzenden Kernen und ehrlich im Geschmack. Ruby gab Opal ein kleines Stückchen zum Probieren, aber sie bekleckerte eigentlich nur ihren Strampler mit dem roten Saft, und das ungewohnte Geschmackserlebnis brachte sie zum Weinen. Opals Bedarf an neuen Bekanntschaften war für diesen Tag gedeckt.

Ich sagte: »Ich denke, es ist Zeit, euch nach Hause zu bringen.«

Ruby lächelte. »Wenn es dir nichts ausmacht. Opals Schlafenszeit ist schon überschritten.«

Während Ruby die Windeltasche packte und sich bei Michael bedankte und Tschüß sagte, huschte Paco ins Haus, um seine Schuhe anzuziehen. Er kam mit uns zum Carport und kletterte in seinen verbeulten Truck. »Ich begleite euch.«

Seine Stimme ließ keinen Raum für Diskussionen, und mir war klar, dass er sich womöglich nicht nur Schuhe angezogen, sondern auch gleich noch ein paar geladene Waffen eingesteckt hatte. Ich schaute zur Veranda, wo Michael die Reste abräumte und dabei mit Ella plauderte. Er und Paco waren klammheimlich zu dem Schluss gekommen, dass sich Paco sicherheitshalber an unsere Fersen heften und darauf achten sollte, dass Ruby auf dem Nachhauseweg nichts zustoßen würde.

Ruby sah anscheinend nichts Ungewöhnliches darin, dass ein bewaffneter Deputy an der Stoßstange ihres Wagens klebte, jedenfalls erwähnte sie nichts. Bei Mr Stern angekommen, bog ich in die Zufahrt ein und ließ den Motor laufen, während Ruby die Babysachen zusammenpackte. Opal quengelte herum, Ruby beugte sich aber trotzdem kurz zu mir herüber und umarmte mich, ehe sie ausstieg. »Danke, Dixie. Ich hab mich so gefreut über dieses Abendessen.«

Sie warf die Autotür zu und eilte mit Paco dicht hinter ihr zur Haustür. Er wartete, bis sie aufgeschlossen hatte und im Haus verschwunden war, und ging dann eilends an mir vorbei zu seinem Truck. Während der Fahrt hielt er sich dicht hinter mir, und mir fiel auf, dass er mich genauso sorgfältig im Auge behielt wie Ruby. Dieser Gedanke war alles andere als beruhigend.

Zu Hause angelangt, winkte ich Paco zum Dank zu und stapfte meine Treppe hinauf, während er gemächlich über den Hof zum Hintereingang schlenderte. Erst in meinem Appartement wurde mir klar, dass er bewusst langsam gegangen war, um mir Zeit zu geben, in meine Wohnung zu kommen. Noch so ein beunruhigender Gedanke. Ich glaubte zwar nicht, dass ich in Gefahr war, aber Paco rechnete anscheinend mit allem.

Mich befiel eine Welle der Erschöpfung, als ich mich bettfertig machte, und ich schlüpfte unter die Decke mit dieser Art Nebel im Kopf, die von zu vielem Nachdenken kommt. Trotzdem dachte ich weiter nach. Ich fragte mich, wie lang es wohl dauern würde, bis sich Ruby von diesem Trauma ihrer letzten Lebensjahre erholt haben würde. Mr Sterns Worten zufolge war Ruby im frühen Teenageralter gewesen, als ihr Leben aus den Fugen geriet. Innerhalb von zwei oder drei Jahren war ihre Mutter eines quälend langsamen Todes gestorben, ihr Vater war im Krieg gefallen, ihre Großmutter war an gebrochenem Herzen gestorben, und Ruby war mit einem seelisch verkrüppelten Großvater alleine zurückgeblieben. In ihrem Kummer hatte sie sich Myra Kreigle als Mutterersatz ausgesucht, und in ihrer Naivität hatte sie sich von dieser Hexe für ihre betrügerischen Absichten einspannen lassen. In ihrem Bedürfnis nach Liebe schließlich, das wir alle haben, hatte sie geglaubt, sie hätte die große Liebe bei einem Rennfahrer namens Zack Carlyle gefunden. Dieser Zack hatte sie im Stich gelassen, nachdem er sein ganzes bei Myra Kreigle investiertes Geld verloren hatte, und Myra war willens, Ruby zu zerstören, um ihre eigene Haut zu retten.

Ich fragte mich, wo die Grenzen jedes einzelnen von uns liegen. Wie viel Schmerz und Verlust kann einer ertragen, bevor er zusammenbricht? Ich wusste, wo meine Grenzen lagen, und ich wusste auch, dass jeder seine eigenen Grenzen hat. Ruby hatte in jungen Jahren mehr Schicksalsschläge hinnehmen müssen, als jede ältere und stärkere Frau verkraftet hätte, aber mir war klar, dass der Moment kommen würde, an dem auch sie nicht mehr weiterkonnte.

Wenn ich auf der Welt etwas zu sagen hätte, bekäme jeder Erwachsene mehrmals im Leben eine Auszeit. Die Auszeiten würden in etwa alle zwanzig Jahre greifen und jeweils fünf Jahre dauern. Fünf Jahre, um sich von Schule, Ehe, Elternschaft, Beruf, Krieg oder Trauer zu erholen. Fünf Jahre, um zu heulen, zu schlafen, zu beten oder gegen eine Wand zu starren. Obdach und ein Bett würden gestellt werden, dazu ein unbegrenzter Vorrat an gesunden Nahrungsmitteln, Musikinstrumenten und Büchern. Nicht erlaubt wären Alkohol, Tabak oder sonstige Drogen. Keine Therapeuten oder religiöse Eiferer. Nach Ablauf von fünf Jahren würde jeder Erdenpilger einen Eid darauf schwören, den drei Fs – Familie, Freunde, Freude – künftig mehr Platz einzuräumen als Karrierezielen, Leistung, Geld oder Besitz.

Als der Schlaf mein Tages-Ich schließlich betäubte, übernahm mein Traum-Ich das Regiment und schickte mich in einen derart schicken und sündteuren Geschenkeladen, dass es mir fast peinlich war, ihn mit meiner Anwesenheit zu beschmutzen. Mir blieb jedoch keine andere Wahl. In diesem Traum hatte ich die Aufgabe, ein Geschenk für Guidry besorgen, und ich musste es in diesem Laden kaufen.

Ich sagte: »Ich bräuchte ein Geschenk für einen mir nahestehenden Menschen.«

Kaum hatte ich die Worte ausgesprochen, spürte ich, wie ich errötete. Die Verkäuferin, die aussah wie Myra Kreigle, es aber nicht war, bedachte mich mit mitleidigen Blicken.

»Und ist dieser Mensch männlich oder weiblich? Ein Erwachsener oder ein Kind?«

Mein Gesicht begann förmlich zu glühen. Ich hätte das vor Betreten des Ladens bedenken müssen.

»Ein Mann«, sagte ich. »Erwachsen.«

»Aha«, sagte sie, als hätte ich ihre Erwartungen übertroffen. »Und wäre dieser erwachsene Mann ein Arbeitskollege, ein Freund der Familie, ein Verwandter oder ein Liebhaber?« Ihr spöttischer Tonfall verriet, dass ein Liebhaber wohl kaum in Frage kam.

Mein Gesicht erstrahlte unterdessen sicher längst in einem unschönen Magentarot. Ich musste dieses Gespräch unter Kontrolle bringen, *meine* Kontrolle, und um das zu erreichen, musste ich vortäuschen, ich sei nicht Guidrys Geliebte.

»Eher eine Art Freund, der möglicherweise mal ein Liebhaber werden könnte. Eines Tages. Vielleicht.«

Sie taxierte mich von oben bis unten und fragte sich garantiert, wie eine derart konfuse Person wie ich es geschafft hatte, an einen potenziellen Liebhaber heranzukommen.

Sie sagte: »Hat der Herr denn irgendwelche Hobbys?«

Sie bezweifelte sicher, dass ich einen Mann gut genug kennen würde, um zu wissen, ob er Hobbys hatte. Ich empfand das als Beleidigung, aber in Wahrheit wusste ich tatsächlich nicht, welches Hobby Guidry eventuell haben könnte.

Als Antwort fiel mir lediglich Folgendes ein. »Er ist aus New Orleans.«

Sie nickte mir auf die Art zu, wie man linkischen Kindern zunickt, verschwand aber dann plötzlich, ohne mir ein passendes Geschenk vorzuschlagen, und ich blieb mit dem Gefühl zurück, ich hätte die einzige Gelegenheit meines Lebens verpasst, Guidry etwas Wertvolles zu schenken.

## 15

Am nächsten Morgen erwachte ich mit dem Gefühl, mir wäre im Schlaf ein Stein vom Herzen gefallen. Dieses Gefühl einer besonderen Nähe zwischen mir und Ruby war noch da, aber es war nicht meine Aufgabe, ihr Leben zu leben. Damit musste sie alleine fertigwerden. Das Gesetz von Ursache und Wirkung erzeugt klare Trennlinien im Leben eines jeden Menschen, und Ruby erfuhr die Folgen eigener Entscheidungen und eigenen Handelns. Ich konnte mitfühlen und ihr beistehen, aber mir war klar, ich konnte und sollte mich nicht in ihr Leben einmischen. Außerdem war ich Tiersitterin von Beruf. Meine Aufgabe war es, Cheddars Katzenklo zu reinigen, und nicht, mich in die Rolle von Opals Mutter oder Rubys großer Schwester hineinzufantasieren. Mr Stern war Rubys Großvater, der sich zwar tags zuvor wie der letzte Trottel benommen hatte, aber ich glaubte trotzdem, dass er besser war, als er sich nach außen hin gab, und dass ihm Ruby und Opal sehr wohl am Herzen lagen. Irgendwie würden sie es alle schaffen, ohne dass ich mir ständig Sorgen um sie machte.

Während ich die Treppe hinunter zu meinem Bronco ging, sang ich leise und falsch vor mich hin. »You're entirely way too fine, entirely way too fine, get me all worked up like that, entirely way too fine, da-da-da-di-da, um-hunh.« Meine Konkurrenz braucht Lucinda Williams sicher nicht zu fürchten. In der Luft lag dieser Geruch vom Golf, salzig, sandig und nach Fisch, der Geruch nach Leben. Am Himmel standen Schäfchenwolken und eine fahle, in Auflösung begriffene Mondscheibe über zinnerner Meeresoberfläche. An der blassfahlen Uferlinie zeichneten leise plätschernde

Wellen – ein Echo zu meinem geflüsterten Lied – bogenförmige Muster aus Schaum. Ein auf der Kühlerhaube des Bronco schlafender Kanadareiher zog seinen unter den Flügeln versteckten Kopf hervor, als er mein Lied hörte, warf mir aus rotgesäumten Augen einen empörten Blick zu, breitete die Flügel zu ihrer vollen Spannweite von annähernd zwei Metern aus und flog mit dem dumpf grollenden Geräusch einer abgehenden Lawine davon. Alles in allem ein normaler Durchschnittsmorgen kurz vor Anbruch der Dämmerung auf Siesta Key.

Der weitere Verlauf war ebenso typisch. Der Horizont erstrahlte zum richtigen Zeitpunkt rosenfarben, erglühte wie bestellt in Apricottönen und verwandelte sich nach und nach in eine glatte, hellblaue Leinwand für das künstlerische Schaffen das Tages. Möwen in Gruppen gaben vor der blauen Himmelskulisse ihr Ballett aus Kreisen und Sturzflügen zum Besten, Seeschwalben und Reiher pickten eifrig Leckereien vom Boden auf, und Singvögel trillerten und zwitscherten, einfach weil ihnen danach zumute war. Billy Elliot und ich absolvierten unseren obligatorischen Morgenlauf, und dann klapperte ich ein Klientenhaus nach dem anderen ab, um Katzen zu füttern, Katzen zu kämmen und um mit Katzen zu spielen. Ich war so effektiv, so fröhlich und so *gut* – ich hätte direkt zum Star einer Tiersitting-Dokumentation avancieren können.

Sogar Mr Sterns Griesgrämigkeit konnte mir nichts anhaben. Als ich dort ankam, öffnete mir Ruby die Tür. Sie wirkte glücklicher als sonst, vielleicht weil sie sich am Abend zuvor ein bisschen entspannen konnte.

Sie rollte die Augen verschwörerisch in Richtung Küche, um mich wissen zu lassen, dass Mr Stern uns hören konnte. »Cheddar ist wieder bei Opal. Er hat letzte Nacht unter dem Bett geschlafen und ist jetzt schon den ganzen Morgen bei ihr auf dem Zimmer. Opal sucht ihn schon, wenn er nicht da ist. Lustig, wie die beiden sich angefreundet haben.«

Mr Stern fand das sicher alles andere als lustig. Ich stellte mir vor, wie er alleine im dunklen Garten sitzt und ohne Cheddar auf seinem Schoß den Lichtreflexen auf dem Wasserfall zusieht.

Ich kam schwungvoll in die Küche gerauscht, als würde ich Mr Sterns mürrische Miene gar nicht bemerken. Er saß auf seinem Platz am Tresen und erwartete mich bereits, damit ich ihm seine Eier kochte, seinen Toast machte und seinen Kaffee aus einer Kanne eingoss, die auf einer Wärmeplatte auf dem Tresen stand. Dabei war Mr Stern problemlos in der Lage, sich seine Eier selbst zu kochen, seinen Toast zu machen und seinen Kaffee einzugießen. Er war nur eifersüchtig auf Cheddars guten Draht zu Opal und war deshalb kindisch und anspruchsvoll geworden, Eigenschaften, die er an jedem anderen verachtet hätte.

Ruby gesellte sich zu uns in die Küche und sah mir, mit einer Tasse Kaffee in der Hand gegen den Tresen gelehnt, dabei zu, wie ich der schlechten Laune ihres Großvaters tänzelnd trotzte. Ich beherrschte den Tanz aus dem Effeff: Eier in einen Topf, Pirouette zur Spüle, um Wasser auf die Eier zu geben, danach eine Pirouette zum Herd. Zwei Scheiben Brot in den Toaster, Bräunungsgrad einstellen, Arabesque zum Schrank mit dem Katzenfutter, Plié, um Trockenfutter in den Napf zu streuen und ihn danach abzustellen. Ich fühlte mich so galant und vogelgleich – ein Wunder, dass ich nicht zwitscherte wie ein Kanarienvogel.

Mit Mr Stern und Ruby als Zuschauer ließ ich das pochierte Ei auf Cheddars Futter gleiten, nahm einen Teller für Mr Stern aus dem Schrank, fischte seine weichgekochten Eier aus dem Topf und bestrich seinen Toast mit Butter. Aber als ich Mr Sterns Frühstück auf den Tresen stellte, befiel mich das ungute Gefühl, dass etwas nicht stimmte, und ich drehte meinen Kopf in Richtung der Schlafzimmer. Im selben Moment hob Ruby den Kopf wie ein Hund, der Witterung aufnimmt.

Im nächsten Augenblick drehten wir uns beide um und rannten los.

Hinter uns rief Mr Stern: »Was ist los? Was geht hier vor?«

Jetzt konnte ich es deutlich riechen, beißenden Rauch, dazu merkwürdig süß.

Ich schrie: »Feuer! Ruf die neun-eins-neun!«

Am Ende des Flurs leckten Flammen unter Rubys verschlossener Zimmertür hervor, und ich spürte die Hitze, die mir entgegenschlug. Bei aller Panik war mir trotzdem klar, dass etwas nicht stimmte an dieser Hitze. Sie war viel zu groß, zu gewaltig, zu soghaft. Eine derartige Hitze konnte nur von einem Brand ausgehen, der schon länger gewütet hatte.

Ruby schrie wie verrückt und rannte an mir vorbei zur Zimmertür. Aber noch bevor ihre Hand den Knauf ergreifen konnte, flog uns die Tür explosionsartig entgegen. An ihrer Stelle loderte nun ein undurchdringliches Flammenmeer.

Kreischend vor Panik stürzte Ruby auf die brausenden Flammen zu. Wäre mein Baby auf der anderen Seite dieser Feuerwand gewesen, ich hätte genau so reagiert, aber in diesem Moment packte ich sie an der Hüfte und zog sie zurück.

Sie wand sich mit aller Gewalt und schlug auf meine Hände. »Opal ist da drinnen!«

»Wir können durch diese Flammen nicht durch! Wir müssen die Außentür nehmen!«

Sollte sie mich gehört haben, die Worte kamen bei ihr nicht an. Wild entschlossen, das Feuer zu durchdringen, schlug und trat sie mich, indessen ich versuchte, sie von der Tür wegzuzerren.

Wie von einer bösen Intelligenz getrieben, stand das Feuer wie eine Höllensäule im Raum und seine Gewalt ließ die Farbe des Türstocks schmelzen und kaskadenartig herunterrinnen, sodass sich unter den erstickenden Qualm brennenden Holzes auch noch ein gummiartiger Gestank mischte.

Mr Stern kam auf uns zugerannt und zerrte wie wild an seiner Trageschlinge, um seinen verletzten Arm freizukriegen.

Er rief: »Habt ihr die neun-eins-neun gerufen?«
»Die Feuerwehr ist schon unterwegs!«
Mit dem einen Arm immer noch in der Schlinge gefangen, stürzte er mit derselben Entschlossenheit wie kurz zuvor Ruby auf die Flammen zu.
Ich schrie: »Sie können da nicht durch, Mr Stern!«
Er blieb stehen, aber sein gerader Rücken verriet, dass er stumm kalkulierte, wie er am besten durch die Flammen stoßen konnte, um seine Urenkelin zu retten. Seine Haltung sagte, er war ein ehemaliger Militär, dies sei nicht sein erstes Feuer und er werde damit fertig.
Die Flammen loderten durch die Tür hindurch und griffen schon auf die Flurtapete über, da stand er immer noch da wie bereit zur Attacke. Außer sich vor Angst rang Ruby mit mir wie ein wildes Tier. Ich konnte sie nur mit Mühe bändigen, beide hätte ich nie geschafft. Sollte sich Mr Stern in die Feuersbrunst stürzen, ich könnte ihn nicht daran hindern.
»Mr Stern, bitte!«
Widerwillig grummelnd fügte er sich und wandte sich mit dem gesunden Arm ausgestreckt in meine Richtung, um mir dabei zu helfen, Ruby zu bändigen. Seine gute Absicht in Ehren, aber um mir mit Ruby zu helfen, hätte er beide Hände benötigt. Außerdem brauchte ich so viel Platz wie möglich, und er stand mir einfach im Weg.
Mit meiner Deputy-Stimme rief ich: »Platz da! Bitte!«
Er zuckte zurück, überrumpelt und gekränkt, und signalisierte traurig sein Einverständnis. Leider hatte ich ihn daran erinnern müssen, dass er zu alt, zu schwach und zu nutzlos war, um seiner Enkelin oder seiner Urenkelin zu helfen. Mit einem letzten, schmerzlichen Blick auf das Inferno, das einmal Rubys Zimmer gewesen war, hastete er den Flur entlang zurück in Richtung Küche.
»Mr Stern, wir müssen hier raus!«
Er rief: »Nicht ohne Cheddar!«

Ich war zu erschöpft, um mit ihm zu argumentieren. Er hatte entweder vergessen, dass Cheddar in Rubys Zimmer war, oder er wollte es einfach nicht wahrhaben.

Der Qualm brannte gottserbärmlich in meiner Kehle, und meine Arme fühlten sich an wie ausgerenkt. Mit letzter Kraft riss ich Ruby so schnell herum, dass ihre Füße vom Boden abhoben. Wild um sich schlagend und schreiend, bugsierte ich sie nach und nach in Richtung Haustür. Aber ich war nicht größer und auch nicht stärker als sie und war mir nicht sicher, wie lange ich sie noch hindern konnte, sich von mir loszureißen. Wenn sie es tat, würde sie bei dem Versuch, ihr Baby zu retten, sterben.

Die Sirene wurde lauter. Ruby unnachgiebig im Griff, taumelte ich den Flur entlang. An der Haustür rief ich wieder nach Mr Stern, bekam aber keine Antwort. Mit letzter Anstrengung gelang es mir, Ruby mit einem Arm festzuhalten und mit dem anderen Arm die Tür zu öffnen. Ich konnte endlich wieder durchatmen, und da war auch schon ein Feuerwehrauto vorgefahren. Feuerwehrmänner in Schutzanzügen sprangen heraus.

Michael war an der Spitze, und als er die Einfahrt entlanglief, erinnerte er mich so sehr an unseren Vater, dass mich das unwirkliche Gefühl befiel, die Geschichte würde sich wiederholen. Doch unser Vater war gestorben, als er das Leben eines Kindes rettete, und ich war mir sicher, das Kind in diesem Haus war bereits tot. Kein lebendes Wesen konnte die Feuerhölle überleben, zu der Rubys Zimmer geworden war.

Als er sah, wie ich mich mit Ruby abmühte, nahm er sie mir wie eine Stoffpuppe ab und stellte sie auf die Beine. »Du bleibst jetzt draußen!«

Rubys Haare waren zerzaust, ihr Gesicht von Rauch und Ruß geschwärzt, die Pupillen weit aufgerissen, schwarz und völlig irr. »Mein Baby ist da drinnen!«

Ganz nah an Rubys Gesicht rief Michael: »Dann komm uns beim Löschen des Brands nicht in die Quere!«

Sie wich zurück, als wäre sie geschlagen worden, aber ihr Blick normalisierte sich, und sie unternahm keinen Versuch zurückzulaufen.«

Ich sagte: »Das Feuer wütet in einem Zimmer mit einer Schiebetür nach draußen. Es ist ein Baby drin und eine Katze. In der Küche befindet sich ein älterer Mann. Er sucht nach der Katze. Ohne die Katze verlässt er das Haus nicht.«

Weitere Feuerwehrmänner kamen angestürmt, und Michael gab ihnen lautstark Anweisungen. »Schiebetür zum Zimmer, in dem es brennt. Drinnen ein Baby und eine Katze, ein alter Mann in der Küche, irrsinnig.«

Innerhalb weniger Sekunden war ein Feuerwehrmann ins Haus gerannt und hatte Mr Stern mit der Anweisung an uns alle herausgeführt, uns möglichst weit fern zu halten. Wir drängten uns am Ende der Einfahrt eng zusammen und starrten schweigend auf das Haus. Ruby zitterte derart heftig, dass ich sie mit beiden Armen umfasste und wie ein kleines Kind eng an mich drückte. Mr Stern war kreidebleich und starrte mit offenen Augen vor sich hin, als hätte er es in seinem Schockzustand verlernt, zu zwinkern.

Weitere Sirenen waren zu hören, weitere Feuerwehrfahrzeuge hielten vor dem Haus und weitere Feuerwehrmänner in Stiefeln, Schutzanzügen und Helmen sprangen heraus. Zwei Rettungsfahrzeuge mit Sanitätern kamen angerauscht sowie ein von einem Brandmeister gesteuerter Einsatzwagen. Auf der anderen Straßenseite hatten sich Nachbarn – wie zum Schutz eng aneinandergedrängt – versammelt und guckten neugierig.

Eine Frau kam über die Straße gerannt und legte ihren Arm um Ruby.

Die Frau sagte: »Sie sind viel zu nah dran. Kommen Sie mit über die Straße.«

Wir beide, sie und ich, trugen Ruby förmlich über die Straße, während Mr Stern wie ein gehorsames Kind hinter uns hertrabte. Andere Nachbarn hatten freundlicherweise

Decken und Kissen zum Hinsetzen auf dem Gras ausgelegt, wofür mein rationales Selbst dankbar war, während mein zynisches Selbst sich über die Art und Weise aufregte, wie sie sich scheinbar auf ein Open-Air-Konzert vorbereiteten. Aber mein zynisches Selbst hatte sich getäuscht, denn die Nachbarn waren alles andere als sensationslüstern, sondern legten eher eine Art weihevolle Stille wie in einer Kirche an den Tag.

Ruby starrte eine Weile stumm vor sich hin und taumelte dann schmerzvoll aufheulend mit dem Gesicht voran zu Boden. Schweigend traten Frauen an sie heran, gingen in die Knie und streichelten ihren Rücken, indem sie mitleidsvolle Blicke austauschten. Keiner von uns konnte sich allerdings einen Schmerz, wie Ruby ihn erlitt, vorstellen. Keiner von uns konnte ihr helfen, Trost, Beistand oder Zuversicht spenden. Wir konnten ihr lediglich nahe sein und unser Mitleid zum Ausdruck bringen. Mr Stern saß alleine da, wie gepanzert in seiner Abwehrhaltung, die alle Nachbarn fernhielt. Ich unternahm auch keinen Versuch, mich ihm zu nähern, denn jeder Mensch trauert auf seine eigene Art und Weise, und ich respektierte Mr Sterns Recht darauf, sein Leid alleine zu tragen. Er war sich über die Tragweite der Geschehnisse im Klaren und wusste, dass es keine Hoffnung gab, weder für Opal, noch für Cheddar.

Ich weiß nicht, wie lange wir dort saßen. Die Zeit schien sich gleichzeitig zu beschleunigen und zu verlangsamen. Ich nahm alles wahr wie aus einer irrationalen Distanz heraus.

Nach einer scheinbaren Ewigkeit kam Michael mit einem kleinen, in eine Decke gehüllten Bündel aus der Tür.

# 16

Eine Frau in unserer Gruppe sagte: »Was trägt denn dieser Feuerwehrmann da auf dem Arm? Ist das ein Baby?«

Ruby kam schwankend auf die Füße. »Opal!«

Michael eilte auf eines der Rettungsfahrzeuge zu, wo ein Sanitäter bereits die Tür aufhielt.

Dicht gefolgt von mir rannte Ruby über die Straße und packte Michael am Arm. »Mein Baby?«

Er schüttelte den Kopf. »Die Katze.«

Er schlug die Decke ein Stück weit zurück und enthüllte Cheddars schlaffen und scheinbar leblosen Körper. Das Tier hatte keine Brandverletzungen, aber die Augen waren geschlossen und der Mund stand offen. Ich konnte keinerlei Spur von Atmung entdecken.

Michael sagte: »Ich fand ihn, als ich unter das Bett fasste. Zuerst dachte ich, es wäre ein Plüschtier.«

Ruby wandte sich mit hoffnungsvollem Blick an mich. Ich ahnte, was in ihr vorging: Wenn Cheddar diese Feuersbrunst überlebt hatte, dann könnte auch Opal noch am Leben sein. Doch eine Katze kann sich unter einem Bett verkriechen, um Schutz vor den Flammen zu suchen. Ein vier Monate altes Baby dagegen ist in einer solchen Situation hilflos.

Michael übergab Cheddar dem Rettungssanitäter und rannte zurück ins Haus. Der Rettungssanitäter stieg in das Fahrzeug, wo ein zweiter Sanitäter schon die Tier-Sauerstoffmaske parat hatte, um sie über Cheddars Näschen zu stülpen. Als sie sicher fixiert war, lag Cheddar auf dem Schoß des Sanitäters, der an eine Sauerstoffflasche angeschlossene Schlauch lose auf dem matten Körper.

Auf der anderen Straßenseite hatte Mr Stern es geschafft, alleine hochzukommen – kein leichtes Unterfangen mit einem Arm in der Schlinge. Er bewegte sich mit ruckartigen Schritten auf uns zu wie eine Marionette, mit deren Schnüren etwas nicht stimmte. Als er bei uns war, legte er seinen gesunden Arm um Rubys Schulter, woraufhin Ruby an seine schmale Brust sank, während er ihr unbeholfen auf den Rücken klopfte.

Eine der Nachbarsfrauen kam angelaufen, um Ruby wieder zurück auf ihren Platz auf der anderen Straßenseite zu führen.

Mr Stern sah ihnen nach und richtete dann seine Aufmerksamkeit auf Cheddar. Das ganze Ausmaß seiner Verzweiflung zeigte sich lediglich an einem nahezu unscheinbaren Zittern der Schultern.

Ich sagte: »Mr Stern, die Sanitäter haben eine spezielle Sauerstoffmaske für Tiere. Sie kommt gerade bei Cheddar zum Einsatz.«

»Was ist mit Opal?«

Ich hatte ihn nie zuvor den Namen des Babys aussprechen gehört.

»Das ist noch unklar.«

»So viel *tzuris*«, murmelte er vor sich hin. »Solch ein *tzuris!*«

Ich konnte kein Yiddish, aber der Klang des Worts spiegelte unsere Sorgen und den Kummer wider.

Auf der anderen Seite der Straße war Ruby auf die Knie gesunken und hatte ihr Gesicht in den Händen vergraben, während Nachbarsfrauen sie zu trösten versuchten. Dabei musste ich daran denken, wie Myra Kreigle Ruby früher bemuttert hatte, und ich fragte mich, ob Myra nun aus ihrem Fenster im ersten Stock auf Ruby herunterschaute.

Nach Ablauf einer halben Ewigkeit hellte sich die Miene der Sanitäter zögerlich auf. Mir war keine Veränderung an Cheddar aufgefallen, aber die Sanitäter mussten wohl ein Zucken des Schwanzes oder ein Blinzeln des Auges registriert haben. Mr Stern fiepte kurz durch die Nase, für mich ein Zeichen, dass er die Reaktion der Sanitäter auch bemerkt haben musste.

Und tatsächlich ging nach wenigen Minuten Cheddars Schwanzspitze hoch, seine Pfote fasste an die Sauerstoffmaske, und er schlug die Augen auf. Mr Stern verzog das Gesicht und weinte Freudentränen, ohne sich ihrer zu schämen.

Nach geraumer Zeit nahmen sie Cheddar schließlich die Sauerstoffmaske ab und stellten ihn vorsichtig auf die Beine. Er blieb stehen, gähnte mit weit herausgestreckter Zunge, um es sich anschließend auf dem Schoß des Sanitäters eingerollt bequem zu machen.

Der zweite Sanitäter stand auf und richtete das Wort an Mr Stern: »Sir, ich glaube, Ihre Katze ist über den Berg. Der Kater atmet selbstständig, und er steht auf allen vier Beinen. Wir bringen ihn jetzt in eine Tierklinik. Wenn Sie möchten, können Sie mitkommen.«

Demütig sagte Mr Stern: »Vielen Dank, junger Mann.« Diesen Ton hatte ich nie zuvor an ihm gehört.

Ich sagte: »Ich komme in meinem Auto mit.«

»Nein, Sie bleiben besser hier bei Ruby.«

Ich widersetzte mich nicht. Mein eigentlicher Job war es zwar, Mr Stern mit Cheddar zu helfen, aber ich wusste, dass man mich in der Tierklinik nicht brauchen würde. Ruby dagegen brauchte alle Hilfe, die sie bekommen konnte.

Ich half Mr Stern beim Einsteigen und wartete noch ab, bis der Rettungswagen abgefahren war, um dann über die Straße zu gehen und mich neben Ruby zu setzen.

Keiner sagte ein Wort. Wir saßen schweigend da und starrten unbeweglich auf das Haus. Eine Frau hatte den Arm um Rubys Schulter gelegt, ich hielt Rubys Hand, aber ich bezweifelte, ob Ruby uns überhaupt wahrnahm.

Das röhrende Getöse eines herannahenden PS-Monsters durchbrach die Stille mit jenem Geräusch, das normalerweise nachts auffällt und bei dem man sich fragt, wer so spät so einen Radau macht. Ruby riss den Kopf herum, als sie das Geräusch hörte, und kaum war das Auto mit quietschenden Reifen neben ihr zum Stehen gekommen, sprang sie auf wie von der Tarantel gestochen. Das Fahrzeug war ein schwarzes, windschnittiges Cabrio einer ausländischen Marke, die ich nicht kannte. Die Insassen waren zwei Männer, einer von ihnen schmächtig und dünnhäutig und so blond, wie ein hellhäutiger Mann nur sein kann, mit derart hellen Augenbrauen und Wimpern, dass sie fast unkenntlich waren. Er war jung, etwa Mitte zwanzig, und sah aus wie diese Art Jungs, die sich auf der Highschool nie mit Mädchen verabredet hatten, weil sie Physik oder Mathe viel spannender fanden.

Der Beifahrer war das genaue Gegenteil, breitschultrig und schwarz und großgewachsen wie ein Afroamerikaner nur sein kann. Er hatte in etwa dasselbe Alter wie das schmächtige Bürschchen, sein Schädel war rasiert, seine Muskeln quollen in alle Richtungen hervor, und mit seinem Aussehen hätte er jeden Räuber in die Flucht gejagt. Der Kleiderschrank und das Bürschchen sahen aus wie zwei nicht zusammenpassende Erbsen in einer glänzenden ausländischen Schote.

Ruby seufzte leise auf und streckte dem Bürschchen die Hand entgegen, während dieses sie tief betroffen ansah. Mir tat dieser Anblick fast weh.

## 17

Unter den gebannten Blicken der schweigenden Nachbarn stieg der hellhäutige, schmale junge Mann aus dem Auto und richtete den Blick über die Kühlerhaube hinweg auf Ruby, während sein Gesicht die anstürmenden Emotionen kaum verbarg. Der dunkelhäutige Kleiderschrank seufzte ungeduldig, stieß die Tür auf, stapfte zu Ruby und schloss sie in seine Arme. Mit einem Bruder wie Michael war ich ja an breite Schultern und Brustkästen gewöhnt, doch dieser Mann war doppelt so massig wie Michael.

Ein Ausdruck des Bedauerns erfasste das Gesicht des schmächtigen Bürschchens, aber es schien den Kleiderschrank eher um seine offene Art des Gefühlsausdrucks zu beneiden, als eifersüchtig darauf zu sein, dass Ruby ihn umklammert hielt wie einen Retter in schimmernder Rüstung.

Ich stand auf und wartete ab, war aber gleichzeitig bereit, in eine mögliche Auseinandersetzung schützend einzugreifen.

Das Bürschchen ging um das Auto herum und stellte sich neben mich. »Ich bin sofort losgefahren, sobald ich davon gehört hab.«

Von nahem sah er aus wie der junge Tom Petty, sehnige Kraft und doch zart und verletzlich. Seine Augen waren von so dunklem Blau, dass sie fast violett schimmerten.

Ruby wandte ihm ihr verstörtes Gesicht zu. »Opal konnte noch nicht gefunden werden.«

Das Bürschchen zuckte zusammen, und im nächsten Moment nahm der Kleiderschrank Ruby und drückte sie ihm in die Arme – auf genau die Art, mit der jemand einen

Teller aus dem Spülbecken in das Klarspülbecken tunkt, so als wäre jetzt der richtige Zeitpunkt gekommen. Ruby und der schmächtige Junge hielten einander in den Armen, als würden sie die kluge Entscheidung des Dunkelhäutigen fraglos respektieren. Ruby begann zu weinen, ihr Gesicht an die Brust des Jungen geschmiegt, und er wiegte sie sanft hin und her, so wie Ruby es mit Opal gemacht hatte.

Der Kleiderschrank wandte sich mir zu und bedachte mich mit einem derart süßen Grübchenlächeln, wie ich es bis dato nur von Babys gekannt hatte.

Er sagte: »Wie geht's, Ma'am? Cupcake Trillin mein Name.«

Nun war mir klar, warum er diese finstere Miene zur Schau stellte. Mit einem derart süßen Lächeln war ihm vermutlich als Baby der Name Cupcake verpasst worden, und er musste sich vor Verunglimpfungen schützen, sobald er größer wurde.

»Freut mich, Sie kennenzulernen, Cupcake. Ich bin Dixie Hemingway, zuständig für die Katze von Rubys Großvater.«

Meine Hand verschwand ganz in seiner, und für eine Sekunde spürte ich das Pulsieren roher Kraft an meiner Handfläche. Cupcake war der Mann, den du definitiv auf deiner Seite haben willst, nicht auf der gegnerischen.

Wie um sicherzustellen, dass auch jedem klar war, was er gemeint hatte, erhob Cupcake seine Stimme. »Dieser Mann da, *an Rubys Seite,* ist ihr Ehemann, Zack.«

Nach Verstreichen einer kurzen Zeit, damit auch jeder die Bedeutung und die besondere Betonung kapierte, die er auf manche seiner Worte gelegt hatte, sagte er: »Was geht hier ab?«

Die Frage hatte er nicht Ruby, sondern mir gestellt. Ruby hatte sich zu sehr der Umarmung ihres Mannes hingegeben, um auch nur irgendetwas zu verstehen, was Cupcake sagte.

»Das Feuer brach in Rubys Zimmer aus, in dem sich das Baby gerade befand und schlief. Wir waren völlig überrascht, und es war so gewaltig. Ruby wollte durch eine Wand aus Flammen, aber ich hab sie zurückgehalten. Es war ein richtiger Kampf, bis ich sie überzeugt hatte, dass es aussichtslos war.«

Seine Augen waren unablässig auf mich gerichtet, intelligente Augen, die die Situation vollständig erfassten. Er wollte mir noch eine Frage stellen, brach aber ab, als er Michael aus der Tür und auf uns zukommen sah. An Michaels Gang konnte ich erkennen, dass er keine guten Nachrichten hatte.

Sollte Michael sich über die Anwesenheit von Zack und Cupcake gewundert haben, dann zeigte er nichts davon. Er trat einfach an Ruby heran und wartete eine Sekunde lang ab, damit sie sich fassen konnte. Seine Augen waren mehr als traurig.

Direkt an Ruby gewandt sagte er: »Wir konnten das Baby nicht finden. Leider.«

Ruby schwankte auf Michael zu, in der Hoffnung auf genauere Informationen.

Er sagte: »Das Feuer beschränkte sich überwiegend auf den Bereich vor der Tür.«

Sie sagte: »Versteh ich nicht.«

Zack sagte: »Er meint, jemand hat das Feuer gelegt und das Baby mitgenommen.«

Ihre Stimme glich einem hysterischen Kreischen: »Stimmt das? Haben Sie das gesagt? Jemand hat Opal mitgenommen?«

»Das können wir erst dann mit Sicherheit sagen, wenn wir ausschließen können, dass sie nicht aus ihrem Bett gekrabbelt ist und sich irgendwo versteckt hat, wo wir sie noch nicht finden konnten.«

Als bedeutete jedes einzelne ihrer Worte eine schier übermenschliche Anstrengung, sagte Ruby: »Opal ist erst vier Monate alt und krabbelt noch gar nicht.«

Das wusste Michael längst. Er hatte Opal noch am Abend zuvor auf dem Schoß gehabt und ihr Linsensuppe eingelöffelt und kannte die Situation genau. Aber er war nicht für die Ermittlungen verantwortlich und konnte nur schildern, was er als Feuerwehrmann am Brandort gesehen hatte.

Er sagte: »Wir haben einen Suchtrupp angefordert.«

Zack sagte: »Es war Brandstiftung.« Er hatte keine Frage gestellt, sondern eine Feststellung getroffen.

Mir war sofort klar, er hatte recht, und ich wusste nun auch, wo dieser merkwürdige, süßliche Geruch herkam. Jemand hatte ein entflammbares Mittel vor der Tür ausgebracht und Feuer gelegt. Danach hatte diese Person Opal aus dem Bett gerissen und war mit ihr durch die Glastür verschwunden, sodass Cheddar alleine in der Falle saß.

Michael sagte: »Ich kann keine Meldung wegen Brandstiftung machen. Das ist Sache des Brandinspektors.«

Widerstreitende Emotionen huschten über Rubys Gesicht wie eine Folge einzelner Wolken. Ich wusste, was in ihr vorging, weil ich dasselbe dachte. Michael hielt es für nicht ausgeschlossen, dass Opal noch am Leben war.

Erschöpft und bedrückt zugleich schaute Michael auf Ruby herab. »Wie schon gesagt, wir setzen die Suche im Haus und auf dem Grundstück fort. Aber wenn sonst kein anderer im Haus gewesen war ... und wenn sie nicht alleine aus dem Bett krabbeln konnte ...«

Als wäre ihr plötzlich etwas unglaublich Wichtiges eingefallen, schlug sich Ruby mit der Hand an die Stirn und starrte hinüber zu Myra Kreigles Haus. Ihr schien etwas zu dämmern, und in Sekundenschnelle verwandelten sich ihre charmanten jugendlichen Züge in die harte Maske hasserfüllter Wut.

Sie riss sich von Zack los und rannte im Eiltempo, einen heiseren Schrei ausstoßend, über die Straße bis vor Myras verschlossene Haustür. Ich erkannte den Schrei sofort. Genau diesen Schrei schmerzvoller Wut hatte ich auch ausgestoßen, als ich von Christys Tod erfahren hatte. Jeder Mutter, die einen derartigen Verlust erlitten hat, haftet dieser Schrei seit Urzeiten an, jener Schrei, der für immer bis an die äußersten Grenzen der Unendlichkeit forthallen wird.

Ich rannte hinter ihr her. Als ich die Hälfte des Weges zu Myras Haus zurückgelegt hatte, begann Ruby gegen die Tür zu donnern und zu treten. »Aufmachen! Aufmachen oder ich schlage die Tür ein!«

Die Tür ging schwungvoll auf, und ich verharrte, wo ich war. Myra war so auf Ruby konzentriert, dass sie meine Anwesenheit nicht zu bemerken schien. Vielleicht war sie aber auch so von sich selbst überzeugt, dass sie einfach darüber hinwegging.

Ich kannte Myras Gesicht aus der Zeitung, und ich hatte es im Fenster gesehen, aber nun sah ich die Person zum ersten Mal aus nächster Nähe. Sie war eine beeindruckende Erscheinung, einen Kopf größer als Ruby, gertenschlank und mit elegant frisiertem Haar sowie mit jenem grellweißen Teint, der bei diesen theatralischen Brünetten öfter vorkommt.

Ruby rief laut: »Was hast du mit meinem Baby gemacht? Wo ist Opal?«

Myra verzog ihre purpurroten Lippen zu einem zuckersüßen Lächeln, und wie in einer Art Flashback war ich plötzlich wieder acht Jahre alt und sah voller Schrecken noch einmal Cruella de Vils bösartig rote Lippen auf einer Kinoleinwand aufblitzen.

»Ach was denn, Ruby, Liebes! Was ist denn nur los? Hast du etwa unvorsichtigerweise dein Baby verlegt?«

Ruby schrie auf und stürzte auf sie los, Myra jedoch sprang rückwärts weg und an ihrer Stelle erschien Kantor Tucker. Mit ausgestreckten Armen packte er Ruby an den Handgelenken.

Ruby trat nach ihm und schrie: »Wo ist Opal?«

Er verdrehte ihre Handgelenke und beugte sich mit dem Gesicht zu ihr herunter. Fast wäre ich losgerannt, die Zehen reflexhaft gegen den Asphalt gespreizt, um ihr zu helfen, aber der ölige Klang von Tuckers Stimme hielt mich zurück.

»Ich dachte immer, du wärst ein kluges Mädchen, Ruby, aber ein kluges Mädchen erzählt keine Lügen über Menschen, die gut zu ihm waren. Ein kluges Mädchen weiß, dass Menschen, die gut zu ihm waren, auch zu ihrem Baby gut sein werden. Es sei denn, dieses Mädchen verhält sich unklug und wiederholt diese Lügen. Dann könnte ihr Baby vielleicht bei den Haien enden. Hast du mich verstanden, Ruby?«

Für einen langen Augenblick standen wir alle wie versteinert da. Dann ging ich langsam auf Ruby zu und stellte mich neben sie. Ich wusste nicht, was ich für sie tun könnte, aber so mutterseelenallein ganz auf sich gestellt war sie so verletzlich. Tucker nahm meine Anwesenheit ebenso wenig wahr wie Myra. Ich hatte den Eindruck, für die würde ich einfach nicht existieren. Myra und Tucker bewohnten ihr eigenes kleines Universum, und darin herrschten sie unumschränkt.

Die Augen unablässig auf Tucker gerichtet, war Ruby fast so bleich geworden wie Myra.

Zwischen Lippen, die fast weiß waren vor Angst und vergeblicher Wut, presste sie hervor: »Verstanden.«

Tucker ließ Rubys Handgelenke los, nahm ihre Hände und hielt sie umfasst. »Da ist es ja, unser liebes, gutes Mädchen! Und merk dir eins. Wir sorgen für uns selbst, Ruby. Das weißt du. Wir sorgen sehr gut für uns selbst.«

Ruby schluchzte hilflos auf, als Myra zurückkam und sich neben Kantor stellte. Sie sah mit einem ernsthaft traurigen Ausdruck auf Ruby herab.

Sie sagte: »Ich bin immer gut zu dir gewesen, Ruby. Als Einzige.«

Leise schluchzend sagte Ruby: »Das stimmt. Ja, das stimmt.«

»Du hast mir das Herz gebrochen, Ruby.«

»Tut mir leid, Myra. Es tut mir so leid.«

»Sprechen wir nicht mehr darüber. Aber du musst mir ver-

trauen. Verstehst du? Darum geht es im Leben. Zwei Menschen, die einander vertrauen, immer das Richtige zu tun.«
»Ich hab verstanden.«
Mit einem triumphierenden Blick in meine Richtung verschwand Myra im Haus, und Kantor zog die Tür zu. Ruby vergrub ihr Gesicht in den Händen und weinte bitterlich, aber in ihren Tränen schwang auch Erleichterung mit – sie erschien mir wie eine Bettlerin, dankbar für ein verschimmeltes Stück Brot.
In meinem Mund war der Geschmack von Asche. Ich war mir nicht sicher, was da gerade abgelaufen war, wusste aber, es war schrecklich. Schrecklicher vielleicht als Brandstiftung oder Entführung.
In meiner Zeit als Deputy war ich einmal vor Ort gewesen, als ein Mann hilflos unter einem umgestürzten Tanklastzug lag. Der Fuß des Mannes war eingeklemmt unter Tonnen von Metall, der Benzintanker brannte und drohte, jederzeit zu explodieren. Der Mann konnte nur gerettet werden, indem man sein Bein amputierte. Nur wenige Sekunden, nachdem der Mann in Sicherheit gebracht worden war, flog der Tanker in die Luft; das Gesicht des Mannes zeigte denselben Ausdruck, den ich nun auf Rubys Gesicht sah – eine Mischung aus schmerzlichem Verlust und resignierter Schicksalsergebenheit.
Zack und Cupcake überquerten die Straße. Beide wirkten verunsichert und misstrauisch. Sie hatten das Schauspiel mit angesehen, hatten aber nicht hören können, was gesagt wurde.
Zack sagte: »Ruby, was geht hier ab? Glaubst du, diese Hexe könnte etwas mit Opals Verschwinden zu tun haben?«
Ruby hob den Kopf und stand mit wie zum Gebet verschränkten Händen da. Die Verzweiflung in ihren Augen schien wie eine blutende Wunde. Noch vor ein paar Stunden war sie eine hübsche junge Frau gewesen, nun wirkte sie alt und verhärmt.

Sie sagte: »Myra hat nicht das Geringste damit zu tun. Vorhin hatte ich die Nerven verloren. Ein Irrtum.«

Ich war erstaunt, wie sicher und überzeugend sie die Unwahrheit sagte, und ich war fassungslos, dass sie Myra in Schutz nahm. Aus den Blicken zwischen Zack und Cupcake schloss ich, die beiden wussten, dass Ruby log, und sie waren wenig überrascht, wie gut sie darin war.

## 18

Während Zack, Cupcake und ich über dieses jüngste Teil eines immer rätselhafteren Puzzles nachdachten, rauschten zwei Fahrzeuge am Gehsteig heran – eine schwarze Limousine mit einem grauhaarigen Mann am Steuer, den ich nie zuvor gesehen hatte, und ein grün-weißes Fahrzeug vom Sheriff's Departement des Sarasota County. Die Vorfälle in Mr Sterns Haus waren nun keine reine Angelegenheit mehr nur für die Feuerwehr. Der Brandinspektor würde den Fall von Brandstiftung untersuchen, das Sheriff's Departement würde sich um die Kindesentführung kümmern. Die Tatsache, dass mit der Brandstiftung eine Entführung verschleiert werden sollte, würde eine Zusammenarbeit der beiden Abteilungen erforderlich machen. Wie der Versuch, das FBI und die CIA zusammenzuspannen, könnte sich das als positiv erweisen und die Verbrechensaufklärung beschleunigen, es könnte die Sache aber auch komplizieren, weil dadurch ein völlig reibungsloses Arbeiten jeder dieser Abteilungen für sich verhindert würde.

Sergeant Woodrow Owens sprang aus dem Polizeiauto und schritt ungewöhnlich schnell zur Tat. Normalerweise bevorzugt Owens, ein großgewachsener, schlaksiger Afroamerikaner, das träge Tempo von Sumpfgewässern, und er redet, als hätte er den Mund voller gebutterter Splitsteinchen. Trotzdem ist er einer der hellsten Köpfe des ganzen Universums, und ich spreche aus Erfahrung, war er doch während meiner Zeit als Deputy mein Vorgesetzter.

In rascher Folge fuhren zwei weitere Polizeiautos vor, und Owens blieb kurz stehen, um ein paar knappe Worte mit den Männern auszutauschen. Unterdessen hatte sich der grauhaarige Mann aus der Limousine wie ein Fahnenmast vor Zack und Ruby positioniert. Seine Augen warfen vorwurfsvolle, messerscharfe Blicke auf Zack.

Er sagte:»Zack, hast du nicht schon genug durchgemacht mit dieser Zimtzicke?«

Zack sagte ungerührt: »Papa, das Baby wurde entführt.«

Die Stimme des Alten triefte vor Eis: »Ruby, das mit deinem Baby tut mir leid. Aber so ist nun mal der Lauf der Dinge. Wer mit Hunden ins Bett geht, steht mit Flöhen wieder auf.«

Zacks blasses Gesicht glühte. »Opal ist nicht nur Rubys Baby, sondern auch mein Baby.«

Zacks Vater verzog höhnisch den Mund. »Da wäre ich mir nicht ganz so sicher.«

Ruby wandte sich ruckartig zu ihm: »Kein Wunder, dass Zack kein guter Vater ist! Sie haben alles getan, was Sie konnten, um unsere Familie zu zerstören. Und es ist Ihnen gelungen! Aber wagen Sie es bloß nicht, mir zu unterstellen, Zack wäre nicht der Vater von Opal!«

Zack sagte betroffen: »Wie soll ich mich denn um Opal kümmern, wenn du sie einfach einpackst und abhaust? Was hätt' ich denn machen sollen, wenn ich nicht mal weiß, wo du bist?«

Zacks Vater wirkte höchst zufrieden, Cupcake jedoch runzelte irritiert die Stirn.

Cupcake sagte: »Hört zu, Leute, lasst uns doch bei der Sache bleiben. Rubys und Zacks Baby wird vermisst. Der übrige Kram kann später geregelt werden.«

Zack wirkte verärgert. »Cupcake hat recht. Zuerst müssen wir Opal in Sicherheit bringen.«

Sein Vater sagte: »Halt dich da raus, Zack, und überlass das den Cops. Das ist deren Job. Und du weißt genau, dass Ruby selbst dahinterstecken könnte. Wäre nicht das erste Mal, dass sie uns mit einem fiesen Trick hereinlegt.«

Ich hätte erwartet, Ruby würde jetzt explodieren, aber sie sah ihren Schwiegervater nur schmerzlich gequält an.

Der Adamsapfel an Zacks sehnigem Hals vibrierte, als müsste seine Stimme darüber hinwegspringen, um sich Gehör zu verschaffen. »Papa, es wäre wohl das Beste, wenn du uns jetzt alleine lässt. Ich versteh ja, wie es dir dabei geht, aber ich muss ein paar wichtige Entscheidungen treffen, und dabei brauche ich deine Hilfe nicht. Bitte.«

Zacks Vater wirkte wie geschockt, und ich hatte den Eindruck, diese Entschlossenheit an Zack hatte er bis dahin nicht gekannt. Er taxierte seinen Sohn wie ein fehlerhaftes Warenstück. »Die Entscheidungen, die du ohne meine Hilfe triffst, kennen wir hinlänglich.«

Zack richtete sich auf. »Papa, ich bitte dich, geh jetzt. Bitte.«

Außer sich vor Wut, zog Mr Carlyle schnaubend in Richtung Auto ab, drehte sich aber auf halbem Weg dorthin noch einmal um. »Lass dich von der Ziege nicht zum Narren machen, Junge.«

Zacks Gesicht glühte, und Cupcakes Stirnrunzeln verstärkte sich dramatisch. Ruby schien zu sehr in ihren Schmerz vertieft, sodass sie die jüngste Gemeinheit ihres Schwiegervaters gar nicht mehr mitbekommen hatte.

Polizisten begannen, das Grundstück mit einem Absperrband zu sichern, und Sergeant Owens steuerte Mr Sterns Haustür an. Dabei fiel sein Blick auf mich, und er blieb stehen.

»Verdammt, Dixie, was machst du denn hier?«

»Ich sorge für die Katze von Mr Stern, dem Besitzer des Hauses. Er hat einen Bizepsriss.«

Seine Augen glitten über meine rußgeschwärzten Kleider. »Hast du das Feuer etwa live miterlebt?«

»Ein bisschen, aber ich bin okay.«

Mit einem Kopfnicken in Richtung Ruby sagte ich: »Das ist Mr Sterns Enkelin, Ruby Carlyle. Sie ist die Mutter des entführten Babys. Und dies ist der Vater des Babys, Zack Carlyle.«

Owens' Augen begannen zu leuchten. »Zack Carlyle.« Er ließ sich den Namen auf der Zunge zergehen wie ein Weinkenner, der einen seltenen und wunderbaren Tropfen verkostet. Ich nahm es nun als Tatsache offiziell hin. Jeder Mensch auf der Welt außer mir kannte Zack Carlyle.

Er sagte: »Wer war alles im Haus, als das Feuer ausbrach?«

Ich sagte: »Ich war da, und Mr Stern und Ruby waren da. Mr Sterns Katze hat eine Rauchvergiftung, aber die Sanitäter haben sie gerettet. Mr Stern ist mit den Sanitätern unterwegs in eine Tierklinik.«

Zack sagte: »Mein Freund und ich haben in den Nachrichten von dem Feuer erfahren und sind sofort hergerast.«

Owens sagte: »Wurde das Verschwinden des Babys in den Nachrichten auch gemeldet?«

»Nein, nur das Feuer. Das Haus von Myra Kreigle liegt direkt daneben. Das macht das Feuer berichtenswert.«

Owens fragte nicht, wer Myra Kreigle sei. Jedermann in Sarasota wusste, wer Myra war und was sie auf dem Kerbholz hatte.

Zu Ruby sagte er: »Ma'am, kennen Sie jemanden, der das Baby entführt haben könnte?«

Sie hob den Kopf und sagte klar und deutlich: »Ich denke, es könnte eine Putzfrau gewesen sein, die gestern hier war. Sie geriet völlig außer Fassung, als sie Opal sah, und ihre Begleiterin sagte, sie habe ihr Baby vor wenigen Monaten verloren. Außer ihr fällt mir niemand ein, der Opal entführt haben könnte.«

Ich war sprachlos. Sowohl über den von Ruby konstruierten Zusammenhang, als auch über ihre Unverfrorenheit. Aber ich musste auch zugeben, ihre Lüge war ziemlich genial. Die Frau vom Putztrupp war die ideale Verdächtige. Mütter, die ihr Baby verloren haben, neigen in ihrer Trauer durchaus zu Überreaktionen und sind dann auch in der Lage, fremde Babys zu klauen. Einen Moment lang hielt ich es sogar selbst für möglich, dass die Putzfrau Opal entführt haben könnte. Aber nur für einen Moment. Ich brauchte mich nur an Tucks eisige Worte von vorhin an Ruby zu erinnern, und mir war sofort klar, dass niemand anders als einer seiner Helfershelfer gewaltsam in Rubys Zimmer eingedrungen war und Opal entführt hatte. Es ging hier auch nicht in erster Linie um die Entführung eines Babys, sondern darum, dass ein finsterer Personenkreis, der über mehr Macht und Geld verfügte als der ganze Bundesstaat, Rubys Aussage in Myras Prozess mit aller Macht verhindern wollte.

Ruby sah mich mit flehenden Blicken an, und ich dachte an Paco, der gesagt hatte, Wirtschaftskriminelle würden genauso bereitwillig morden wie jeder andere Kriminelle. Ich dachte an Tuckers Flugzeug, und dass er schon einmal mit einem Menschen auf den Golf hinausgeflogen war und ihn aus dem Flugzeug den Haien zum Fraß vorgeworfen hatte. Ich dachte an Tuckers schmierige Andeutungen in seinem Gespräch mit Ruby, die mehr oder weniger verhüllte Drohung, dass Opal dasselbe Schicksal erleiden könnte, sollte Ruby nicht kooperieren.

Ich sagte: »Ich habe heute Morgen mit diesen Putzfrauen gesprochen. Sie haben im Nachbarhaus neben einem meiner Klienten gearbeitet und sagten, Doreen sei heute nicht zur Arbeit erschienen. So heißt sie, Doreen. Sie ist übergewichtig. Wenn du eine Suchmeldung rausgibst und nach einer Frau mit einem Baby suchen lässt, vergiss nicht in der Personenbeschreibung hinzuzufügen, dass sie übergewichtig ist. Sie ist in etwa so groß wie ich, bringt aber locker hundert Kilo auf die Waage. Depressiv, weißt du, und deshalb so füllig. Die andere Frau sagte noch, Doreens Freund hätte sie verlassen, als ihr Baby tot war.«

Ruby sah mich überaus dankbar an.

Owens verzog das Gesicht. »Muss ja ein richtiges Herzchen sein, dieser Freund. Kennt jemand den Nachnamen dieser Frau?«

Ruby sagte: »Da fragen Sie am besten meinen Großvater.«

»Alles klar. Ich geh jetzt kurz ins Haus und werde mich mit den dort anwesenden Polizisten unterhalten. Mr und Mrs Carlyle, Ihnen muss ich auch noch einige Fragen stellen.«

Er warf einen fragenden Blick in Richtung Cupcake, der mit seinen breiten Schultern zuckte. »Ich bin als Zacks Freund hier.«

»Ihr Name?«

»*Cupcake Trillin.*«

»Oh, Entschuldigung, tut mir leid, dass ich Sie nicht erkannt habe.«

Ich fasste Cupcake scharf ins Auge. Anscheinend war er jemand, den ich kennen sollte, aber mir war er völlig unbekannt.

Owens sagte: »Mr und Mrs Carlyle, würde es Ihnen was ausmachen, auf die Wache in die Stadt zu kommen? Dort können wir uns besser unterhalten als hier auf dem Hof im Stehen.«

Einen Moment lang stellte sich die Frage, wer in welchem Auto fahren sollte, da in Zacks Auto nur Platz für zwei Personen war, aber man einigte sich schließlich darauf, dass Cupcake mit Sergeant Owens mit auf die Wache fahren und dann dort warten sollte.

Owens sagte: »Ich muss noch ein paar Takte mit den Polizisten im Haus reden, und dann fahren wir zusammen auf die Wache. Dixie, bleib noch einen Moment. Dich will ich auch noch kurz sprechen.«

Ich musste mich natürlich damit begnügen, im Hof zu warten, bis er Zeit für mich gefunden hatte. Ehemalige Polizisten werden nicht extra eingeladen, bei einem Tässchen Kaffee im Sheriffsbüro Platz zu nehmen. Wir werden in

Hauseinfahrten, auf Gehsteigen oder auf der Drive-in-Spur von Taco Bell befragt.

Ich hatte keine große Lust darauf, überhaupt irgendwo befragt zu werden. Die Vorgänge in diesem Fall waren mir zu unheimlich, die Verstrickungen der Personen untereinander zu verworren und die emotionale Belastung zu groß.

## 19

Sergeant Owens marschierte ins Haus, sodass Cupcake und ich allein zurückblieben, während Zack Ruby über die Straße begleitete und ihr ins Auto half.

Cupcake sagte: »Weißt du, was hier abgeht?«

Vielleicht war es seine schiere Größe oder vielleicht auch sein nettes Lächeln, ich hatte jedenfalls großes Vertrauen zu Cupcake.

Ich sagte: »Meines Wissens soll Ruby in Myra Kreigles Prozess aussagen, und man kann davon ausgehen, dass Myra Kreigle durch diese Aussage eine langjährige Haftstrafe droht. Ich bin mir sicher, Myra schreckt vor keinem Mittel zurück, diese Aussage zu verhindern.«

Cupcake seufzte tief, und ich spürte seinen warmen Atem. »Das denke ich auch. Diese alte Hexe ließ das Baby entführen, um Ruby zum Schweigen zu bringen.«

»Ich glaube, ich weiß, wer Opal tatsächlich entführt hat. Ein Typ namens Vern. Er hat mich gestern überwältigt und zu Kantor Tucker geschleppt. Er hielt mich für Ruby.«

Cupcake sah mich genau an. »Du siehst exakt aus wie Ruby.«

»Ruby und ich dachten, das wär's gewesen und wir hätten jetzt Ruhe. Auf die Idee, dass sie Opal als Geisel benutzen könnten, wären wir nie im Leben gekommen.«

»Ruby sollte normalerweise bei Zack sein. Er ist ihr Mann und hätte auf sie aufpassen können.«

»Ruby sagt, Zack sei der Meinung, sie hätte ihn hereingelegt. Stimmt das?«

Er seufzte abermals. »Ich weiß überhaupt nicht mehr, was dieser Junge glaubt. Sein Alter hat ihm den Kopf total verdreht. Der erzählt ihm jede Menge Unsinn über Ruby. Man könne ihr nicht trauen, sie sei eine Schlampe und würde ihn betrügen. Aber das stimmt nicht. Ruby ist ein gutes Mädchen. Sie ist nur an die falschen Leute geraten und hat zu spät bemerkt, was das für Leute waren.«

In dem Moment kam Sergeant Owens aus dem Haus, und Cupcake zog noch schnell eine zerknitterte Visitenkarte aus seiner Hosentasche und drückte sie mir in die Hand. »Wir müssen diesen Kids helfen.«

Ich wusste nicht, ob er Ruby und Zack meinte, oder die sozial deklassierten Kids, denen er und Zack helfen wollten.

Sergeant Owens und ich schauten Cupcake hinterher, wie er über den Hof zum Polizeiauto trabte und sich auf den Beifahrersitz plumpsen ließ. Ich warf einen schnellen Blick auf seine Visitenkarte, aber es stand nur Cupcake Trillin drauf und eine Telefonnummer.

Owens sagte: »Weißt du, wer das ist?«

Ohne mir eine Chance zu geben, mich bloßzustellen, sagte er: »Inside Linebacker bei den Tampa Bay Buccaneers. Der Mann ist wie ein Fels aus Granit.«

»Aha.« Da ich von Sport so gut wie keine Ahnung hatte, wusste ich auch nicht was ein Inside Linebacker war, versuchte aber trotzdem so zu tun, als wüsste ich es.

Owens sagte: »Was weißt du über Ruby Carlyle?«

»Sie hat mal für Myra Kreigle gearbeitet und tritt als Zeugin in Myras Prozess auf.«

»Okay.«

»Ruby hatte die Aufgabe, Männer mit viel Geld für Myras betrügerischen Fond anzuwerben. So hat sie auch Zack Carlyle kennengelernt. Die beiden haben vor etwa eineinhalb Jahren geheiratet. Davor schon hatten Zack und ein paar andere Sportler eine Stiftung gegründet, um bedürftigen Kindern zu helfen. Rubys Einfluss ist es zu verdanken, dass die Stiftung Unsummen in Myras Immobilienfond investiert hat. Ich bin mir nicht sicher, inwieweit Ruby Bescheid wusste, was da wirklich vor sich ging, aber Myra hat ihr wohl versprochen, Zack würde keinen Cent verlieren. Er hat aber alles verloren und ist jetzt der Meinung, Ruby habe ebenso viel Schuld daran wie Myra. Er glaubt, sie habe ihn nur wegen seines Geldes geheiratet.«

Owens kratzte sich mit dem Zeigefinger ein paar Mal über die Wange, als würde er sich einen Überblick über mögliche Verdächtige verschaffen.

»Dixie, hältst du es für möglich, dass die Mutter selbst in das Verschwinden des Babys verwickelt sein könnte? Vielleicht versucht sie, Zacks Aufmerksamkeit zu gewinnen, oder vielleicht möchte sie sich unter dem Vorwand großer seelischer Belastung aus dem Kreigle-Prozess komplett zurückziehen. Vielleicht ist diese ganze Sache genauso erstunken und erlogen wie Kreigles Renditeversprechen. Wäre nicht das erste Mal, dass das Mädchen bewusst mit Trickserein arbeitet.«

Er klang genau wie Zacks Vater, was mich unwirsch reagieren ließ. »Ich habe nicht den geringsten Anlass zu dieser Vermutung.«

Das stimmte voll und ganz. Ich hatte keinen Grund anzunehmen, Ruby hätte die Entführung ihres Babys selbst inszeniert. Aber gute Schauspieler tricksen jeden aus, auch Polizisten, Richter, Geschworene und mich. Und Ruby war eine verdammt gute Schauspielerin. In ihrer Gegenwart fühlte sich jeder reiche alte Sack wieder jung und ließ sich von ihr dazu verführen, Millionen in einen betrügerischen Immobilienfond zu investieren. Vielleicht hatte sie auch mir etwas vorgemacht, auf keinen Fall aber glaubte ich, dass ihre Liebe zu Opal gespielt war.

Ich sagte: »Gestern Vormittag hat mich ein gewisser Vern Brogher mit Ruby verwechselt und mich mit Gewalt in seine Limousine gezwungen. Dann brachte er mich zu einem Mann namens Kantor Tucker. Der wiederum hat zwei Millionen Dollar Kaution für Myra Kreigle hinterlegt und besitzt ein herrschaftliches Anwesen östlich des Highway I-75, wo die Leute Landebahnen neben der Einfahrt haben. Als Tucker sah, dass ich nicht Ruby bin, schickte er Vern wieder weg, der mich dann bei einer ›Friendly's‹-Filiale freigelassen hat. Ruby sagt, Vern sei Tuckers Mann fürs Grobe und arbeite ab und zu auch für Myra. Genau dieser Vern könnte Rubys Baby entführt haben.«

»Und was ist mit dieser molligen Putzmadam?«

Ein gewisser Unterton in seiner Stimme sagte mir, dass er der Geschichte mit der Putzfrau misstraute.

Ich sagte: »Die Putzmadam gibt es tatsächlich, und sie verlor auch tatsächlich die Fassung, als sie Opal zu Gesicht bekam. Und es stimmt auch, dass ihre Kolleginnen sagen, sie habe vor ein paar Wochen ihr Baby verloren und ihr Freund habe sie verlassen.«

»Aber du glaubst, dieser Vern könnte der Entführer sein?«

In meiner Erinnerung hörte ich Ruby davon erzählen, wie Tuck draußen auf dem Golf einen Mann aus dem Flugzeug geworfen hatte, und ich hörte auch Tuckers drohende Stimme sagen, Opal könnte als Fraß für die Haie enden. Natürlich hatte Ruby Angst davor, Vern mit der Tat zu beschuldigen, weil sonst Tuck und Myra Opal etwas Schlimmes antun könnten, etwas, wovor auch ich mich fürchtete.

Ich sagte: »Ich weiß lediglich, dass Myra Kreigles Prozess am Montag beginnt, und wenn Ruby richtig auspackt, könnte Myra für den Rest ihres Lebens im Knast landen. Sollte Ruby glauben, Vern habe ihr Baby entführt, um sie ruhigzustellen, könnte sie ihre Bereitschaft zur Aussage zurückziehen. Myra würde mit einer geringeren Strafe davonkommen und keinen Cent von dem illegal zur Seite geschafften Geld verlieren.«

Er wirkte äußerst skeptisch, was ich ihm auch nicht weiter verübelte, denn eine Ermittlung in einem Kriminalfall kann sich nicht auf Spekulationen und vage Vermutungen stützen.

»Nicht uninteressant, deine Theorie, Dixie. Hast du außer deiner Intuition etwas Konkretes in der Hand, um sie zu stützen?«

Ich unterdrückte mit aller Kraft Worte, die nach Ausdruck verlangten: *Ich habe gehört, wie Tucker zu Ruby sagte, Opal könnte zum Fraß für die Haie werden, sollte Ruby schlecht über ihre Freunde reden.* Ich hatte kein Recht, diese Worte auszusprechen. Wie Ruby musste ich mich entscheiden, entweder die Wahrheit zu sagen oder Opals Leben zu retten.

Owens sagte: »Wir geben sofort eine Vermisstenmeldung raus, und wir weisen alle Mitarbeiter des öffentlichen Personennahverkehrs an, die Augen nach einer übergewichtigen weißen Frau mit einem vier Monate alten Baby offen zu halten.«

»Das bringt uns ein gutes Stück weiter.«

Er ignorierte meinen Sarkasmus, salutierte andeutungsweise und trabte davon zu seinem Auto und Cupcake. Wie gelähmt beobachtete ich, wie sie abfuhren und wie Zack und Ruby ihnen in Richtung Sheriffsbüro folgten.

Außer einem einsam dastehenden Polizeiauto war mein Bronco das einzige noch verbliebene Fahrzeug. Feuerwehrmänner packten ihre Ausrüstung in ihre Wagen und fuhren ab. Auf der anderen Seite der Straße sammelten die Nachbarn ihre Decken und Kissen vom Rasen ein und kehrten so langsam wieder in ihre eigenen Häuser zurück.

Das Ermittlungsteam des Brandinspektors war noch nicht eingetroffen, und ich wusste, der Deputy im Haus vertrieb sich eigentlich nur noch die Zeit bis zu dessen Ankunft. Ich hatte keinen Grund, noch länger zu bleiben, trotzdem konnte ich mich nicht aufraffen zu gehen. Ich kam mir vor wie eine Schwindlerin, wie eine Person, die wie ich aussah und wie ich redete, die mir aber total fremd war. Als ich mich auf Rubys Seite gestellt und erklärt hatte, die Putzfrau könnte Opal entführt haben, hatte ich mit dazu beigetragen, eine unschuldige Person eines Verbrechens zu bezichtigen. Die Sache wurde auch dadurch nicht besser, dass ich wusste, dass sich letztlich ihre Unschuld herausstellen würde. Ich hatte gegen alle Prinzipien verstoßen, die mir teuer waren.

Aber ich wollte Opal retten, und ich fürchtete, Tucker könnte es sich erlauben, ein Baby zu ermorden, ohne jemals dafür zur Verantwortung gezogen zu werden. Mächtig genug war er und auch abgebrüht genug. Sollte ihm und Myra eine Kindesentführung zur Last gelegt werden, könnte er Opal beiseiteschaffen, nur um sich der Beweislast zu entledigen.

Die Sonne stand hoch am Himmel, und eigentlich wäre es längst Zeit für mein Frühstück gewesen, aber ich war schmutzig und zu traurig, um zu essen. Ich konnte mich nur in meine Wohnung zurückziehen, mein stilles Refugium, das mich bewahrte vor dem Irrsinn und der Gier dieser Welt, vor geisteskranken Leuten, die ein Baby stehlen konnten, nur um die Mutter zu einer Falschaussage vor einem Geschworenengericht zu zwingen.

Eine Autotür knallte in Myras Einfahrt, und ich drehte mich um und sah einen schwarzen Mercedes rückwärts herausstoßen und davonbrausen. Sekunden später stieß ein roter BMW zügig aus Myras Garage, wendete mit quietschenden Reifen und raste davon. Myra und Tucker hatten ihre Höhle zu zweit verlassen.

Ich wandte mich herum und warf einen Blick auf Myras Haus. Möglicherweise war die junge Frau, die ich am Fenster gesehen hatte, allein zurückgeblieben. Vielleicht war auch Opal bei ihr. Vern hatte sich vielleicht von der Seite des leerstehenden Hauses aus auf Mr Sterns Grundstück und dann in Rubys Zimmer geschlichen, hatte dort Feuer gelegt, Opal aus dem Bett gerissen, um dann auf demselben Weg, auf dem er gekommen war, zu verschwinden, nämlich indem er um Mr Sterns ummauerten Garten herum auf die Rückseite von Myras Grundstück und in ihr Haus geschlichen war, ohne dass ihn jemand gesehen hatte. Opal könnte sich im

Haus befunden haben, während Myra und Tucker am Vordereingang mit Ruby gesprochen hatten. Opal könnte also jetzt in diesem Moment in Myras Haus sein, und Myra und Tucker waren weggefahren.

Die junge Frau, die ich an Myras Fenster gesehen hatte, wirkte nett und sanftmütig und auch irgendwie wehrlos. Ich dagegen, Ex-Deputy und Absolventin der Polizeiakademie, war alles andere als nett und sanftmütig und schon gar nicht wehrlos. Wenn nun diese harmlose junge Frau ganz allein mit Opal in Myras Haus war, könnte ich mich doch ohne Probleme einschleichen und ihr das Baby entreißen.

Danach würde ich Sergeant Owens anrufen, und der würde das Baby an einen sicheren Ort bringen lassen. Ruby wäre somit in der Lage, vor Gericht die Wahrheit zu sagen, und Myra und Tucker würden den Rest ihres Lebens hinter schwedischen Gardinen verbringen. Und das Wichtigste überhaupt an der ganzen Sache, Ruby und Opal wären in Sicherheit.

Ich sah keine einzige Schwachstelle in meiner Argumentation. So weit war ich schon gegangen.

## 20

Ein nicht allzu breiter Rasenstreifen trennte Mr Sterns ummauerten Gartenhof von Myra Kreigles Einfahrt. Ich schlich mich um das Ende der Mauer zwischen beiden Grundstücken herum und sah seitlich auf Myras Haus. An den Mauern verliefen Blumenbeete, und ein Kiesweg zwischen der Einfahrt und den Beeten war von Begonien gesäumt. Der Kiesweg führte zu einem Seiteneingang, der mich neugierig machte.

Ich schritt also über den knirschenden Kiesweg auf den Seiteneingang zu. Jeder Beobachter hätte gesehen, dass ich normal schnell ging und nicht rannte wie ein Dieb. An der Tür fasste meine Hand versuchshalber an den Knauf. Myra musste es sehr eilig gehabt haben bei ihrer Abreise, denn der Knauf ließ sich drehen. Ich öffnete die Tür und betrat eine geräumige Waschküche, in der nebeneinander Waschmaschine und Trockner standen, darüber Hängeschränke.

Von dort bewegte ich mich weiter zur Küche, in der ein Fenster über der Spüle die Mittagssonne hereinließ. Obwohl ich mich nicht lange darin aufhielt, gefiel mir das stilistische Nebeneinander von modern und antik. Dunkle Bodendielen, Arbeitsplatten aus Granit, glänzende Einbauschränke aus dunklem Holz und ein lindgrüner Herd mit Beinen im französischen Landhausstil und einer Dunstabzugshaube darüber. Der Herd erweckte den Anschein eines Originals, war aber zweifelsohne eine sündteure Kopie. Quer in einer Ecke stand ein ausladendes Bäckerbuffet. Möglicherweise echt antik oder aber eine sehr gute Reproduktion. Ich bezweifelte, ob Myra die integrierte ausziehbare Arbeitsplatte je benutzt hatte, um darauf Teig zu kneten oder auszurollen. Das Möbel war einfach nur Show so wie alles in Myras Leben.

Das Wohnzimmer strahlte denselben Charme aus wie die Küche, mit Perserteppichen und Ölgemälden, deren Farbgebung wie von einem Innendekorateur aufeinander abgestimmt schien. Indem ich mich von den großen, mit durchsichtigen Stores verhüllten Fenstern fernhielt, wanderte mein Blick nach oben zu einer wuchtigen Decke mit Balken aus Zypressenholz. Der aus Ziegelsteinen gemauerte Kamin wirkte echt alt. Wahrscheinlich hatte Myra irgendein mittelalterliches Schloss geplündert.

Nachdem ich das Wohnzimmer im Eilschritt hinter mich gelassen hatte, durchstreifte ich mehrere aufwendig möblierte Räume im Erdgeschoss, um dann über eine Kiefernholztreppe in die obere Etage vordringen. Das Haus war dämmrig und still, so wie man sich ein leeres Haus vorstellt. Aber ich glaubte nicht, dass in diesem Haus niemand war. Meiner Meinung nach befand sich eine junge lateinamerikanische Frau darin, freiwillig vielleicht oder als Gefangene.

Vorsichtig jegliches Quietschen der Sohlen meiner Keds auf den Holzfußböden vermeidend, schritt ich so schnell ich konnte durch einen Flur mit Türen an beiden Seiten, von denen manche offen, manche geschlossen waren. Ich durcheilte den Flur bis ans Ende und sah dabei in jede der offenen Türen, dann machte ich kehrt und überprüfte die Zimmer mit den geschlossenen Türen. Es herrschte Totenstille, und langsam befielen mich Zweifel. Vielleicht hatte ich mich getäuscht, vielleicht war die junge Frau, die gesehen hatte, gar nicht im Haus.

Eine geschlossene Tür führte in ein Schlafzimmer, in dem ein Morgenmantel aus Satin auf dem Fußende des Betts lag. Der Duft eines teuren Parfums war zu riechen, vermutlich Myras Parfum, aber ich nahm mir nicht die Zeit, genauer nachzusehen. Eine andere Tür führte in ein Gästezimmer mit einem Kingsize-Bett mit geschlechtsneutraler, kastanienbrauner Tagesdecke, einer breiten Kommode sowie zwei Clubsesseln. Der Raum roch nach Möbelpolitur und verfügte über ein eigenes Bad mit mehreren Stapeln kastanienbrauner, gerollter Handtücher. Eine weitere Tür führte in ein schlichtes Schlafzimmer mit einem Doppelbett mit beigefarbener Decke. Die Decke war nicht ganz glatt, so als wäre etwas darauf hin- und herbewegt worden, und auf dem Boden lag dieses kleine Fitzelzeug, wie es aus umgekehrten Handtaschen oder Gepäckstücken herausfällt – Flusen, Fussel, Reste von Kaugummipapier, ein gerissener Haargummi. Auch dieses Schlafzimmer besaß ein eigenes Bad. Die Handtücher waren weiß und nicht so flauschig wie die kastanienfarbenen. Ein feuchter Waschlappen lag sorgfältig zusammengefaltet auf dem Waschbeckenrand.

Vor meinem inneren Auge sah ich die junge, dunkelhaarige Frau einen Koffer packen, den sie auf das Bett gelegt hatte, sah sie sich die Hände und das Gesicht waschen, sah sie noch den Waschlappen zusammenfalten, bevor sie das Zimmer übereilt verließ. Die Zeit, um die Bettdecke glatt zu streichen oder um die aus ihrem Gepäck herausgefallenen Reste aufzusammeln, hatte sie nicht gehabt.

Ich hatte mich getäuscht. Die junge Frau war nicht im Haus, und ich musste verschwinden, bevor Myra zurückkehrte. Wieder unten hastete ich durch das Wohnzimmer in die Küche. Am Seiteneingang griff ich nach dem Türknauf, aber das Knirschen herannahender Schritte auf dem Kiesweg ließ mich zurückschrecken.

Wie ein gefangenes Tier rannte ich zurück in die Küche und suchte nach einem Versteck. Der Türknauf des Seiteneingangs knarzte, und ich stürzte auf die unteren Türen des Bäckerbüffets zu. Anscheinend hatte ich die auch für Idioten zuständigen Schutzengel an meiner Seite, denn das Buffet war unten leer und groß genug, dass ich mich hineinquetschen konnte. Ich zog die Türen zu und hielt den Atem an, während sich von der Waschküche her Schritte näherten.

Unter all den irrsinnigen, bekloppten und bescheuerten Einfällen, die ich mir schon geleistet hatte, stellte dieser die absolute Spitze dar. Mein Kinn drückte gegen die Knie, meine Finger umklammerten die eng angezogenen Beine, und ich wagte nicht zu atmen aus Angst, die Person, die soeben den Raum betreten hatte, könnte mich hören. Sollte ich niesen oder husten müssen, wäre es um mich geschehen.

Gut einen Meter von meinem Versteck entfernt sagte Myra: »Tuck? Wo bist du? Warum gehst du nicht an dein Handy?«

Sie wartete einen kurzen Augenblick und wurde dann noch schriller. »Vern hat Angelina belästigt. Sie ist weggerannt. Einfach raus auf den Highway. Eine Frau hat sie aufgegabelt und in eine Bodega an der Clark Road chauffiert. Du musst sie zurückfahren. Ruf mich an, sobald du die Nachricht erhalten hast.«

Eine sanftere Stimme sagte: »Ich nich im Haus bleibe mit diese Mann.« Sie sprach mit Akzent und lateinamerikanischem Rhythmus.

Mit nadelspitzer Stimme sagte Myra: »Angelina, hast du vergessen, was deiner Mutter passieren wird, wenn du dein Versprechen nicht einhältst?«

»Diese Mann sagen, wenn ich nich tu, was er will, dann er mich Alligator geben. Große Alligator. Beide Seite der Straße.«

Myra murmelte: »Hurensohn.«

Da klingelte ein Handy, und Myra zischte los: »Tuck, du musst diesen verdammten Kerl in die Schranken weisen! Er ist mit Angelina im Haus geblieben und hat sie sexuell bedrängt.«

Nach einer Pause sagte sie: »Wie meinst du das? Du kannst sie nicht zurückbringen? Verdammt noch mal, du musst! Ich hab keine Zeit, um vierzig Meilen zu diesem Haus zu fahren! Es gibt bergeweise Dinge zu erledigen, bevor dieser Prozess beginnt.«

Eine weitere Pause folgte, und Myra gab ein wütendes Knurren von sich. Ich stellte mir vor, dass sie dabei ihre Zähne gefletscht hatte.

Lange folgte kein Wort, bis Myra schließlich übertrieben aufseufzte: »In Ordnung, ich werde sie hinfahren! Aber du musst diesen Vern zur Raison bringen!«

Wieder herrschte Schweigen. »Okay. Okay. Ruf mich an, wenn deine Besprechung zu Ende ist.«

Sie musste ihr Telefon eingeklappt haben, denn die folgenden Worte waren an Angelina gerichtet. »Mr Tucker sagt, du musst ein gutes Mädchen sein und dein Versprechen halten, damit deiner Mutter nichts Schlimmes passiert. Ich fahr dich jetzt ins Haus zurück, und du darfst nicht wieder weglaufen.«

»Ich nich bleibe in Haus mit diese Mann.«

»Mr Tucker hat versprochen, dass der Mann dich in Ruhe lassen wird.«

Widerwillig murmelte Angelina ihre Zustimmung.

In meinem Verlies eng zusammengekauert, hörte ich, wie sich das Klicken von Myras High Heels, begleitet von Angelinas sanftem Tappen, in Richtung Seiteneingang entfernte. Die Tür wurde geöffnet und wieder geschlossen.

Ich wartete, bis ich mir sicher war, dass sie nicht zurückkommen würden. Dann kroch ich erleichtert aus dem Buffet und hinkte zum Seiteneingang. Als ich meinen Kopf durch den Türspalt steckte, sah ich weit und breit niemanden. Ich glitt durch die Tür, machte sie zu und schlenderte, so lässig ich nur konnte, zu meinem Bronco. Das Polizeiauto stand immer noch am Straßenrand. Die Gegend sah aus wie zuvor. Nur in mir hatte eine Veränderung stattgefunden.

Im Bronco ließ mich ein Adrenalinstoß das Lenkrad umklammern und für eine Weile erzittern. Als die Erschütterung vorüber war, startete ich den Motor und brauste in einem Zustand euphorischer Frustration davon. Ich hatte wertvolle Informationen erhalten, war mir aber nicht sicher, welche genau es waren.

Weder Myra noch Angelina hatten ein Baby erwähnt, aber ich hätte meine gesamte Kollektion weißer Keds darauf gewettet, dass Vern Opal und Angelina in ein ungefähr vierzig Meilen entferntes Haus gebracht hatte, in welchem er Angelina so unangenehm belästigt hatte, dass sie davongelaufen war. Wenn ich richtig vermutete, hatte sie Opal alleine mit Vern zurückgelassen.

Während mir der Kopf vor Erschöpfung, Stress und Hunger nur so brummte, fuhr ich heimwärts. Zu Hause angekommen, wirkte der Carport öde und leer auf mich. Selbst die Watvögel staksten mutlos und traurig am Ufersaum entlang. Als ich mein Spiegelbild im Badezimmer sah, war ich schockiert. Die Haut war voller schmutziger Schlieren von grauem Rauch, die Augen waren rotgerändert und von rosa Äderchen durchzogen und die Haare klebten mir in dicken Strähnen schwer am Kopf. Ich fühlte mich nicht nur beschissen, ich sah auch mehr als beschissen aus.

Ich schälte mich aus meinen nach Rauch stinkenden Klamotten und warf sie in die Waschmaschine. Dabei flatterte Cupcakes zerknitterte Visitenkarte zu Boden, und ich hob sie auf und steckte sie mir in die Tasche. Allein der Gedanke, dass Cupcake sie mit seiner großen, warmen Hand angefasst hatte, verlieh der Karte eine magische Kraft, an der ich festhalten wollte.

Als ich eine heiße Dusche nahm, hörte ich den für Michael, Paco und Guidry reservierten speziellen Klingelton meines Handys. Ich ließ es klingeln, denn ich war zu müde und missmutig, um mit wem auch immer zu sprechen. Während mir das heiße Wasser über Haut und Haare rieselte und den Qualmgestank und die Müdigkeit wegwusch, bemerkte ich, dass ich noch immer zitterte. Feine Erschütterungen schienen von den Knochen ausgehend meine Muskeln zu durchwandern, um in einer Mischung aus Adrenalin, Erschöpfung, Angst und Scham meine Haut erbeben zu lassen.

Als ich mir sicher war, dass ich frei war von Schmutz und Gestank, stieg ich aus der Dusche, trocknete mich ab und zog mit zittriger Hand einen Kamm durch meine Haare. Dann schlurfte ich wie eine schwache alte Frau zu meinem Bett und kroch, dem Schlaf und Vergessen nahe, unter die Decke.

Ich träumte, ich sei in einer Art Höhle, umwabert von schattigen Gestalten, von denen ich wusste, sie waren im Besitz wichtiger Informationen, aber ich konnte nichts Näheres erfahren, denn keine kam nahe genug an mich heran. Wenn ich ihnen nachjagte, lösten sie sich auf, und wenn ich stehenblieb und sie bat, zu mir zu kommen, verwandelten sie sich in harte, bewegungsunfähige Gesteinsblöcke.

Ein Poltern gegen meine Verandatür riss mich aus meinen Träumen. Auf der Veranda stand Guidry und rief meinen Namen. Ich grummelte vor mich hin. Es gibt Zeiten in einer Beziehung, da brennst du geradezu darauf, den anderen zu sehen, es gibt aber auch Zeiten, da willst du verdammt noch mal am liebsten deine Ruhe haben.

Guidry brüllte noch lauter: »Dixie?«

Ich grummelte noch einmal und schlüpfte aus dem Bett. Ich war schon halb an der Tür, da fiel mir auf, dass ich splitternackt war, weshalb ich noch schnell einen Umweg über mein Schrankkabuff machte, um mir ein Nachthemd zu schnappen. Nicht dass mich Guidry noch nie zuvor nackt gesehen hätte, aber im Evaskostüm die Tür aufzumachen, fand ich schlicht und einfach daneben. Züchtig bedeckt riss ich die Verandatür auf. Im nächsten Augenblick drückte mich Guidry an sich, und ich heulte hemmungslos in sein schickes Leinenjacket.

Er sagte: »Owens hat mich angerufen und von dem Feuer erzählt.«

Ich schluchzte: »Sie haben Opal entführt.«

»Das Baby?«

Ich rieb mein Gesicht an seiner Brust auf und ab. »Mmhmmm.«

»Wer? Wer hat das Baby entführt?«

Ich wollte gerade antworten, da kam der kleine Sekretär in meinem Gehirn, der darin rumwuselt und Aktenschubfächer öffnet, um wichtige Informationen zu beschaffen, mit quietschenden Sohlen zum Stehen.

Er wirbelte herum zu einem speziellen Aktenschrank, riss eine Akte heraus auf dem stand *Polizeibeamte sind dazu verpflichtet, sämtliche ihnen bekannte Straftaten zur Anzeige zu bringen.*

Ein weiteres Mal sah ich mich mit dem Dilemma des verpartnerten Menschen konfrontiert. Ich hatte guten Grund, anzunehmen, dass Vern Opal entführt und in ein vierzig Meilen entferntes Haus gebracht hatte.

Aber ich musste wählen zwischen meinem Bauchgefühl, wonach ich mein schreckliches Geheimnis Guidry mitzuteilen hatte, und dem Wissen, dass ihn sein Pflichtbewusstsein als Polizeibeamter dazu zwingen würde, Maßnahmen zu ergreifen, die Opals Tod zur Folge haben könnten.

Indem ich mich von ihm löste, wischte ich mir mit beiden Händen die Tränen vom Gesicht. Das gab mir einen Grund, nicht zu ihm aufzuschauen.

»Vern könnte es gewesen sein. Es könnte aber auch eine Putzfrau gewesen sein, die gestern im Haus der Sterns gewesen war.«

Mein kleiner Hirnsekretär lächelte und legte die Akte zurück.

»Owens sagt, es war Brandstiftung.«

»Das hat Michael auch gesagt. Er hat Cheddar gerettet.«

»Cheddar?«

»Mr Sterns Kater. Cheddar war mit Opal im Zimmer und hat sich unter dem Bett versteckt. Michael hat ihn gefunden und nach draußen zu den Sanitätern gebracht, die ihn mit

Sauerstoff versorgten. Cheddar ist jetzt in der Tierklinik, aber sie glauben, er wird es schaffen.«

Guidry strich mir die feuchten Haare aus der Stirn. »Und was ist mit dir? Wirst du es auch schaffen?«

Ich brach wieder in Schluchzen aus. Stand einfach da und flennte wie eine Zweijährige. »Ich habe Hunger, und Michael ist auf der Feuerwache, und ich habe nichts zu essen.«

Guidry schmunzelte und nahm mich wieder in die Arme. »Weißt du was? Heute Abend zaubere ich bei mir zu Hause was Schönes zu essen für uns beide.«

»Ich weine nicht, weil ich Hunger habe.«

»Ich weiß.«

»Ich wusste gar nicht, dass du kochen kannst.«

»Du weißt es noch immer nicht. Noch ist das reine Theorie.«

Er drückte mich eng an sich, küsste mich auf den Kopf und entließ mich. »Du musst schlafen. Wir sehen uns heute Abend.«

Weinend, schniefend und schluckend sah ich ihn über meine Eingangsveranda gehen. Ich sah ihn die Treppe hinuntersteigen, bis sein Kopf aus meiner Sicht verschwand. Dann machte ich die Verandatür zu, betätigte den Knopf, um die metallenen Hurrikan-Rollläden herunterzulassen, und schlurfte heulend zurück ins Bett. Beim Einschlafen weinte ich immer noch. Vielleicht weinte ich sogar im Schlaf.

## 21

Mein Schläfchen dauerte kaum länger als eine Viertelstunde, viel zu kurz, und ich wachte deprimiert und mit Kopfschmerzen auf. Die Kopfschmerzen waren auf den Essensentzug seit gestern Abend zurückzuführen. Hinter der niedergedrückten Stimmung standen die Sorge um Opal und die Frage, wohin Vern sie verschleppt haben könnte, aber auch Schuldgefühle, weil ich mitverantwortlich dafür war, dass das Sheriffsbüro eine unschuldige Putzfrau auf die Verdächtigenliste gesetzt hatte, die mit der Trauer um ihr verlorenes Baby genug zu kämpfen hatte.

Ich tapste in die Küche und setzte Teewasser auf. Dabei kam mir der Gedanke, nach unten zu gehen und Michaels Kühlschrank zu plündern, aber meine Energie reichte gerade mal dafür aus, Wasser über Teebeutel zu gießen. Während ich meinen dünnen, weil nicht genügend durchgezogenen Tee trank, fragte ich mich, wie lange es wohl dauern würde, bis Sergeant Owens die Putzfrau von seiner Verdächtigenliste streichen würde.

Als ich es nicht mehr aushielt, zückte ich mein Handy und wählte Owens' Nummer, die seit meiner Zeit als Deputy in mein Gedächtnis eingraviert war.

Als Sergeant Owens ranging, sagte ich: »Hier ist Dixie. Ich würde nur gerne wissen, ob es neue Entwicklungen im Fall des entführten Babys gibt.«

Er klang erstaunt. Nicht über meine Neugier, sondern weil ich ihn angerufen hatte.

Vorsichtig, als wollte er meine Gefühle nicht verletzen, sagte Owens: »Ich weiß, dass du dir wegen des Babys Sorgen machst, Dixie. Das tun wir alle, aber es kann dauern, bis wir es finden. Wir haben eine Suchmeldung in den Medien herausgegeben, und wir lassen die Wohnumgebung absuchen. Wir haben mittlerweile auch den vollen Namen dieser Putzfrau. Doreen Antone. Wir haben ihre Adresse ausfindig gemacht, aber es ist niemand zu Hause, und ihr Auto ist auch weg. Wir haben Doreens Freund befragt, der meinte, sie könnte vielleicht zu ihrer Schwester nach Alabama gefahren sein. Er ist dumm wie Bohnenstroh und weiß nicht genau, wo die Schwester wohnt, nur dass Doreen aus Alabama kommt und dass sie eine Schwester dort hat. Wir haben Flughäfen und Busstationen in Alarmbereitschaft versetzt, und wir haben einen Fahndungsaufruf an die Kollegen herausgegeben, auf eine übergewichtige, hellhäutige junge Frau mit einem Baby zu achten. Wir überprüfen Highschool-Register, wir überprüfen Register von KFZ-Zulassungsstellen. Wir tun, was wir nur können. Und wir werden sie finden.«

Meine Brust fühlte sich an, als würde ein darin gefangener Adler in der verzweifelten Suche nach der Wahrheit, die auch Freiheit bedeuten würde, mit den Flügeln gegen mein Herz schlagen. Doch die schreckliche Wahrheit war, dass Myra und Tucker mehr Geld besaßen als alle Strafverfolgungsbehörden des Landes. Geld ist Macht, und Myra und Tucker machten rücksichtslos von ihrer Macht Gebrauch. Wenn ich Sergeant Owens sagen würde, dass es reine Geldverschwendung war, Doreen Antone mit diesem Aufwand zu verfolgen, dann müsste ich ihm auch sagen, dass Opal in Wahrheit in einem vierzig Meilen entfernten Haus gefangengehalten wurde. In der Folge wiederum könnte Tucker erfahren, dass man ihn verdächtigte. Wenn das passierte, könnte Opal innerhalb einer Stunde ermordet und beiseitegeschafft worden sein. Ich konnte Opals Sicherheit nicht gefährden, indem ich Owens die Wahrheit präsentierte. Wie Ruby musste ich meine Ehre hintanstellen und das Unakzeptierbare akzeptieren.

Ich bedankte mich bei Owens, entschuldigte mich, seine Zeit gestohlen zu haben, und drückte die rote Taste – mit noch mehr Sorgen und Gewissensbissen als vor dem Anruf. Da mir Rubys stillschweigende Vereinbarung mit Tucker und Myra bekannt war, hatte ich den weiteren Verlauf der Dinge mit schrecklicher Klarheit vor Augen. Im Laufe von Myras Verfahren würde sich Ruby an kein einziges der Offshore-Konten erinnern, auf denen Myra Unsummen praktisch gestohlener Gelder stapelte. Dafür würde sich Kantor Tucker an seinen Teil der Vereinbarung halten und Opal und Angelina in einen anderen Teil des Landes fliegen, wo sie diskret in einem hübschen Häuschen untergebracht und mit einer plausiblen Geschichte zur Erklärung ihrer Herkunft ausgestattet würden. Angelina würde alle erforderlichen Papiere bekommen, um als Opals Mutter durchzugehen, und niemand würde Verdacht schöpfen, dass Opal entführt worden sein könnte. Nach zehn, fünfzehn oder zwanzig Jahren, wann auch immer Myra aus dem Gefängnis entlassen würde, würden Myra und Tucker die Offshore-Konten plündern und sich ein schönes Leben machen. Sollte Ruby zu dieser Zeit ihre Strafe schon abgesessen haben, würden sie ihr gestatten, wieder mit Opal zusammenzuleben, Opals Liebe und Verbundenheit würde aber der Frau gelten, die sie großgezogen hatte.

Mit Geheimnissen hat es Folgendes auf sich: Geheimnisse haben wie der Big Bad Wolf aus dem Horrorfilm gezackte Reißzähne und kräftige Kiefer. Tief in dir vergraben reißen sie dir mit ihren scharfen Zähnen große Stücke aus den Eingeweiden und zermahlen sie zwischen ihren fallenartig zuschnappenden Kiefern, bis sie dich ganz in Stücke gerissen haben. Geheimnisse musst du jemandem anvertrauen, nicht irgendjemandem, der sie vielleicht wieder weitererzählt oder persönlich von ihnen betroffen ist. Nein, erzähle sie einem zuverlässigen Psychotherapeuten oder einem spirituellen Führer. Nun hatte ich weder einen Psychotherapeuten noch einen Seelenführer bei der Hand, dafür aber ich kannte Cora Mathers, und ich empfand plötzlich das dringende Bedürfnis, die alte Dame so schnell wie möglich zu besuchen. In fiebernder Eile zog ich mir was an, schnappte mir Schlüssel und Tasche und düste zur Haustür hinaus.

Über die Nordbrücke brauste ich in Richtung Tamiami Trail, fuhr darauf in einem weitläufigen Bogen um den Jachthafen, in dem die Segelboote vor Anker lagen, herum und noch ein paar Straßenblocks weiter bis zum Bayfront Village, einer exklusiven Seniorenwohnanlage an der Bay. Sofort kam ein uniformierter Parkwärter herausgeeilt, um die Fahrertür zu öffnen und meinen Bronco zu übernehmen. Gläserne Schiebetüren glitten seufzend beiseite, und ich betrat die weitläufige Eingangshalle, in der gut aussehende gepflegte Senioren in Gruppen herumstanden und sich zum Tennis oder Golf verabredeten, oder um gemeinsam in die Oper, ins Kino oder ins Museum zu gehen. Ich weiß nicht, warum das so ist, aber reiche alte Leute scheinen mehr Spaß am Leben zu haben als junge Leute, egal ob arm oder reich. Vielleicht liegt es ja daran, dass reiche Senioren klüger sein mussten oder einfach mehr Glück hatten, um überhaupt erst reich zu werden, und es nun mit ebenso viel Glück oder Klugheit verstehen, ihre alten Tage zu genießen.

Ich näherte mich gerade den Fahrstühlen, da winkte mir schon die Empfangsdame von ihrer im Provence-Stil gehaltenen Theke aus zu und griff zum Telefonhörer, um Cora über meinen Besuch zu informieren. Die Dame wusste, dass Cora immer bereit war, mich zu empfangen, und brauchte somit erst gar nicht nachzufragen.

Cora ist in ihren späten Achtzigern, aber trotzdem der jüngste Mensch, den ich kenne. Cora und ihre Enkelin waren ursprünglich bitterarm gewesen, aber die Enkelin machte eine Menge Kohle auf eine nicht ganz schickliche Weise, wie sie Cora nie vermutet hätte, und sie kaufte Cora ein schickes Appartement im Bayfront Village. Vor einigen

Jahren, da war sie gerade meine Klientin, wurde die Enkelin leider ermordet, und zwischen Cora und mir entwickelte sich in der Folge eine dicke Freundschaft. Cora ist das komplette Gegenteil zu meiner richtigen Großmutter, hat aber trotzdem ein bisschen ihren Platz eingenommen. Auch ich bin ganz anders als Coras Enkelin, habe aber in vielerlei Hinsicht deren Platz eingenommen. Was vermutlich ein Beweis dafür ist, dass Freundschaften nicht von den Dingen abhängen, wie wir meinen, sondern einfach geschehen, wenn zwei Menschen einander sehr mögen.

Im fünften Stock hatte Cora die Tür schon geöffnet und ihren Kopf herausgestreckt, um nach mir Ausschau zu halten. Cora hat in etwa die Größe eines unterernährten Mittelschulkinds; ihre dünnen Ärmchen und Beine sind mit Altersflecken übersät, und ihre weißen Haare sind so flaumig-zart, dass die Kopfhaut durchschimmert. Als sie mich aus dem Fahrstuhl kommen sah, winkte sie mir mit ausgestrecktem Arm wie ein Highway-Sicherungsposten, als glaubte sie, ich würde sonst ihre Tür nicht finden.

Schon von Weitem rief sie mir entgegen: »Du kleines Luder hast gewusst, dass ich Brot gebacken habe, stimmt's? Sicher hast du es durch die ganze Stadt schon gerochen.«

Jetzt konnte ich es riechen, und der Geruch zog mich geradezu magisch an. Cora besitzt eine alte Brotbackmaschine, noch ein Geschenk ihrer Enkelin, und nach einem alten Geheimrezept, das sie nicht verrät, backt sie darin geradezu dekadent gutes Schokoladenbrot.

Ich nahm Cora in die Arme – vorsichtig, weil ich immer Angst habe, ich könnte sie erdrücken – und folgte ihr in ihr ganz in Pink und Türkis gehaltenes Appartement. Es ist ein niedliches Appartement, pinkfarbene Marmorböden, die Wände in einem etwas zarteren Pink, türkis- und rosenfarbene Leinenüberwürfe auf dem Sofa und den Sesseln und eine Terrasse hinter einer Glaswand, durch die sie einen geradezu umwerfenden Blick auf die Bay hat.

Das Aroma von heißem Schokoladenbrot ließ mich die Luft mit hochgezogener Nase schnuppern wie ein Hund, der Witterung aufgenommen hat.

Cora sagte: »Grad hab ich's rausgenommen. Es ist also noch verdammt heiß.«

Cora nahm ihren Stammplatz an einem Rundtischchen mit bodenlanger Decke zwischen dem Wohnbereich und ihrer kleinen Einpersonen-Küche ein, während ich unser Teetablett zurechtmachte. Coras Teekessel ist immer in Betrieb, und somit dauerte es nur eine Minute, um heißes Wasser über Teebeutel in einer »Brown Betty«-Kanne zu gießen, Tassen und Untertassen aus dem Schrank, Butter aus dem Kühlschrank zu nehmen und das heiße, kugelrunde Schokoladenbrot dazuzugeben. Ich stellte das Tablett auf den Tisch und nahm den anderen Stuhl. Cora sah mir zu, wie ich alles verteilte und Tee einschenkte.

Wir pflückten zwei faustgroße Brocken Brot von dem Wecken ab – Cora besteht darauf, dass man es nicht wie normales Brot in Scheiben schneiden kann – und bestrichen sie mit Butter. Coras Schokoladenbrot ist dunkel und reichhaltig gespickt mit Stückchen herb-süßer Schokolade, die nicht ganz geschmolzen sind, sondern von innen heraus leicht zerfließen. Vielleicht haben die Engel im Himmel Coras Schokoladenbrot jeden Nachmittag zum Tee, und die Götter, wenn sie Glück haben, werden ab und zu eingeladen. Ich verdrückte erst einmal die Hälfte meines Brockens, ehe ich ein Wort sagte, zum einen, weil es so gut schmeckte, zum anderen aber auch, weil mir die Worte nicht über die Lippen wollten.

Cora sagte: »Du siehst aus, als hätte es dir die Sprache verschlagen. Was ist los?«

Ich weiß nicht, wie sie es macht, aber sie kommt immer genau auf den Punkt.

Ich nahm einen Schluck Tee und stellte meine Tasse zurück. »Ein Baby in meinem Bekanntenkreis wurde entführt.

Die Kleine ist knapp vier Monate alt, heißt Opal und ist unglaublich süß. Ich weiß genau, wer sie an sich gerissen hat, aber wenn ich damit herausrücke, könnte das für die Kleine den Tod bedeuten.«

Cora neigte den Kopf in die Richtung des Lichts, das von der Rückseite ihres Wohnzimmers her durch die gläserne Schiebetür hereinfiel, sodass die feinen Linien, die ihre Haut durchzogen, zu schimmern schienen.

»Du bist dir ganz sicher?«

Ich nahm einen Bissen vom Brot und kaute, während ich überlegte, wie ich Cora sagen könnte, woher ich wusste, dass Myra und Tucker Vern den Auftrag zu dieser Entführung erteilt hatten.

Ich sagte: »Es ist zu kompliziert, um auf alle Einzelheiten einzugehen, aber ich habe zufällig ein Telefongespräch mitgehört. Da gibt es einen Mann und eine Frau, die einen weiteren Mann angeheuert haben, das Baby zu rauben, weil die Mutter des Babys Dinge über sie weiß, die den Mann und die Frau womöglich für lange Zeit ins Gefängnis bringen könnten. Wenn die Mutter alles verschweigt, werden sie für das Baby sorgen, aber dafür landet die Mutter im Gefängnis. Wenn sie ausplaudert, was sie weiß, muss sie nicht ins Gefängnis, aber sie werden ihr Baby töten.«

Cora verschränkte die auf dem Tisch liegenden Finger. »Es muss einer schon sehr gemein sein, um ein Baby zu töten.«

»Die sind so gemein, ungefähr so gemein, wie ein Mensch nur sein kann.«

»Du glaubst nicht, dass du dich möglicherweise verhört haben könntest?«

Ich schüttelte den Kopf. »Ich habe genug gehört, um genau Bescheid zu wissen. Die Mutter des Babys kennt das Ganovenpärchen schon länger, und sie sagt, der Mann sei mit seinem Flugzeug auf den Golf hinausgeflogen, um Leute aus dem Flugzeug zu werfen. Die Mutter befürchtet, das könnte auch ihrem Baby passieren, sollte sie reden.«

»Meine Güte.«

»Ich weiß einfach nicht, was ich machen soll. Ich habe Angst davor, zu sagen, was ich weiß, und ich habe Angst davor, es nicht zu sagen.«

Sie nahm einen Schluck Tee, während mich ihre blauen Augen unter schweren Lidern hervor beobachteten.

Sie sagte: »Ein Baby zu verlieren, ist das Schlimmste, was einem Menschen passieren kann. Du kommst nie darüber hinweg. Du meinst vielleicht, du hättest den Schmerz überwunden, aber jedes Mal, wenn du von einem ähnlichen Schicksal hörst, hast du das Gefühl, es passiert alles noch einmal.«

Mir stockte der Atem, als hätte mich eine Hand an der Kehle gepackt, und im nächsten Moment hatte ich mein Gesicht in den Händen vergraben und schluchzte, dieses Mal nicht wegen Opal, sondern weil mein eigenes Kind bei einem aberwitzigen Unfall auf einem Supermarktparkplatz praktisch zermalmt worden war. Cora stand nicht auf, um mich zu trösten. Dazu war sie zu klug. Sie wartete einfach ab. Und weil ich wusste, sie war stark genug, zu warten, bis es vorüber war, versuchte ich nicht, meine Tränenflut einzudämmen, sondern ließ sie einfach fließen, bis sie zu einem Rinnsal versiegt war und schließlich zum Erliegen kam.

Als ich meine Hände vom Gesicht nahm, reichte mir Cora ein paar Papierservietten. Ich wischte mir die Wangen ab und lächelte zögerlich. »Damit hab ich jetzt nicht gerechnet.«

Sie sagte: »Oh, es wird dich immer wieder überkommen. Es überfällt dich, wenn du nicht einmal an dein Kind denkst. Es ist jetzt mehr als vierzig Jahre her, seit meine Tochter starb und mir ihr Kind zum Großziehen hinterlassen hat, aber manchmal überfällt es mich immer wieder, dass sie für immer verschwunden ist, und ich klappe einfach zusammen. Vermutlich hat er nie ein Ende, dieser schreckliche Schmerz. Er taucht nur ab und zu unter für gewisse Zeit.«

Ich sagte: »Die Mutter des Babys ist noch so jung und hat ohnehin genug zu knabbern. Und da kommt dieser Schurke und entführt ihr Baby. Es ist einfach nicht fair.«

»Ich weiß nicht, warum sich die Menschen immer darüber wundern, dass das Leben nicht fair sei. Es ist nie fair gewesen und wird es auch niemals sein. Das ist nun mal so.«

»Wahrscheinlich.«

Cora sagte: »Also gut, du hast keine andere Wahl. Du musst dieses Baby finden und es nach Hause bringen. Seine Mutter wird dir dabei nicht helfen können. Frauen bringen nichts zustande, wenn sie verängstigt und traurig sind. Mit Männern ist da mehr anzufangen. Anscheinend können sie ihre Trauer in Tatkraft ummünzen. Hier und da mal ein paar Bömbchen abwerfen, Leute abknallen, die Fäuste schwingen, das Mobiliar kurz und klein schlagen. Meistens machen sie alles nur noch schlimmer, aber sie kriegen den Arsch hoch. Sie unternehmen wenigstens *etwas*.«

Ich sagte: »Der Vater des Babys ist Autorennfahrer.«

In Coras blauen Augen blitzte eine alte Erinnerung auf. »Rennfahrer sind wahre Herzensbrecher, aber sie wissen immer, was zu tun ist. Ich an deiner Stelle würde mir den Vater schnappen und mit ihm zusammen das Baby retten. Mal sehen, was er sonst noch so drauf hat – außer unschuldigen Frauen das Herz zu brechen.«

Ihr sarkastischer Tonfall ließ mich vermuten, dass Coras Herz wohl auch einmal dem Charme eines Rennfahrers erlegen war.

Ich sagte: »Aber ich kenne den Vater kaum.«

Sie zuckte mit den Schultern: »Das lässt sich ändern.«

Wie üblich hatte Cora eine komplexe Situation, die sie nicht verstehen konnte, allzu sehr vereinfacht. Aber komischerweise hatte ich trotzdem das Gefühl, erleichtert zu sein. Ich hatte sogar das Gefühl, sie hatte mir eine halbwegs plausible Lösung angeboten. Blieb nur noch, zu überlegen, wie ich sie umsetzen konnte.

Ich räumte unsere Teeutensilien weg und küsste Cora mitten auf ihr flaumiges Köpfchen.

Ich sagte: »Dankeschön. Für das Brot, den Tee, dein offenes Ohr.«

Sie tätschelte mir die Hand. »Du bist ein gutes Mädchen, Dixie. Halt die Ohren steif.«

Als ich im Fahrstuhl nach unten fuhr, sagte ich mir, dass Cora völlig recht hatte. Ich musste die Ohren steif halten. Und vielleicht war Zack Carlyle ja wirklich genau der Richtige, der mir helfen könnte, Opal zu finden.

Noch bevor der Fahrstuhl auf Höhe der Eingangshalle anhielt, hatte ich Cupcakes Visitenkarte aus der Tasche gezogen. Bis der Parkwärter mir mein Auto gebracht hatte, hatte ich Cupcake schon angerufen und ihm ein Treffen vorgeschlagen. Offenbar hatte er meinen Anruf sogar längst erwartet. Wir kamen überein, uns in einer halben Stunde im Daiquiri Deck auf Siesta Key zu treffen. Als ich die rote Taste drückte, hatte ich das Gefühl, schon ein gutes Stück weitergekommen zu sein.

## 22

Das Daiquiri Deck ist ein Terrassenrestaurant am Ocean Boulevard und bei Touristen und Einheimischen gleichermaßen beliebt. Zum Teil Anmachschuppen für Jugendliche und solche, die sich dafür halten, zum Teil Aussichtsplattform zum Leutegucken und zum Teil einfach ein Lokal mit guten Drinks und gutem Essen, ist das Deck die Anlaufstelle, bei der letztlich jeder Besucher auf Siesta Key irgendwann mal landet.

Ich wählte einen beschirmten Tisch, an dem ich nach Cupcake Ausschau halten konnte, bestellte Eistee und vertrieb mir die Wartezeit mit der Speisekarte. Coras Schokoladenbrot hatte zwar gut getan, aber ein kleines Häppchen vor meiner Nachmittagsrunde könnte ich noch gut vertragen. Also bestellte ich eine Portion Buffalo Shrimps mit Gorgonzolasauce, und gerade als ich einen knusprigen Shrimp in ein Schälchen mit Sauce getunkt hatte, erschien Cupcake am Eingang. Er hatte Zack im Schlepptau, der misstrauisch und unglücklich zugleich wirkte.

Ich winkte ihnen zu und hatte meinen Spaß dabei, zu sehen, wie die anwesenden Herren die Köpfe verdrehten und die beiden mit ihren Blicken geradezu verfolgten. Bis dahin hatte niemand von mir Notiz genommen, aber nun sahen mich sämtliche männlichen Gäste plötzlich mit ganz neuen Augen.

Nein, nicht weil ich plötzlich zum Männerschwarm avanciert wäre, sondern einzig und allein nur, weil ich Zack und Cupcake kannte.

Ein, zwei Männer wollten sogar Autogramme von Zack und Cupcake haben, während die anderen sie mit derart leuchtenden Augen anstrahlten, dass man geglaubt hätte, die geilste Schnecke der Welt wäre gerade eingelaufen.

Cupcake und Zack griffen nach den Stühlen und nahmen wortlos Platz. Keine Unfreundlichkeit, sondern reine Geschäftsroutine. Cupcake beäugte meine Shrimps und winkte eine Kellnerin heran. »Bitte zwei weitere Portionen davon und ein Corona vom Fass. Zack, was hättest du gerne?«

Zack wirkte überrumpelt. »Hm, ich nehme auch ein Corona.«

Die Kellnerin wackelte davon, während Cupcake mir zusah, wie ich einen Shrimpschwanz zur Seite legte.

»Du isst die Schwänze nicht mit?«

»Ich verwende sie lediglich als Griffe.«

»Da wo ich herkomme, gelten die Schwänze gerade als das Beste.«

Ich öffnete den Mund, um zu fragen, wo das denn wäre, aber Zack unterbrach uns.

»Was war nun genau der Grund für Ihren Anruf?«

Er klang wie jemand, der bereits früher da und dort aufgekreuzt war, nur um festzustellen, dass man lediglich mit ihm in der Öffentlichkeit gesehen werden wollte.

Ich sagte: »Zack, ich will Ihnen nur helfen, Opal zu finden.«

Zack verfiel in Schweigen, als ob er auf weitere Stimmen in seinem Kopf hörte, darunter vermutlich auch die Stimmen seines Vaters. Nach einer Weile äußerte er folgende, wohlüberlegt klingenden Worte.

»Die Entscheidung ist nicht leicht, verstehen Sie? Wann kommst du einer Frau entgegen, und wann bist du einfach ein Mann und bleibst hart.«

Cupcake zuckte sichtlich zusammen.

Ich sagte: »Vielleicht bedeutet ein Mann sein *gerade,* einer Frau entgegenzukommen.«

Zack bewegte den Unterkiefer vor und zurück, als wollte er die Zähne ausrichten.

»Bevor sie starb, musste meine Mama ihren Kopf mit einer

Hand stützen. Zwei oder drei Jahre lang lief sie herum und hatte dabei immer eine Hand am Hinterkopf, um ihn zu stützen. So ist sie sogar Auto gefahren. Man sah sie vorbeifahren, eine Hand am Lenkrad, die andere am Hinterkopf.« Er starrte in den flirrenden Himmel. »Mein Papa hat nichts unternommen, sie daran zu hindern. Gar nichts.«

»Gab es denn einen medizinischen Grund dafür, dass der Nacken Ihrer Mutter so schwach war?«

»Ach was, die wollte doch nur Papas Aufmerksamkeit.«

Er schien sich in seiner Rolle als Mann zu vergleichen mit der Art, wie sich sein Vater als Ehemann gab, und kam sich selbst dabei überlegen vor. Ich fragte mich, ob er glaubte, Rubys Verstrickung mit Myra sei etwas Ähnliches gewesen wie der geschwächte Nacken seiner Mutter. Vielleicht hielt er sich für ganz besonders männlich, weil er sich aufgrund Rubys Arbeit für Myra gegen Ruby gewandt hatte.

Er verzog die Lippen zu einem freudlosen Lächeln. »Beim Erntedankfest vor Mamas Tod fragte sie Papa, ob er nicht etwas Nettes über das Riesendinner sagen könnte, das sie gekocht hatte, worauf er antwortet, er habe nicht vor, sich bei ihr groß zu bedanken, bloß weil sie ihren Job macht.«

Mir kam er in dem Moment wie eine jüngere Version von Mr Stern vor, was vielleicht auch der Grund dafür war, warum Ruby sich zu ihm hingezogen fühlte. Sie war an Männer gewöhnt, die keine Gefühle zeigen und keine Zuneigung zum Ausdruck bringen konnten.

Ich sagte: »Jede Frau der Welt will von ihrem Mann beachtet und auch mal gelobt werden, Zack. Und übrigens, Ruby hat Sie nicht wegen des Geldes geheiratet. Sie liebt Sie von ganzem Herzen.«

Zack machte einen geradezu schockierten und misstrauischen Eindruck, als hätte er mich bei dem Versuch erwischt, ihn aufs Glatteis zu führen.

Cupcake stieß einen tiefen Seufzer aus, der auf lange Gewöhnung an Zacks Misstrauen gegenüber Frauen schließen ließ. »Am Telefon hast du gesagt, es gäbe Neuigkeiten. Welche?«

»Ich glaube, ich weiß, wer Opal an sich gerissen hat. Und ich glaube, wir können uns gemeinsam überlegen, wo sie versteckt sein könnte.«

Zack kniff die Augen skeptisch zusammen, sodass von ihrem Blauviolett kaum mehr was zu sehen war. »Wenn Sie was wissen, sollten Sie es den Cops erzählen.«

»Wenn ich denen erzähle, was ich weiß, müssen wir mit dem Schlimmsten rechnen.«

Ich wischte mir meine von Shrimps fettigen Finger ab und lehnte mich nach vorne und berichtete kurz, wie Vern mich tags zuvor entführt und zu Kantor Tucker gebracht hatte. Ich sagte ihnen, dass mich Myra wohl in Mr Sterns Gartenhof gesehen und folglich Vern beauftragt hatte, mich zu überwältigen. Ich erzählte ihnen auch von der jungen Frau, die ich an Myras Fenster gesehen hatte.

Die Kellnerin kam mit den Bieren und den zwei Portionen Buffalo Shrimps angerauscht und stellte beiden Männern einen Teller vor die Nase, Zack jedoch schob seinen quer über den Tisch an Cupcakes Platz. Mit geschickter Hand verlagerte Cupcake sämtliche Shrimps auf einen einzigen Teller und reichte den leeren Teller an die Kellnerin weiter.

Sobald sie wieder weg war, bedeutete mir Cupcake mit einem Finger von der Größe einer Bratwurst, mit meiner Erzählung fortzufahren.

»Heute Vormittag nach dem Brand, als schon fast alle weg waren, habe ich gesehen, wie Tucker und Myra weggebraust sind. Ich dachte, die junge Frau könnte zusammen mit Opal im Haus sein. Es war dumm von mir, ich weiß, aber ich schlich mich in Myras Haus, um nach Opal zu suchen.«

Zack sah mich missbilligend an, während sich Cupcake einen ganzen Shrimp in den Mund schob und mich anstrahlte.

Zack sagte: »Sie mischen sich also gern in die Angelegenheiten Prominenter ein, richtig? Sie würden wohl Ihren Namen gern in der Zeitung sehen?«

Ich spürte Hitze in meinem Gesicht aufsteigen. »Mein Name stand schon öfter in der Zeitung, Zack, und ich habe es gehasst. Einmal waren gerade mein Mann und mein Kind ums Leben gekommen. Ich weiß, was es bedeutet, ein Kind zu verlieren, und ich hoffe, Ihnen und Ruby bleibt dieser Schmerz erspart.«

Zack blickte düpiert drein.

Ich sagte: »Und nur um das mal festzuhalten. Ich bin selbst mehrere Jahre lang Deputy gewesen.«

Cupcake hob seine Hand, eine richtige Pranke. »Dixie, eine Sache solltest du auch wissen, nur um das mal festzuhalten. Die Brandermittler fanden einige Stickstoffoxid-Kanister am Brandort. Sie haben Zack in dem Zusammenhang befragt.«

»Versteh ich nicht.«

Zack klang verbittert. »Fahrer der Klasse Pro Modified verwenden Stickstoffoxid zum Tunen ihrer Motoren. Ich fahre jedoch nicht Pro Modified, sondern Pro Stock, aber wer auch immer den Brand gelegt hat, wollte mich mit diesen Kanistern in die Sache hineinziehen.«

Ich sagte: »Neben dem Rauchgestank lag ein seltsam süßlicher Geruch in der Luft.«

»Das wäre das Stickstoffoxid gewesen. Das Zeug ist selbst nicht entflammbar, dient aber als Brandbeschleuniger.«

»Ich kann mir nicht vorstellen, dass Leute, die Babys entführen und Kinderzimmer in Brand stecken, plötzlich moralisch agieren, wenn es darum geht, falsche Spuren zu legen.«

»Sie haben recht. Tut mir leid, dass ich so blöd war. Erzählen Sie weiter.«

Mir war klar, warum sich Ruby in ihn verguckt hatte. Er mochte Probleme mit dem Ausdruck von Gefühlen haben, war aber dafür ein absolut integrer Charakter.

Ich sagte: »Ich bin überall in Myras Haus gewesen, aber es war niemand da. In einem der Zimmer sah es so aus, als hätte gerade jemand einen Koffer gepackt. Noch bevor ich wieder weg war, kam Myra mit einer jungen hispanischen Frau nach Hause. Ich hab mich versteckt, und ich bekam genug mit, um zu wissen, dass Angelina aus einem Haus weggelaufen war, in das Vern sie gebracht hatte. Er hatte sie dermaßen verängstigt, dass sie zu einem Highway gelaufen ist, wo eine Frau sie aufgegabelt und zu einer Bodega an der Clark Road gebracht hat. Von dort hatte sie Myra angerufen, um sich abholen zu lassen. Myra hatte eine Stinkwut auf Angelina. Dann rief Myra Tucker an, der Angelina dorthin zurückfahren sollte, wo sie gewesen war. Sie rastete noch mehr aus, als Tucker ihr sagte, sie müsse Angelina selbst zurückfahren. Myra sagte, sie habe nicht die Zeit, vierzig Meilen weit zu fahren. Aber ihr blieb keine andere Wahl, also versprach sie Angelina, dass Vern sie ab sofort in Ruhe lassen würde, und die beiden rauschten ab. Also das ist Opals Aufenthaltsort. Vierzig Meilen entfernt.«

Beide Männer starrten mich entgeistert an.

Cupcake sagte: »Vierzig Meilen? In welcher Richtung? In welchem Haus?«

Zack sagte: »Das sind doch keine Informationen, nur leeres Geschwätz.«

Ich sagte: »Denkt mal drüber nach. Angelina sagte, auf beiden Seiten der Straße gäbe es haufenweise Alligatoren.«

Cupcake sagte trocken: »Na wunderbar, das grenzt die Sache auf fast ungefähr alle Straßen Floridas ein.«

»Nicht wirklich. So wie sie es nämlich gesagt hat, waren die Alligatoren ganz nahe dran an der Straße, so wie entlang des Highway Seventy-two, wo er durch den Myakka State Park führt. Die Alligatoren entlang dieses Straßenabschnitts sind wahre Monster. Da würde sich jeder zu Tode erschrecken, der am Seitenstreifen entlangdackelt.«

Cupcake tunkte zwei Shrimps auf einmal in dickflüssige

Gorgonzolasauce. »Ich glaube, es gibt an diesem Abschnitt gar keinen Seitenstreifen.«

»Das ist es ja gerade.«

Zack sagte: »Haben Sie das dem zuständigen Ermittlungsbeamten denn auch erzählt?«

Ich fasste ihn genau ins Auge, weil ich wissen wollte, ob er vielleicht in der Lage wäre, eingefahrene Denkmuster zu verlassen, sah aber nur einen jungen Mann, dem der Schreck und die Sorgen ins Gesicht geschrieben standen.

Ich sagte: »Sollte einer von euch weitererzählen, was ich jetzt gleich sage, dann werde ich leugnen, es je gesagt zu haben.«

Beide reckten erwartungsvoll die Hälse und weiteten die Augen. Cupcake hörte sogar zu essen auf.

»Ihr wisst, dass Myra und Tucker heute Morgen mit Ruby gesprochen haben? Und dass Ruby zu euch gesagt hat, sie habe sich geirrt, als sie dachte, Myra könnte etwas mit der Entführung zu tun haben? Nun, Ruby hat gelogen. Ich habe gehört, was Myra und Tucker zu ihr sagten. Sie sagten es nicht wortwörtlich, aber sie gaben Ruby klar zu verstehen, dass Opal nichts passieren würde, wenn Ruby in Myras Prozess schweigen würde. Sollte Ruby jedoch die Wahrheit darüber sagen, wo Myra das ihren Investoren geklaute Geld tatsächlich geparkt hat, dann würde man Opal den Haien zum Fraß vorwerfen.«

Zacks Gesicht zuckte peinvoll. Dann holte er tief Luft, die Kiefer so fest aufeinandergepresst, dass die feinen Muskeln seiner Wangen bebten.

Ich sagte: »Wenn das jetzt ein Fernsehkrimi wäre, dann würde ich einfach zur Polizei gehen, und sie würden Myra und Tucker verhaften, Opal in ihrem Versteck aufspüren und befreien. Aber wir sind hier in der realen Welt, und Tucker ist reicher als der Staat Florida. Wahrscheinlich besitzt er einen korrupten Cop in jedem County. Sobald Tucker ins Visier der Fahnder gerät, wird ihn einer seiner Informanten sofort warnen. Tucker könnte Opal auf alle möglichen Arten beseitigen, könnte beispielsweise den kleinen Körper den Alligatoren in den Sümpfen des Myakka Parks vorwerfen.«

Zack sagte: »Und was stellst du dir jetzt vor?«

»Zuerst müssen wir herausfinden, wo sie Opal versteckt halten. Dann müssen wir selber hin, um sie zu retten.«

Zack und Cupcake schauten einander in die Augen. Es waren diese speziellen »Denkst du gerade dasselbe wie ich«-Blicke unter alten Freunden.

Cupcake sagte: »Chainsaw's.«

Zack nickte. »Wenn ein Ort in Frage kommt, dann der.«

Während ich herauszufinden versuchte, wovon sie verdammt noch mal redeten, schien Zack in sich zu gehen und mit einem inneren Dämon zu kämpfen. Nach geraumer Zeit wanderte der Blick aus seinem ernsten, jungen Gesicht von Cupcake zu mir. »Normalerweise müssten wir uns an die Gesetze halten, und wir dürften die Sache nicht selbst in die Hand nehmen, aber dieser Fall ist anders. Hier geht es nicht um irgendwelche Prinzipien, sondern um das Leben meines Babys.«

Cupcake zeigte wieder sein Grübchenlächeln. »Guter Junge.«

Ich sagte: »Wer ist denn Chainsaw?«

Cupcake sagte: »Was, nicht wer. Das Chainsaw's ist eine Spelunke außerhalb von Bradenton, in der solche Dreckstypen wie Kindsentführer herumhängen.«

In einer einzigen flüssigen Bewegung stand Zack auf und warf etwas Kleingeld auf den Tisch. »Wir gehen.«

Ich sagte: »Ich komme mit.« Auf keinen Fall würde ich die beiden ohne mich losziehen lassen.

Wachgerüttelt durch den Entschluss, zu handeln, raste Zack im Eiltempo auf die Stufen zum Gehsteig zu. Cupcake und ich düsten hinterher.

Cupcake sagte: »Hast du vielleicht 'ne Kappe oder so was? Du könntest dort erkannt werden.«

Dasselbe hatte ich auch schon gedacht. Sollte Vern oder einer der beiden Typen mit den Sturmhauben an der Bar herumhängen, würden sie mich sofort erkennen.«

Ich sagte: »Hab ich im Auto. Und eine dunkle Sonnenbrille.«

Draußen auf dem Gehsteig liefen Zack und Cupcake zu Zacks Cabrio, ich rannte zu meinem Bronco. Zack wartete, ehe er losfuhr, eine Lücke im Verkehr ab, die groß genug war, dass ich mich hinter ihm einfädeln konnte. Am Verhalten einer Person, die in einem Konvoi aus zwei Fahrzeugen voranfährt, lässt sich so manches über ihren Charakter ablesen. Ob sie gedankenlos dahinfährt oder ob sie Rücksicht auf den anderen nimmt, indem sie beispielsweise die Geschwindigkeit darauf einstellt, dass dieser nicht an einer roten Ampel zurückbleibt. Auch ständiges Spurwechseln nervt den Hinterherfahrenden nur. Zack war in der Rolle als Vorausfahrender verdammt gut. Mein Respekt für ihn wuchs so langsam, aber ich wünschte mir immer noch, er wäre sein eigener Herr und ließe sich nicht von seinem Vater herumkommandieren.

Das Chainsaw's entpuppte sich als geduckter Bau in einem von Floridas wenigen noch erhaltenen alten Fischerdörfern an der Cortez Road, einer schmalen Straße, welche Anna Maria Island mit dem Festland verbindet. Für die meisten Fischer bedeutete das Verbot von Stellnetzen zwar das berufliche Aus, aber eine gehörige Portion Eigensinn sowie der Hang zur Nostalgie verhinderten hier und da den Bau von Hochhäusern und Hotels. Genau in einer dieser altmodischen Gegenden lag das Chainsaw's, und zwar am Ende einer Einkaufsstraße mit nur wenigen noch erhaltenen Geschäften. Am anderen Ende befand sich ein Second-Hand-Kaufhaus.

Jeder dieser Schuppen atmete auf seine Art pure Tristesse.

## 23

Ich parkte direkt neben Zack auf einer Kiesfläche voller Schlaglöcher, die so groß waren, dass man ein Kind hätte darin verlieren können. Ich durchwühlte das Handschuhfach meines Bronco und zog eine Kappe mit großem Schirm und aufgesticktem Fischköder hervor. Sie hatte ursprünglich Michael gehört und war lange genug in meinem Auto gelegen, um eine Patina von altem Staub anzunehmen. Mit einer dunklen Sonnenbrille und meinem Pferdeschwanz unter der Mütze verborgen, die ich mir tief ins Gesicht zog, fühlte ich mich genügend verkleidet, um von Vern nicht erkannt zu werden.

Der Gang über den holprigen Parkplatz zum Chainsaw's fühlte sich so abschreckend und gefährlich an wie eine Fahrt über den Unterweltfluss Styx. Um den Eindruck noch zu verstärken, war der Eingang des Chainsaw's flankiert von zwei Reihen menschenähnlicher, aus Treibholz geschnitzter Gestalten. Die Gesichter waren alle gleich, mit irr aufgerissenen Augen wie Fratzen an mittelalterlichen Domen. Ein Tattoostudio direkt neben dem Chainsaw's hatte ein großes rotes Schild mit der Aufschrift KEINE BETRUNKENEN! an der Tür, aber das Schild sah aus, als würde es regelmäßig ignoriert.

Drinnen war es so dunkel, dass wir einen Moment warten mussten, bis sich unsere Augen an den Kontrast zu dem grellen Licht draußen gewöhnt hatten. Für die Tageszeit, früher Nachmittag, war das Lokal erstaunlich gut besucht. Schemenhafte Gestalten, den Treibholzskulpturen draußen nicht unähnlich, saßen auf Barhockern, weitere Männer kauerten vornüber gebeugt an Tischen, über welchen schummrige

Funzeln in dicken roten Lampenschirmen ihr spärliches Licht verbreiteten. Einige wenige Köpfe wandten sich uns zu, aber die meisten Männer schienen viel zu sehr mit sich selbst, ihrer Langeweile und ihrem Groll beschäftigt. Die Fischer in Florida haben ein langes Gedächtnis, und sie werden sich mit dem Verlust ihrer Existenz zugunsten von Erschließungsmaßnahmen und der Förderung des Tourismus niemals abfinden.

Als wir wieder sehen konnten, folgten wir einer Kellnerin in einem losen Trägerhemdchen, für das sie viel zu alt war und das an der Vorderseite ihre Hängebrüste enthüllte, hinten eine quer über den Rücken tätowierte Meerjungfrau. Sie führte uns an einen Tisch, nahm unsere Bestellungen auf und zog wieder von dannen, indem sie sich zwischen den Tischen und den von der Toilette zurückkommenden Betrunkenen hindurchschlängelte. Wir lehnten uns zurück und ließen unsere Blicke schweifen, nicht sicher, nach wem wir suchten, aber in der Hoffnung, dass wir die Person erkennen würden, wenn sie denn hier wäre. Die Männer an der Bar saßen schweigend da, tranken Flaschenbier und starrten auf die mit verblichenen Fotos von Fischern und ihren Booten übersäte Wand.

Ein Pärchen auf einer Seite von uns, beide mittleren Alters und sturzbetrunken, war in ein dreckiges Dauergrinsen wie kurz vor dem Koitus vertieft, immer wieder unterbrochen von gelallten Anzüglichkeiten, die sie wohl für witzig hielten. Er war offenbar verheiratet und die Frau gerade auf der Arbeit, aber im Moment gab er sich ganz der Illusion hin, frei und begehrenswert zu sein. Sie standen auf und zogen ab, als die Kellnerin mit unseren Bieren an den Tisch kam.

Mit routinierter Verachtung sah sie dem Paar zu, wie es eng umschlungen durch die Tür nach draußen torkelte. »Unter uns gesagt, die Zeiten, in denen diese Frau mit ihrem Körper Geld verdienen konnte, sind seit mindestens zehn Jahren vorbei. Jetzt hält sie ihre Form nur noch dank dieser elastischen Untersachen, diesen, wie hieß noch mal die Marke, Stanks.«

Ich sagte: »Spanx.«

Mit lautem Knall setzte sie uns die Biergläser vor die Nase.

»Du drückst hier was weg, presst dort was raus und läufst als Arrangement herum, das die Natur in dieser Form gar nicht vorgesehen hat. Ist so, als würdest du den Herrgott anlügen und glauben, er merkt es nicht.«

Ich sagte: »Ich meine, dieses Recht sollte man als Frau doch haben.«

»Sie sind nicht von hier, stimmt's?«

»Als ich noch ganz klein war, hab ich hier mal gelebt. Mein Papa war Fischer. Jetzt bin ich nur auf der Durchreise und mache einen kleinen Zwischenstopp, um der guten alten Zeiten willen.«

»Viele Fischer kommen hier nicht mehr her. Fast überwiegend nur Abschaum.«

Sie wies mit bedeutungsvoll hochgezogener Augenbraue zu einem Mann am Tisch hinter uns, und ich drehte mich etwas herum auf meinem Stuhl, um ihn besser sehen zu können. Hellhäutig, breite Schultern, Pranken wie ein Toilettendeckel. Er könnte einer der Männer gewesen sein, die an meiner Entführung mitbeteiligt waren, aber andererseits traf das auf die meisten Kerle in dieser heruntergekommenen Kaschemme zu.

Die Kellnerin beugte sich herunter und senkte die Stimme: »Sollte Sie dieser Widerling belästigen, lassen Sie es mich wissen.«

Jemand bestellte lauthals Nachschub, und sie eilte mit bewegter Rückenmuskulatur davon, sodass sich das Meerjungfrauentattoo wellte.

Der von ihr so bezeichnete Widerling hatte einen leeren Bierkrug vor sich stehen sowie einen halb gefüllten. Mit seiner hochroten und leicht derangierten Visage sah er aus, als hätte er schon etliche Biere intus.

Cupcake reckte den Oberkörper und rief laut genug, damit jeder in der Bar es hören konnte. »Hallo, Schätzchen, mein Freund hier sitzt gleich auf dem Trockenen. Bring ihm einen neuen Krug!«

Die Kellnerin wirbelte herum und starrte auf Cupcake, um dann den Blick auf mich zu richten, als hätte ich sie getäuscht. Ich zuckte die Schultern und rollte die Augen, eine Mitteilung von Frau zu Frau, die besagte, dass ich nicht verantwortlich war für die dummen Einfälle x-beliebiger Männer. Sie rollte ebenfalls mit den Augen, und knallte innerhalb der nächsten Minute einen vollen Bierkrug auf den Nachbartisch. Der Mann sah unverständig zu ihr nach oben, zu betrunken, um mitzubekommen, was um ihn herum geschah.

In einer Nanosekunde hatte Cupcake seinen Stuhl über den schmutzigen Fußboden an den Nachbartisch herangezogen. »Der Drink geht auf mich, Kollege! Wir müssen doch zusammenhalten.«

Als er grinste, lief dem Mann der Sabber aus den Mundwinkeln. »Z-z-z-uuuu-s-s-s-aaamnhaltn!«

Cupcake sagte: »Genau, alter Junge. Ich und mein Kumpel da drüben waren da, wo du jetzt bist. Wir wissen, was das heißt. Arbeitslos sein und keine Kohle haben. Mann, echt hart ist das! Jetzt, wo es uns besser geht, helfen wir unseren Kollegen von damals.«

Der Mann zwinkerte und runzelte die Stirn. »Ich bin nich arbeitslos. Hab 'nen guten Job.«

Zack stand auf, zog seinen Stuhl an den Tisch des Mannes und ließ sich so prätentiös wie ein Sonntagsschullehrer nieder. »Schon gut, Alter. Dafür muss sich keiner schämen. So viele gute Männer sind heutzutage ohne Arbeit.«

Mit seinem roten Gesicht setzte sich der Mann so aufrecht hin wie möglich. »Nee, nee, lass dir das gesagt sein, Mann, ich hab einen guten Job. Riesenjob. Verdammt, meinem Boss gehört hier der Laden!«

Zack sagte: »Diese Bar?«

»Genau, Mann! Die ganze Gegend hier! Alles!«

Unüberhörbar sarkastisch sagte Cupcake: »Soll das heißen, du arbeitest für Jeb Bush, unseren Gouverneur, oder so jemanden?«

»Ich würde mal sagen, Jeb Bush arbeitet höchstwahrscheinlich für meinen Boss.«

Cupcake sagte extra gedehnt: »Aber seinen Namen kannst du uns nicht verraten, oder? Wir müssen wohl einfach glauben, was du sagst.«

»Kantor Tucker! Für ihn arbeite ich! Wisst ihr, wer das ist? Ihm gehört einfach alles. Sein Flugzeug ist größer als die Präsidentenmaschine, und er hat mehr Geld als Gott. Und er lässt einfach alle, wirklich alle nach seiner Pfeife tanzen.«

Zack und Cupcake grinsten einander an, wie Erwachsene es tun, wenn ein Kind eine dicke, dreiste Lüge erzählt.

Cupcake sagte: »Freundchen, ich bin vielleicht nicht der Hellste, aber ganz blöd bin ich auch nicht. Ich glaube nicht, dass du für Tucker arbeitest. Wenn du das tätest, würdest du Champagner im Ritz schlürfen, anstatt Krüge in dieser Kaschemme zu leeren.«

Der Mann zwinkerte, als hätte Cupcake ein nicht von der Hand zu weisendes Argument gebracht. »Ich habe nie gesagt, dass ich *direkt* für Kantor Tucker arbeite. Nicht *direkt* direkt. Ich arbeite für den Mann, der Tucks rechte Hand ist. Tuck, so nennen ihn seine Freunde.«

Zack kippte mehr Bier in den Krug des Mannes. »Also arbeitest du für ein großes Tier, das für Tucker arbeitet. Wir entschuldigen uns für die Annahme, du wärst nicht wichtig. Ist doch 'ne ganze Menge, für einen Mann zu arbeiten, der so viel Grips hat, um Kantor Tuckers rechte Hand zu spielen.«

Der Mann grinste höhnisch, während er einen langen Zug aus seinem Krug nahm und dabei das Bier über sein Kinn verschüttete. »Sooo viel Grips hat der auch nicht. Und seine

Zeit als großes Tier ist auch bald vorbei. Um ehrlich zu sein, Vern ist zu dumm, um allein zu schnaufen. Wenn ich ihm nich sagen würde, wo's langgeht, würde der alles vermasseln. Wie zum Beispiel neulich. Da sollten wir uns eine Frau greifen und bei Tuck abliefern. Wisst ihr, was Vern gemacht hat? Er hat die Falsche erwischt! Unvorstellbar! Die verflucht noch mal Falsche! Tuck war so was von angepisst.«

Ich erstarrte kurz zu Eis, entspannte mich aber sofort wieder. Der Typ war so was von besoffen, der hätte mich nicht einmal erkannt, wenn ich ohne Kappe und Brille auf seinem Tisch getanzt hätte.

Vorsichtig sagte Zack: »Ich denke mal, Vern hat sich am Riemen gerissen, nachdem er sich diesen Patzer geleistet hat.«

»Nee, ach was, der hat sich um kein Deut geändert. Und heute hat sich der Volltrottel garantiert richtig in die Scheiße geritten.«

Cupcake täuschte ein Lächeln vor. »Was hat er denn gemacht? Noch mal 'ne falsche Frau aufgegriffen?«

Der Betrunkene beugte sich verschwörerisch ein Stück weit nach vorne. »Hör zu, Tuck hat uns losgeschickt, für einen Freund von ihm ein Kind abzuholen. Ich kenne die Geschichte nicht im Ganzen, aber ich glaube, der Freund hatte keine Lust mehr, seiner Ex den Unterhalt zu zahlen, und da hat Tuck ausgeholfen.«

Ihm schien kurz zu dämmern, welchen Unsinn er da verzapft hatte, und er hob leicht den Kopf, als würde er anfangen zu überlegen.

Zack fing den Impuls mit einem Lachen ab. »Mann, das würde ich mir auch wünschen, dass jemand meiner Ex das Kind abluchst, damit ich dieser geldgierigen Schlampe nichts mehr zahlen muss.«

Mit stolz geschwellter Brust sagte der Besoffene: »Ohne mich hätte es Vern natürlich nicht geschafft. Also, Vern hat diese fette Limousine, mit der er Promis und so Zeug rumkutschiert. Die parkte er hinter dem leer stehenden Haus direkt neben dem Haus von der Mutter von diesem Kind. Er schlich sich über einen Seiteneingang in das Haus der Mutter und hat etwas Stickstoffoxid ausgebracht, damit es so aussieht, dieser Rennfahrer hätte es getan. Tuck kann ihn nicht ausstehen, glaube ich. Wie auch immer, während Vern sich das Kind geschnappt und ein Feuerchen in der Bude entfacht hat, ging ich eine Gasse entlang zu einem anderen Haus und schnappte mir diese junge Mexikanerin, die Tuck als Kindermädchen angeheuert hat. Ich brachte sie zur Limousine, Vern kam mit dem Kind an und wir sind losgebraust.«

Cupcake sagte: »Hört sich doch gut an. Wo ist der Haken?«

Der Besoffene sah aus, als würde er wegen Verns Patzer gleich losheulen. »Wir sollten beide in einem Haus abliefern, die Frau und das Kind, aber als wir dort waren, wurde Vern spitz und hat die Frau mächtig angebaggert. Die hat natürlich sofort Reißaus genommen. Is einfach raus zur Tür und ab in die Prärie.« Die Erinnerung daran ließ ihn zusammensacken und ungläubig den Kopf schütteln.

Ich hatte die Hände derart hart zur Faust geballt, dass sie wie verleimt waren.

Cupcake goss noch mehr Bier in den Krug des Mannes. »Und das Kind? Hat sie das mitgenommen?«

»Nee, hat sie bei uns gelassen. Vern wollte, dass wir es einfach im Haus zurücklassen, aber als ich ihm sagte, die Frau könnte gerade jetzt im Moment Tuck anrufen, bekam er Schiss. Er hat sowieso schon schlechte Karten bei Tuck, und Tuck ist kein Mann, der mit sich scherzen lässt. Also ließ mich Vern mit dem Kind zurück und setzte sich in die Limousine, um die Frau zu suchen.«

Cupcake sagte: »Du warst also mit dem Kind allein im Haus?«

»Genau den Gedanken hatte ich auch. Ich bin da in diesem Haus mit einem fremden Kind, die Frau aus Mexiko is irgendwo da draußen, was wenn plötzlich die Cops aufkreuzen und das Kind suchen? Die denken doch glatt, ich hätt es gestohlen, und die glauben mir nie, dass ich nur den Babysitter zu einem Auto begleitet hab, sonst nix, verstehst? Also denk ich mir, nix wie weg von hier. Zu Fuß bin ich den Gator Trail bis zum Highway nach Arcadia entlanggelatscht, hab den Bus nach Bradenton und dann ein Taxi bis hierher genommen. Ich will da nich dabei sein, wenn sie das Kind finden.«

Plötzlich war ich irre optimistisch. Wir hatten praktisch eine Adresse!

In stillschweigender Übereinstimmung standen Zack und Cupcake auf. Neben dem massigen und finster dreinblickenden Riesen Cupcake wirkte Zack wie ein kleiner Hänfling, der den Schulhofschläger provoziert. Sie warfen eine Handvoll Geldscheine auf den Tisch des Besoffenen, dann noch ein paar Scheine auf meinen Tisch.

Cupcake sagte: »Viel Glück, alter Kumpel.«

Der Besoffene grinste die beiden dankbar gerührt an. Sie hatten ihm das Gefühl gegeben, jemand zu sein, und er konnte für ein paar Minuten vergessen, dass er zu den Verlierern dieser Welt zählte, ein kleines Teilchen am äußersten Rand der Gesellschaft. Das viele Bier hatte sein Gehirn in Matsch verwandelt, und überdies fühlte er sich durch Cupcake und Zack so sehr gebauchpinselt, dass ihm gar nicht weiter auffiel, dass die beiden mich allein gelassen hatten, als sie mit ihm sprachen.

Ich winkte der Kellnerin zum Abschied zu, und wir suchten schleunigst das Weite. Draußen grinsten wir einander an wie überglückliche Hunde.

Ich sagte: »Nach Arcadia sind es gut vierzig Meilen von hier.«

Cupcake sagte: »Der Highway 72 führt nach Arcadia. Quer durch die Alligatorensümpfe.«

Zack sagte: »Gator Trail können wir auf der Karte nachsehen.«

Sollte einer von uns auf den Gedanken gekommen sein, der Gator Trail könnte meilenlang und mit hunderten von Häusern bestückt sein, wurde dieser Gedanke schlicht ignoriert. Auch an die Möglichkeit staubiger Nebenstraßen, halbverfallener Häuser und illegaler Dauercamper in rostigen Wohnwagen in der Umgebung von Arcadia dachten wir konsequent nicht. Und auch die grauenhafte Vorstellung, dass sich ein vier Monate altes Baby allein in einem leeren Haus oder aber in der Obhut eines Mannes befinden könnte, der als Entführer und potenzieller Vergewaltiger bekannt war, unterdrückten wir konsequent.

Wenn wir solchen Gedanken Raum gegeben hätten, hätten wir alle Hoffnung verloren. Mit jeder Minute, die verging, schwand die Wahrscheinlichkeit, Opal noch zu finden, und wir waren außer uns vor Freude, überhaupt irgendeinen Anhaltspunkt zu haben.

Zack sagte: »Vielleicht sollten wir die Dunkelheit abwarten, damit man uns nicht sieht.«

Ich sagte: »Wir müssen sehr diskret und behutsam vorgehen.«

Cupcake sagte: »Sie meint, sag deinem alten Herrn nicht, was wir vorhaben.«

Zack verzog das Gesicht. »Mach dir da mal keine Sorgen.«

Ich sagte: »Wie spät?«

Sie sahen beide auf ihre Armbanduhren – wuchtige, silberne Oschis mit vielen kleineren Ziffernblättern, die vermutlich die Zeit jeder Hauptstadt der Welt inklusive Temperatur und Luftfeuchtigkeit anzeigten.

Zack sagte: »Die Sonne geht jetzt früh unter.«

Das stimmte genau, und mein innerer Feigling bibberte bei dem Gedanken, in der Dunkelheit durch Alligatorengebiete zu fahren. Es ist schon unheimlich genug, bei hellem Tageslicht in der Nähe dieser Biester zu sein. Nachts konnte ich auf ihre verdammte Gesellschaft verdammt gern verzichten.

Zack und Cupcake tauschten einen Blick aus. Zack sagte: »Wir müssen noch das eine oder andere erledigen. Telefonate, die anstehen, solche Sachen. Könnte etwas dauern.«

»Telefonate?«

»Nichts, was damit zu tun hat. Alles in Ordnung.«

Ich glaubte ihm nicht. Möglicherweise führte er hinter meinem Rücken etwas im Schilde, und Cupcake war in die Sache eingeweiht und billigte sie. Wenn ich nun aber nachbohren würde, könnte er mich von dem Trip gleich ganz ausschließen. Immerhin war er Opals Vater und Rubys Mann, ich dagegen nur eine Tiersitterin mit einer persönlichen Beziehung zu seiner Frau und seinem Baby.

Zack sagte: »Aufbruch ist um acht, keinesfalls später.« Für ein so schmalbrüstiges Bürschchen legte er eine erstaunliche Entschlossenheit an den Tag.

Wir vereinbarten, dass ich die beiden bei Zack zu Hause abholen würde, worauf wir in unsere Fahrzeuge stiegen und unseren jeweiligen Pflichten zueilten.

Ich selbst fuhr in bester Stimmung los. Wir – Opals Vater, ein bärenstarker Athlet und ich – setzten alle Hebel in Bewegung, um Opal zu finden und zu befreien. So einfach würden Myra Kreigle und Kantor Tucker, die Entführer Opals, nicht davonkommen. Das ließen wir nicht zu.

Mein erster Nachmittags-Tierbesuch galt wie immer Billy Elliot, und ich war schon fast angekommen, als mir einfiel, dass Guidry an diesem Abend für mich kochen wollte.

Noch so ein Nachteil, wenn du einen Mann an deiner Seite hast. Als bessere Hälfte eines Paars musst du deinen ganzen Tagesplan stets darauf abstimmen, Zeiten und Orte für Treffs vereinbaren, dein Leben nicht mehr nur um dein eigenes Ich, sondern um ein *Wir* herum organisieren. Manchmal ist das ganz nett und wunderschön, manchmal aber auch nur todlästig. Ich mochte Guidry wirklich sehr, aber ein paar Teilchen meiner selbst schienen mir abhanden gekommen zu sein. Die musste ich wieder einfangen.

## 24

Ob vormittags oder nachmittags, ich verbringe immer eine gute halbe Stunde bei jedem Tier, was bei sieben oder acht Besuchen insgesamt mindestens vier Stunden ausmacht. Wenn du dann noch die Anfahrtszeit und die Extrazeit dazurechnest, die manchmal anfällt, weil ein Hund ein bisschen mehr Zuspruch oder eine Katze eine Runde Extraknuddeln braucht, sind schnell fünf Stunden beisammen. An diesem Nachmittag jedoch hielt ich alle Besuche so knapp wie möglich.

Tom Hale saß an seinem Küchentisch und arbeitete, als ich bei ihm ankam. Er winkte nur kurz zur Begrüßung, worüber ich froh war, denn sonst hätte ich ihm vielleicht partout noch brühwarm erzählt, was ich nach Beendigung meiner Nachmittagsrunde vorhatte. Billy Elliot musste sich mit nur einer Runde um den Parkplatz zufriedengeben, worauf er verdutzt reagierte. Als ich ihm aber sagte, dass ich ein vermisstes Baby zu retten hatte, wedelte er verständnisvoll mit dem Schwanz. Das ist das Schöne an Haustieren – du kannst darauf vertrauen, dass sie Geheimnisse für sich behalten.

Alle anderen Klienten waren Katzen. Sie wurden gestreichelt, bekamen ihr Futter und frisches Wasser, und die Klos wurden natürlich saubergemacht, aber das war's. Kein Schmusen, keine Spielchen à la »Jag den Ball« oder »Hasch die Pfauenfeder«. Es war ein Nachmittag strikt ohne alle Extras. Ich erklärte jeder Katze den Grund und versprach, beim nächsten Besuch wieder alles gutzumachen, was die Stubentiger mit jener königlich gütigen Toleranz zur Kenntnis nahmen, wie sie nur einer Katze zu Gebote steht.

Nach dem letzten Tierbesuch schaute ich kurz an Mr Sterns Haus vorbei. Am Straßenrand geparkt stand ein Lieferwagen. Er wirkte absolut unscheinbar, aber mit großer Wahrscheinlichkeit saß darin ein Beamter mit dem Auftrag, Telefongespräche abzuhören. Sollte innerhalb der ersten vierundzwanzig Stunden nach Opals Entführung keine Lösegeldforderung eingehen, würde das Sheriffsbüro das FBI einschalten. Mir war klar, dass niemand Geld verlangen würde. Opals Entführer wollten kein Geld, sie verlangten Schweigen.

Ich betrachtete meinen Auftrag für Cheddar noch nicht als beendet, und so rief ich das Opferbüro an, um mich nach dem Namen des Hotels zu erkundigen, in welchem man Mr Stern und Ruby untergebracht hatte. Immer wenn Menschen durch ein Verbrechen oder einen Brand ihre Bleibe verloren haben, bringen die Leute des Opferbüros sie kurzfristig in einem Hotel unter, bieten ihnen psychotherapeutische Unterstützung und kümmern sich auch um alle sonstigen Belange. Der Portier des Hotels, in dem die Sterns Unterschlupf gefunden hatten, rief kurz durch und ich erhielt die Erlaubnis, sie zu besuchen.

Ruby machte mir die Tür zu ihrer Suite auf, und ließ mich eintreten. Hinter ihr waren Stimmen im Fernsehen zu hören.

Sie sagte: »Großvater ist noch mal in die Tierklinik gefahren, um nach Cheddar zu sehen.«

»Wie geht es ihm denn?«

»Großvater oder Cheddar?«

»Beiden.«

»Der Tierarzt sagt, Cheddar könnte heute Abend nach Hause, wenn er ein Zuhause hätte. Großvater ist traurig und verunsichert.«

Im Fernsehen ging die Lautstärke für eine Eilmeldung hoch. »Zack Carlyles entführtes Baby wurde bisher noch nicht gefunden. Die Polizei gab einen Appell an die Bewohner von Florida und Alabama heraus, die Augen nach einer Frau namens Doreen Antone offenzuhalten. Man vermutet sie auf einer Reise nach Norden in Richtung Alabama. Ihre Schwester in Alabama gibt an, sie habe nichts von ihr gehört. Im Übrigen traue sie es ihrer Schwester nicht zu, ein Baby zu entführen. Auch Antones Eltern halten es für ausgeschlossen, dass ihre Tochter ein Kind entführen würde.«

Ein kurzer Einspieler auf dem Bildschirm zeigte ein verhärmt wirkendes älteres Paar. Die Frau sagte: »Wir haben unsere Töchter gut erzogen. Niemals würde Doreen so etwas tun.«

Danach wurde ein Foto von Opal eingeblendet, gefolgt von einem unscharfen Schnappschuss, der die Putzfrau zeigte, jedoch um einiges jünger und schlanker.

Der Sprecher fuhr fort. »Antones Exfreund, Billy Clyde Rays, sagte gegenüber den Ermittlern, Antone sei depressiv gewesen, seit sie ihr Kind vor sechs Wochen durch eine Totgeburt verloren habe. Rays sagt weiterhin, er habe Antone seit über einem Monat nicht gesehen und wisse nichts von der Entführung des Babys. Er gilt als Person von Interesse in diesem Fall, aber das Sheriffsbüro betont ausdrücklich, dass er kein Verdächtiger ist, sondern nur jemand, der wichtige Informationen liefern könnte.«

Ruby starrte wie versteinert auf den Fernseher. Sollte es sie verletzt haben, dass man Opal als »Zack Carlyles Baby« bezeichnet hatte, zeigte sie dies nicht. Ich lief im Eilschritt zu dem Kasten hin und schaltete ihn ab.

»Ruby, bist du dir sicher, dass du richtig verhältst?«

Zuerst dachte ich schon, sie wolle sich dummstellen, aber dann entschied sie sich doch eines Besseren.

»Ich muss verrückt gewesen sein, als ich dachte, ich könnte mich gegen Myra und Tuck stellen.«

»Aber du kannst die beiden nicht ...«

»Ich habe keine andere Wahl und werde in Myras Prozess einen gewaltigen Gedächtnisverlust vortäuschen. Ich werde mich an kein einziges Detail meiner Arbeit bei ihr erinnern und auch nicht daran, dass Tuck ebenfalls mit im Boot war. Ich werde mich an keine Namen, kein Datum, kein Offshore-Konto erinnern. Einfach an nichts.«

»Und dann?«

»Dann werde ich verurteilt und eingesperrt, und Opal bleibt am Leben. Es wird ihr sogar recht gut gehen. Sie wird ein hübsches Zuhause haben mit einer netten Person, die sich um sie kümmert. Es wird ihr an nichts fehlen.«

Ich konnte nur mit Mühe weitersprechen. »Wie kannst du dir darin so sicher sein?«

»Ich kenne Myra. Wenn es um Geld und Geschäftsabschlüsse geht, wird sie zum Piranha, aber mir gegenüber war sie wie eine Mutter, als ich keine mehr hatte, und das war nicht gespielt. Sie wird alles dafür tun, damit es Opal gut geht.«

Nun war ich richtig sprachlos. So sehr sie selber darunter leiden mochte, Ruby hatte die Lage eiskalt analysiert und die aus ihrer Sicht einzige Entscheidung getroffen, die das Leben ihres Babys retten würde. Und ich war mir sicher, sie hatte – erstaunlicher- und wunderbarerweise – auch die Kraft, ihr Programm durchzuziehen.

Ich sagte: »Ruby, die andere Frau, die ich in Myras Haus gesehen habe, machte auf mich einen sehr netten und lieben Eindruck.«

Sie leckte sich über ihre trockenen Lippen. »Meinst du, sie ist als Kindermädchen für Opal vorgesehen?«

»Ich halte es für sehr wahrscheinlich.«

Die Hoffnung in ihren Augen hatte etwas Rührendes. »Und du meinst wirklich, sie ist nett?«

»Sehr nett.«

Sie machte ein paar unsichere Schritte rückwärts und sank auf die Kante des Hotelbetts.

Obwohl ich wusste, dass da noch eine gewisse Unsicherheit war, hätte ich ihr gerne von dem Plan erzählt, den ich mit ihrem Mann und Cupcake gefasst hatte. Stattdessen sagte ich: »Du bist eine starke Frau, Ruby. Du ziehst das durch.«

Ruby schloss die Augen und sank mit dem Rücken zu mir auf das Bett. Ich berührte sie sanft am Fußgelenk und ließ sie allein zurück. Es gab in dem Moment nichts mehr zu sagen.

Die Sonne stand noch hoch am Himmel, als ich drei Stunden früher als üblich nach Hause kam. Pacos Pick-up stand im Carport, und Ella befand sich folglich nicht in meinem Appartement. Michael würde erst am nächsten Morgen wieder nach Hause kommen.

Sobald ich in meinem Appartement war, rief ich Guidry an.

»Könnten wir vielleicht etwas früher zu Abend essen? Ich bin fix und fertig und muss früh ins Bett.«

Nicht gerade erfreut von der Idee, stimmte er trotzdem zu. Ich sagte, ich würde in einer Stunde bei ihm sein, und sprang unter die Dusche. Ich drehte den Strahl voll auf, um die eine oder andere Verspannung in meinen Muskeln zu lösen. Ich shampoonierte mir die Haare und rasierte mir die Beine. Ich verwendete ein extrastarkes Peeling, um die Haut an den Fersen und Ellbogen glatt und geschmeidig zu machen. Noch so eine Sache, wenn du einen Mann in deinem Leben hast. Du willst sichergehen, dass es an den Ecken und Kanten deines Körpers nirgendwo hakt und ziept. Außerdem könnte ich diese Nacht noch ermordet werden, und ich wollte nicht mit Stoppeln an den Beinen aus diesem Leben scheiden.

Schnell noch ein wenig Lipgloss und etwas Rouge und schon eilte ich in mein Büro-Schrank-Kabuff, ging meine Sachen durch und entschied mich für einen kurzen Khakirock und eine frische weiße Bluse. Die Ärmel ein Stück weit hochgekrempelt und mit einem coolen Bastgürtel wirkte diese Aufmachung lässig-salopp und auch ein wenig elegant.

Ich fügte noch ein paar schmale silberne Armreifen und eine Perlenkette hinzu, die sexy aus dem Ausschnitt hervorblitzte, und stieg in ein Paar hochhackiger Leinen-Espadrilles. Also ich fand, ich sah verdammt gut aus.

Ich war bisher nie bei ihm zu Hause gewesen, wusste aber, dass Guidry in einem kleinen Bungalow nur einen Steinwurf entfernt von Siesta Keys Geschäftsviertel wohnte. Der Vorgarten machte den Eindruck, er würde von hocheffizienten Spezialisten gepflegt, die mit mehr Hast als Liebe zu Werke gingen. Eine kleine Eingangsveranda müsste dringend gefegt werden, und quer über die Eingangstür hinweg hing ein Spinnennetz – ein sicheres Anzeichen dafür, dass Guidry das Haus über eine Tür in der angebauten Garage betrat und verließ.

Ich klingelte, und Guidry öffnete die Tür. Das Spinnennetz zwischen uns baumelte wie eine unzuverlässige Rettungsleine. Er wischte es beiseite, und ich betrat das Haus.

Die Räume atmeten dieselbe lässige Eleganz wie Guidry selbst. Polierte Steinfußböden in der Farbe von altem Kupfer, eine Bücherwand, schwarze Ledermöbel, Tische im spanischen Missionsstil, große, bauschige Kissen aus grobem Leinen, Designer-Stehlampen und ein Soundsystem, das Smooth Jazz spielte. Keine Vorhänge, dafür Lamellenjalousien aus Holz. Guidry pur.

Überraschend war für mich nur, dass Guidry Jeans und T-Shirt trug. Die Jeans war eine normale, abgetragene Levi's und das T-Shirt ein gewöhnliches weißes Baumwoll-T-Shirt. Ihn in einer verwaschenen Jeans zu sehen, war ungefähr dasselbe wie ihn nackt zu sehen, nur dass ich ihn schon öfter nackt gesehen hatte, und ohne Kleider wirkte er ebenso elegant wie in Designer-Klamotten. Jeans hingegen waren was anderes. Sie beseitigten eine unsichtbare Trennlinie zwischen uns, so als würden wir uns nun auf Augenhöhe befinden.

Einen langen Augenblick standen wir einfach da und sahen einander an, um dann, wie von einer vorherbestimmten magnetischen Kraft angezogen, auf Tuchfühlung zu gehen. Habe ich schon erwähnt, dass Guidry ein großer Küsser ist?

Oh, ja, das ist er.

Als wir schließlich voneinander abließen, um Luft zu holen, strich er mit dem Daumen über meine Kieferpartie und lächelte mich an. Ich staune immer wieder von Neuem, ihn in solchen Momenten so verletzlich zu sehen. Mir wird dann bange, denn ich möchte nicht das Glück eines anderen Menschen in Händen halten. Die Verantwortung ist zu groß; schließlich könnte ich daran scheitern.

Ich sagte: »Woher kam denn der plötzliche Drang zu kochen?«

»Du isst doch so gern, und da dachte ich, höchste Zeit, dich mal zu bekochen. Außerdem gibt es was zu besprechen.«

Da war es wieder, dieses Etwas, worüber er sich mit mir unterhalten wollte. Ich meinte, eine Spur Besorgnis in seinen Blicken zu erkennen, worüber ich erschrak. Was auch immer es war, worüber er mit mir sprechen wollte, das Thema machte ihm Angst.

»Ist es wegen Opal?«

»Wegen wem?«

»Dem Baby, das entführt wurde.«

»Nein, nichts derartiges.«

»Was dann?«

»Später. Zuerst müssen wir kochen.«

*Wir?*

Ich folgte ihm in eine Küche, die zwar größer als meine war, aber genauso aussah – wie ein Raum, in dem wenig bis überhaupt nicht gekocht wurde. Auf der Arbeitsplatte lagen Teigplatten für Lasagne bereit, Käse, ein paar Dosen Tomaten und Fertigsauce und etliche Dosen mit Gewürzen. Schon der Anblick dieses Sammelsuriums hätte meinen Bruder in Euphorie versetzt, der Kick der Herausforderung Rauschzustände bei ihm ausgelöst. Ich dagegen hatte nur klebrige Teigreste vor Augen, verschmierte Käsereste überall und verkleckste Tomatensauce, einfach ein Chaos, das es danach wieder zu beseitigen galt.

Einige Sekunden lang standen wir nur da, den Blick auf diese Zutaten gerichtet, hilflos wie zwei Menschen, die es plötzlich auf den Mond verschlagen hat.

Guidry sagte: »Ich habe nie gefragt, aber kochst du?«
»Natürlich koche ich.«
»Was?«
»Wirst du jetzt taub?«
»Ich meinte, was kochst du?«

Ich wurde leicht nervös. Ich koche Eier, brate Rührei und Spiegeleier, erhitze Dosensuppe und ich mache Salate, mit und ohne Thunfisch. Sogar Pfannkuchen ohne Fertigzutaten krieg ich hin. Aber mit einem Bruder, der nicht nur ein toller Koch ist, sondern auch seine ganze Umgebung immer höchst gerne bekocht, brauchte ich halt nie sonderlich viel zu kochen.

Ich sagte: »Was planst du denn?«
Er sah aus, als hätte er meine Panik gespürt. »Ah, ich habe an Lasagne gedacht. Magst du Lasagne?«
»Klar.«
»Meine Mutter macht sie mit süßer italienischer Wurst, Salsiccia, und Hack vom Truthahn. Hab ich alles da. Auch Ricotta, Parmesan und Mozzarella.«

Er zeigte mit einer ausschweifenden Handbewegung auf das Arrangement auf der Arbeitsplatte. »Alles Mögliche hab ich da.«

Plötzlich stellte ich mir vor, wie er heimlich seine Mutter in New Orleans anrief, um sie zu fragen, wie man Lasagne macht. Ich bezweifelte, ob er überhaupt schon jemals welche gemacht hatte. Ich bezweifelte sogar, ob er jemals dabei zugesehen hatte. Willkommen im Club, dachte ich mir.

Ich holte tief Luft und lächelte. »Hast du auch Wein da?«
»1A Chianti.«

»Also gut. Gehen wir's an.«

Ich spürte eine Welle der Zuversicht. Alles würde gut werden zwischen mir und Guidry. Wir würden gemeinsam kochen, wir würden Hand in Hand zusammenarbeiten wie ein glücklich verheiratetes Paar. Mit vereinten Kräften und Talenten würden wir etwas Wunderbares hervorzaubern.

Ein Wunder, dass keine Turteltauben mit Geschirrtüchern im Schnabel herumflatterten oder dass keine Rosenblüten von der Decke schwebten und sich mir sanft auf die Schultern legten. Ich war so was von besoffen vor Glück.

## 25

Zwanzig Minuten später brutzelte die »süße« italienische Wurst in einer großen Pfanne auf dem Herd, und an Guidrys Aussehen erinnerte mittlerweile so gar nichts mehr an das Bild des schnieken Mordermittlers. Er sah vielmehr aus wie ein Mann mit schweißglänzender Stirn und einem T-Shirt mit einem Fleischsaucenfleck mitten auf der Brust. Ich meinerseits hackte Zwiebeln an der schmalen Arbeitsplatte neben der Spüle, hielt aber bereits einen blutenden Finger auf Distanz zum Messer. Um die Blutung zu stillen, hatte ich mir ein Kleenex um den verletzten Finger gewickelt, aber es nässte noch immer leicht durch. Wahrscheinlich hatte ich mir das Gesicht mit Blut verschmiert, als ich mir die Tränen vom Zwiebelschneiden abwischte. Und während der ganzen Zeit, in der ich hackte und weinte, musste ich immer wieder an Opal und die schrecklichen Dinge denken, die ihr zustoßen könnten.

Guidrys Stimmung war ähnlich bescheiden, und ich vermisste ein bisschen das muntere Geplänkel, wie ich es von Michaels Küche her kannte, wenn er kochte. Stattdessen werkelten wir beide stumm vor uns hin wie Sträflinge in der Gefängnisküche.

Während die Wurst brutzelte, sah Guidry immer wieder auf einen Zettel mit ein paar hingekritzelten Notizen – ich hatte recht gehabt, er hatte seine Mutter angerufen – und brachte dann sämtliche Gewürzdosen zu mir an die Arbeitsplatte.

Er sagte: »Anstatt frisches Basilikum hab ich getrocknetes besorgt.«

Mit tränennassem Blick sah ich zu ihm auf und ver-

suchte mit aller Kraft, mir nicht über das Gesicht zu fahren.
»Getrocknet geht auch, denk ich mal.«
»Gut. Aber wie viel? Welche Menge, getrocknet, entspricht einer halben Tasse Basilikum frisch gehackt?«
Ich war völlig platt und gerührt, dass er dachte, ich würde das wissen.

Da roch es plötzlich wie verbrannt, und als wir uns umdrehten, sahen wir dunkle Rauchschwaden aus der Pfanne mit den Bratwürsten aufsteigen. Guidry fluchte und rannte los, um die Pfanne vom Herd zu nehmen, während ich herumrannte und überall die Schranktüren aufriss. Sicher hatte ich auf einigen Blutspuren hinterlassen.

Er sagte: »Was machst du denn?«
»Ich such 'nen Feuerlöscher.«
»Das ist kein Feuer, bloß ein bisschen Rauch.«
Ich wickelte ein neues Kleenex um meinen blutenden Finger und stellte mich neben Guidry. Unser Blick ruhte auf den verkohlten Wurststückchen in der Pfanne. Das Öl, in welchem sie verbrannt waren, war ebenfalls kohlrabenschwarz.

Ich sagte: »Ich glaube, man drückt die Wurst aus der Pelle, bevor man sie brät.«
»Sicher?«
»Michael zumindest macht das so. Dann rührt er kräftig in der Pfanne herum, um die Masse zu zerkleinern.«
»Also das verbrannte Zeug können wir wohl vergessen. Glaubst du, die Bratwurst ist unbedingt notwendig?«
Wir schauten auf die Packung mit dem Truthahnhack, die noch ungeöffnet auf der Arbeitsplatte lag. Wenn wir uns nicht ein bisschen beeilten, würde es Mitternacht werden, bis wir all diese Schichten aus Nudeln, Fleisch und Käse in eine Auflaufform gepackt hätten. Und eine vernünftige Sauce zustandezubringen, würde noch länger dauern. Ich hatte aber einen Termin, den ich nicht verschieben konnte. Ich krempelte meine Ärmel noch ein Stück weit höher.

Irgendwie hatten beide Ärmel dunkle Flecken abbekommen, darunter auch welche, die aussahen wie Blut.

Ich sagte: »Lasagne machen ist wohl nicht unser Ding.«

Guidry hatte sich einen Finger verbrannt und musste wohl eine Brandblase befürchten. Er blies auf die Stelle und machte dabei einen niedergeschlagenen Eindruck.

Er sagte: »Weißt du was? Du rufst jetzt den Pizzadienst. Hätten wir gleich machen sollen. In der Zwischenzeit kümmere ich mich um dieses Chaos. Wir unterhalten uns dann im Wohnzimmer.«

Ich lächelte dankbar, aber hinter meinem Lächeln verbarg sich ein banges Gefühl. Es gab etwas, worüber er mit mir sprechen wollte, und ich fürchtete mich davor, was das sein könnte. Zwar hatte er gesagt, dass es nicht um Opal ginge, aber warum sonst hatten seine Augen diesen besorgten Blick, als wollte er mir etwas lieber nicht sagen, das aber trotzdem gesagt werden musste?

Während Guidry in der Küche aufräumte und herumklapperte, saß ich im Wohnzimmer und bestellte Pizza, Antipasti und zum Nachtisch Cannoli. Ich suchte und fand Guidrys Badezimmer, das schon fast tragisch sauber und ordentlich war. Einbauleuchten, runde Marmorwaschbecken mit glänzenden, hoch aufragenden Chromarmaturen, worunter man jederzeit einen Hund hätte baden können. Nicht dass das bei Guidry jemals vorkommen würde. Nachdem ich mir ein bisschen Wasser ins Gesicht gespritzt und die Spuren von Zwiebeln und Rauch abgespült hatte, tupfte ich mir das Gesicht mit einem Papiertuch aus einer flachen braunen Box trocken. Die braunen Frotteehandtücher waren so dick und flauschig, dass ich es nicht gewagt hätte, sie zu benutzen, und ich widerstand natürlich auch dem Impuls, die breiten Türen eines Spiegelschranks zu öffnen, um nach Pflaster zu suchen. Schließlich hatte ich, nur weil wir ein Paar waren, nicht das Recht herumzuschnüffeln. Na ja, ein bisschen schon, aber mein Finger blutete schon fast gar nicht mehr, und ich wollte nicht, dass Guidry dachte, ich hätte in seinen Spiegelschrank geguckt. Stattdessen bastelte ich eine niedliche Umhüllung aus Toilettenpapier und ging zurück ins Wohnzimmer.

Auf dem großen quadratischen Couchtisch standen zwei Gläser Rotwein. Es brannten Kerzen, und die Beleuchtung war gedämpft. Aus unsichtbaren Lautsprechern rieselte Smooth Jazz. Ich holte tief Luft, schlenkerte die Schuhe von den Füßen und machte es mir in einer Sofaecke bequem.

Guidry brachte einen ganzen Stapel Teller an den Couchtisch, dazu eine solche Menge an Papierservietten, die ausgereicht hätte, um die letzte große Ölpest im Golf von Mexiko zu beseitigen. Er selbst hatte sich auch frisch gemacht, hatte sich den Glanz von der Stirn getupft und ein frisches T-Shirt angezogen. Er setzte sich mir schräg gegenüber auf einen Sessel, zog sich die Sandalen aus und legte die Beine auf den Couchtisch. Er hatte elegante, schlanke und sehr gepflegte Füße. Ich fragte mich, ob er sie pediküren ließ.

Ich legte meine Füße mit den rosa angestrichenen Nägeln auch auf den Tisch und nahm mein Glas zur Hand, um anzustoßen.

Er sagte: »Was ist denn mit deinem Finger passiert?«

»Hab mich ein bisschen geschnitten beim Zwiebelschneiden.«

»Willst du ein Pflaster?«

»Nein, danke. Geht schon.«

Ich erhob wieder mein Glas. »Auf den Pizzadienst!«

Er grinste und nahm auch sein Glas. »Das kannst du laut sagen!«

Wir schlürften Wein, wir lächelten einander zu, wir warteten, dass es klingelte. Und was auch immer es war, was Guidry mir sagen wollte, es schlich mit einem hinterhältigen Grinsen im Gesicht um uns herum.

Wir waren noch beim ersten Glas, da kam auch schon der Pizzabote. Guidry tapste barfuß zur Tür, bezahlte und kam mit einer riesigen flachen Pizzaschachtel zurück, worauf er einige weitere Behälter balancierte.

Er sagte: »Wow! Was hast du denn alles bestellt?«

Ich zuckte mit den Schultern. »Zwiebelhacken macht nun mal Appetit.«

Er breitete die Sachen auf dem Couchtisch aus, und in den nächsten paar Minuten waren wir zu beschäftigt, um nur ein Wort zu reden; erst einmal mussten wir unsere Teller vollladen. Dann waren wir damit beschäftigt, zu kauen und zu schlucken. Unwillkürlich musste ich dabei an Ruby und Mr Stern denken, an Opal und an Zack und seinen stockkonservativen Vater. Zack und Ruby, das ging aus ihrem Verhalten an diesem Nachmittag eindeutig hervor, liebten einander, und Zack hatte einen Fehler gemacht, als er Ruby misstraute, und es war falsch von Ruby gewesen, Opal einfach einzupacken und ihn zu verlassen.

Ich sagte: »Ruby und Zack sind beides gute Menschen. Sie sind halt jung und wissen nicht, wie wertvoll jeder einzelne Moment ist. Wäre ihr Leben anders verlaufen, hätten sie Opal ein gutes Zuhause bieten können.«

Guidry legte ein Stückchen Pizza auf seinem Teller ab und beugte sich nach vorne, um den Teller auf den Tisch zu stellen. Dann nahm er einen Schluck Wein und betrachtete mich eindringlich.

Er sagte: »Du hättest gerne noch ein Baby, stimmt's?«

Ich war so perplex, dass ich die Beine vom Tisch nahm, mich aufrecht hinsetzte und ihn anstarrte. »Wie kommst du denn auf die Idee?«

»Nun, zum einen würden wir sonst nicht dauernd über die Carlyles reden, und zum anderen kriegst du diesen besondern Blick, wenn du von Babys sprichst.«

»Krieg ich nicht.«

Seine Augen waren traurig. »Scherz beiseite, Dixie, hättest du gern noch ein Baby? Wir haben nie darüber gesprochen, sollten dies aber tun.«

Plötzlich befiel mich das Gefühl, das ich vor einigen Wochen gehabt hatte – als ich in die Bay gesprungen war, um eine Frau zu retten, und ich mich längere Zeit unter Wasser befand. Umgeben von nichts als Wasser und schwarzem Nichts, befiel mich blinde Panik, und exakt dasselbe Gefühl hatte ich jetzt in diesem Moment. Erst vor Kurzem hatte ich die irrationalen Schuldgefühle überwunden, weil ich meinen Mann mit einem neuen Mann quasi ersetzt hatte, und ich war nun wirklich nicht darauf vorbereitet, darüber zu sprechen, mein totes Kind zu ersetzen.

Ich knallte meinen Teller auf den Couchtisch und hastete ins Badezimmer, wo ich, schwer atmend über das Waschbecken gebeugt, vor dem Spiegel stehenblieb. Mein Spiegelbild vor Augen – das gerötete Gesicht, den wirren Blick –, überkam mich eine jener Spontan-Erinnerungen, die wichtige Botschaften beinhalten. Hier ging es um den ersten Riss, den ich in der Ehe meiner Eltern wahrgenommen hatte. Ich war ungefähr fünf gewesen, und ich erinnerte mich daran, wie ich meiner Mutter beim Anziehen für ein Bruce-Springsteen-Konzert in Tampa zugesehen hatte. Sie hatte sich für einen extrem kurzen Rock entschieden, und ihre Beine schienen endlos lang. Sie und mein Papa waren in Streit darüber geraten. Er war der Meinung, der Rock sei zu freizügig, sie warf ihm vor, prüde zu sein. Als sie viele Stunden später nach Hause kamen, stritten sie noch immer, und von meinem Bett aus hörte ich Papa sagen, er habe allen Respekt für meine Mutter verloren, als sie ihren Schlüpfer ausgezogen und ihn Bruce Springsteen offeriert hatte. Der Boss hatte das Angebot nicht angenommen, und mein Dad sagte, das zeige, wie sehr sie sich danebenbenommen hatte.

Diese Erinnerung spukte immer wieder mal durch meinen Kopf, wie das bei Kindheitserinnerungen an streitende Eltern der Fall ist, aber nun sah ich die beiden zum ersten Mal aus der Erwachsenenperspektive, und ich stellte mir vor, dass sich meine Mutter durch die Zurückweisung Springsteens so gedemütigt gefühlt hatte, dass sie es meinem Vater nicht verzeihen konnte, Zeuge dieser Situation gewesen zu sein. Irgendwie half mir diese Einsicht, mich zu beruhigen und meine eigene Situation aus der Erwachsenenperspektive zu sehen.

Ich fühlte mich durch Guidrys Frage nicht gedemütigt. Ich erkannte sogar, dass es vernünftig war, wenn ein Mann eine derartige Frage stellte. Aber die Frage hatte Emotionen und Erinnerungen aufgewühlt, denen ich mich noch nicht stellen konnte, und ich wünschte, er hätte die Frage nicht gestellt. Guidry hatte selbst keine Kinder, und ich fragte mich nun, ob er absichtlich oder nur durch die Umstände bedingt keine hatte. Ich wünschte, ich hätte mich das nicht gefragt, weil sich etwas zwischen uns verändern könnte, sollte ich erfahren, dass er keine Kinder haben wollte. Ich hatte, ehrlich gesagt, gar nicht darüber nachgedacht, ob ich wieder eine Baby haben wollte – vielleicht eines Tages, ja, aber ich wünschte, er hätte mich nicht dazu gezwungen, darüber nachzudenken.

Ich öffnete eine Schiebetür an seinem Spiegelschrank und fand eine Packung Heftpflaster. Auf einem Bord lagen sein Rasierer und Rasiercreme, aber ich sah mich nicht weiter um. Ich legte ein Pflaster um meinen Finger, stellte die Packung zurück und blieb noch ein paar Minuten stehen, um mich zu beruhigen.

Ich musste mich sehr lange im Bad aufgehalten haben, denn als ich zurückkam, lag Guidry auf dem Sofa und schlief. Er spürte meine Anwesenheit und schlug die Augen auf. Er streckte die Hand nach mir aus, und ich setzte mich neben ihn.

Er sagte: »Das war instinktlos von mir. Tut mir leid.«

Wenn ein Mann von vornherein weiß, dass er einen Fehler gemacht hat, bleibt nicht viel zu sagen.

»Ich bin einfach noch nicht dafür bereit.«

»Deshalb war es ja instinktlos. Tut mir leid.«

Weil ich beim Thema Baby automatisch immer auch an Opal denken musste, beschloss ich, das Geheimnis zu lüften und Guidry davon zu berichten, dass Myra und Tucker hinter Opals Entführung steckten.

Ich sagte: »Wenn wir eine ehrliche Beziehung führen möchten, müssen wir den anderen wissen lassen, was sich in unserem Leben abspielt.«

Guidry blickte zerknirscht drein. »Dixie, man hat mir einen Job bei der Polizeibehörde von New Orleans angeboten.«

»Was?«

»Tut mir leid, dass ich noch nichts davon erzählt habe. Es hat einfach nie so richtig gepasst.«

Meine Ohren dröhnten. »Und was sollst du dort machen?«

»Das Angebot ist einmalig. Ich wäre der Leiter der Mordkommission und könnte mich am Wiederaufbau meiner Stadt beteiligen.«

Das Dröhnen in meinen Ohren wurde lauter, und ich meinte, alle Gespräche, die ich je mit Guidry über New Orleans geführt hatte, noch einmal zu hören. Seine Familie lebte dort, er war dort aufgewachsen und hatte dort seine Wurzeln, und seine leidenschaftliche Liebe zu seiner Heimatstadt hatte meine Liebe zu ihm überhaupt erst richtig entfacht.

Ich saß auf seinem schwarzen Ledersofa, vor mir auf dem Couchtisch all das italienische Essen. Es tat mir leid, dass ich so viel bestellt hatte, es tat mir leid, dass ich immer wieder an Opal denken musste, und es tat mir leid, dass dieser Abend so schwarz und zerknautscht geendet hatte wie eine ausgedrückte Zigarette.

»Du hast dich schon entschieden, die Stelle anzutreten, nicht wahr?«

»Zuerst wollte ich noch mit dir reden.«

Das war geschummelt. Er hätte vielleicht gerne mit mir

gesprochen, ehe er sich entschied, aber die Entscheidung war vermutlich in dem Moment gefallen, in dem er das Angebot bekommen hatte. New Orleans war so sehr ein Teil von Guidry, wie Siesta Key ein Teil von mir war.

Wir sahen einander unablässig in die Augen, unsere unausgesprochenen Ängste und Hoffnungen entblößt wie nackte tote Körper.

Guidry sagte: »Die Stadt kämpft darum, ihre Seele zurückzugewinnen. Vieles, was so typisch für sie war – Herz, Talent, Liebe, Lachen –, verschwand mit den Menschen, die ihr Zuhause wegen der Flut verlassen mussten. Künstler und Musiker und Köche, ganze Generationen von Familien. Sie würden nur allzu gerne zurückkommen, aber viele von ihnen haben nichts, *wohin* sie zurückkommen können. Ich will beim Wiederaufbau mithelfen. Nicht nur die Wohnviertel, auch das Polizeikommissariat. Die Strafverfolgungsbehörde in New Orleans hat die Korruption zu lange geduldet, und als die Dämme brachen, wimmelte es nur so von korrupten Cops. Jetzt hat sie das Kommissariat alle gefeuert, und man kann ganz von vorn beginnen.«

Seine Stimme versiegte fast. »Ich denke mal, dieses Gefühl, in einen größeren Zusammenhang eingebettet zu sein, der dich umfasst, geht letztlich auf Kindheitserinnerungen zurück. Diese frühen Erinnerungen an New Orleans sind es, die mich zurückrufen.«

Ich verstand ihn voll und ganz, denn genau diese Erinnerungen banden mich selbst an Sarasota.

Mit schwerfälligen Bewegungen schlüpfte ich in meine Schuhe und stand auf. »Ich muss nach Hause. Ich kann jetzt nicht reden.«

Er stand ebenfalls auf und berührte meinen Arm. »Wir könnten es schaffen, Dixie.«

Er dachte an Heiraten, an ein gemeinsames Leben in New Orleans, eine gemeinsame Zukunft.

Ich sagte: »Ich kann jetzt nicht denken.«

Er beugte sich herab und küsste mich auf die Stirn – zärtlich, so wie man bei Trauerfeiern Tote küsst.
»Ich liebe dich, Dixie.«
Ich berührte sanft seine Wange. »Das weiß ich.«

## 26

Ich fuhr wie ferngesteuert nach Hause, benommen und mit einem komischen Gefühl im Kopf – hin und hergerissen zwischen einer Zukunft, die so ganz anders sein könnte, als ich sie mir vorgestellt hatte, und einer Vergangenheit, die immer zu mir gehören würde.

Die Nachricht, dass Guidry vorhatte, wegzuziehen, war ein Riesenschock für mich, aber auch meine Reaktion darauf stimmte mich mehr als nachdenklich, denn ich war mir sicher, Todd wäre ich bis ans Ende der Welt gefolgt, als ich mit ihm zusammen war. Warum also irritierte mich die Vorstellung so sehr, mit Guidry zusammen nach New Orleans zu ziehen?

Ich glaubte nicht, dass ich Guidry weniger liebte. Das war nicht der Grund. Der Grund war eher der, dass ich mich mehr liebte. Ich hatte mühsam gelernt, in der Person zu Hause zu sein, die ich war, und diese Person wollte ich nicht im Stich lassen. Und ich war mir nicht sicher, ob ich noch ich selbst sein würde, würde ich Siesta Key verlassen, wo ich immerhin Teil jedes Sandkorns am Strand war. Ich musste mir klar darüber werden, wie weit Liebe gehen konnte, in welchem Maße sie dich umformen konnte, sodass du am Ende froh bist, dich verändert zu haben.

Ginge ich nach New Orleans, wäre ich selbstverständlich eine andere, und es gab keine Garantie dafür, dass ich mich als jemand anders wohlfühlen würde. Wenn ich dann die Person hassen würde, zu der ich geworden war, nachdem ich mit Guidry nach New Orleans gegangen war, würde ich ihn auch nicht mehr lieben. Und mir war mit erschreckender Klarheit bewusst, dass Guidry fürchtete, genau dies könnte auch ihm passieren: dass er sich von seinem geliebten New Orleans entfremden könnte. Sollte es so weit kommen, würde auch er seine Liebe für mich verlieren.

Noch einen Punkt gab es, dem ich bisher noch keinerlei Beachtung geschenkt hatte. Als mein kleines Mädchen starb, war auch ein Teil von mir mitgestorben. Ich war nie davon ausgegangen, wieder ein Kind zu bekommen. Ich wollte einfach kein Baby mehr haben. Aber da nun Guidry diese Frage aufgeworfen hatte, schlich sich dieser Gedanke erneut an mich heran, und ich war mir nicht sicher, ob ich ihn verdrängen wollte.

Guidry hatte recht gehabt, als er sagte, wir hätten nie darüber gesprochen, ob wir Kinder haben wollten. Noch seltsamer war, dass ich überhaupt nicht wusste, warum Guidry und seine Exfrau keine Kinder hatten. Etwas derart Wichtiges hätte ich wissen müssen. Ich hätte fragen sollen, ob ihre Kinderlosigkeit gewollt war. Um genauer zu sein, gewollt von wem? Wenn Guidry keine Kinder haben wollte, sollte ich das wissen. Nicht dass ich mir ein Baby wünschte, aber das könnte sich eines Tages ändern.

Ich musste an Ruby und Zack denken, und wie Misstrauen und Bitterkeit ihre Liebe angesteckt hatte. War Opal ein Wunschkind oder das Produkt eines glücklichen Zufalls? Sollte Ruby ins Gefängnis wandern und Opal irgendwo bei Angelina aufwachsen, würden Ruby und Zack nie eine zweite Chance bekommen, eine Familie zu gründen. Sie würden unter dem Verlust leiden, Opal jedoch hätte noch viel mehr darunter zu leiden.

In einer idealen Welt – einer, in der ich die Regeln bestimmen könnte – würde das Trinkwasser empfängnisverhütende Mittel enthalten. Paarungswillige Erwachsene könnten herumvögeln so viel sie nur wollten. Sie könnten sich verlieben, entlieben, Herzen brechen und das eigene Herz brechen lassen. Die Menschen könnten ihr ganzes Geld ausgeben, verspielen oder es in ein Rattenloch stecken. Sie könnten so egoistisch leben, wie sie nur wollten und so lange sie wollten.

Aber sobald sich ein Paar dafür entschied, Kinder zu bekommen, müsste es sich strengen Tests unterziehen – Charakter, Freundlichkeit, Gutmütigkeit. Kinderwillige Paare müssten nachweisen, dass sie verantwortungsbewusst und in der Lage sind, für ein gutes Zuhause, gute medizinische Versorgung und eine gute Ausbildung ihrer Sprösslinge zu sorgen. Sie müssten sich auch verpflichten, für den Rest ihres Lebens zusammenzubleiben und, sollte es in ihrer Beziehung kriseln, sich gefälligst wieder zusammenzuraufen. Erst dann würde ich das Gegenmittel zu den empfängnisverhütenden Mitteln freigeben.

Der Anblick meines Appartements nach der letzten Biegung unserer Zufahrtsstraße brachte mich wieder auf den Boden der Tatsachen zurück. Ich war nicht die Herrin der Welt, war weder verheiratet noch schwanger und würde es vielleicht nie wieder werden, und die Entscheidung darüber, möglicherweise mit Guidry nach New Orleans zu ziehen, musste vertagt werden.

Zu Hause angekommen, war ich froh, dass Paco mit Ella zusammen im Haus war und nicht im Freien. Somit könnte ich, wenn ich mich beeilen würde, vielleicht ohne Notlüge zu unserem Trip nach Arcadia aufbrechen. Oben in meiner Wohnung zog ich mich schnellstmöglich um, behielt aber die Spitzenunterwäsche an; denn sollte ich bei unserem Befreiungsversuch zu Tode kommen, würde ich wenigstens bei der Obduktion einen guten Eindruck machen. Äußerlich entschied ich mich für die harte Variante. Verwaschene Jeans, ein schwarzes Kapuzenshirt und robuste Stiefel.

Bei den Accessoires entschied ich mich ebenfalls für die harte Variante. Ich holte sie aus der Geheimschublade, die ich in den Rahmen meines Betts einbauen ließ. Die Schublade war eine Spezialanfertigung zur Aufbewahrung meiner

Schusswaffen – einige aus Todds Besitz und meine eigenen ehemaligen Privatwaffen. Stets frisch gereinigt und geölt liegen sie einsatzbereit in extra Fächern in der Schublade. Ich habe eine Qualifikation für alle, aber meine Lieblingswaffe ist ein schnuckeliger stumpfnasiger J-Rahmen-Revolver Kaliber .38 mit fünfschüssiger Trommel und freiliegendem Hahn. Trommel und Lauf sind aus Edelstahl, der Rahmen aus einer Aluminiumlegierung. Mit seinen Griffschalen aus fein genopptem, schwarzem Gummi fasst er sich gut an und liegt ebenso gut in der Hand. Keine manuelle Sicherung, die mich aufhält, keine Magazine, die den Geist aufgeben. Die ideale Waffe für die anstehende nächtliche Mission.

Ich nahm den Revolver aus dem Fach, steckte ihn hinten in den Bund meiner Jeans und verteilte ein paar gefüllte Schnelllader auf die Taschen. Dann, voll bewaffnet mit Lippenstift, Dessous und Revolver, düste ich los zu meinem Treffen mit Zack und Cupcake.

Jeder zivilisierte Mensch weiß, dass alle Gewalt letztlich ein Eingeständnis des Scheiterns ist. Ob unter einzelnen Individuen oder unter Nationen, Gewalt ist immer ein Zeichen dafür, dass Ignoranz, Dummheit oder Trägheit jegliches Maß überschritten haben, um Konflikte mit Worten oder Kompromissen zu lösen. Wäre ich jedoch zu einem Mord gezwungen, um Opal zu retten, ich würde keine Nanosekunde zögern.

Zacks Anwesen – sein Haus und der angrenzende Rally-Shop – lag im Südosten von Sarasota County, einem der wenigen Landstriche, die von bewachten Wohnanlagen und baulichen Erschließungen im großen Stil verschont geblieben waren. Über dem westlichen Horizont lag noch ein Hauch von Dämmerung, als ich an einem Tor ankam, das die Zufahrt zu Zacks dicht bewaldetem Anwesen versperrte. Das schmiedeeiserne Tor zierten die Konturen eines zwischen den Stäben eingearbeiteten Rennautos, und der Blick hindurch fiel auf ein unter Eichen und Kiefern stehendes

Holzrahmenhaus, im Vordergrund ein grüner, sorgfältig gepflegter Rasen.

Nebenan, vor einem niederen, langgestreckten Gebäude mit offener Front stand auf einem makellos gepflasterten Areal ein doppelstöckiger Transporter. Das Gebäude sah aus wie eine Autoreparaturwerkstatt, mit Werkzeugen und Autoteilen an der Rückwand, einer Reihe neuer Reifen an einer Seite, einer Grube mit integrierter Hebebühne in der Mitte. Es gab auch ein paar Dinge, die ich nicht kannte, wie etwa ein paar Rahmen aus Metall, die wie extra dafür gemacht schienen, in ein ausgeschlachtetes Auto eingepasst zu werden. Ein schwarzer Chevy Camaro mit Rostflecken auf den Kotflügeln stand auf dem Pflaster vor den offenen Garagentoren. Weitere Oldtimer standen an der Seite geparkt.

Ich fuhr langsam an das allgegenwärtige Sicherheitshäuschen heran, drückte einen Knopf und wartete auf eine Antwort. Die Stimme aus der Sprechanlage war barsch und männlich.

Ich sagte: »Ich bin Dixie Hemingway.«

Die Stimme wurde noch barscher. »Warten Sie, bis das Tor aufgeht.«

Das Tor teilte sich, und ich rollte auf einen Parkplatz, der sich schnell mit einer Ansammlung von Männern füllte.

Zack kam an mein Fenster. »Es sind noch ein paar Freunde zu Hilfe gekommen.«

Der Reihe nach traten Männer mit ernsten Gesichtern vor, um mir durch das Autofenster die Hand zu schütteln, indem sie mich mit misstrauischen Blicken fixierten.

Cupcake hielt sich abseits und beobachtete sie.

Das Testosteron stand geradezu in der Luft, und Reibereien waren praktisch vorprogrammiert. Zack und Cupcake gerieten unverzüglich darüber aneinander, welches Auto wir nehmen sollten, während die anderen Männer knurrend ihre Zustimmung oder Ablehnung kundtaten.

Zack wollte mit einem seiner Rennautos fahren, weil es schneller war. Die Hälfte der anderen Männer schloss sich ihm an, Cupcake jedoch meinte, er und ich sollten gemeinsam in einem Auto mit Zack fahren, und Zacks Auto bot nur Platz für eine Person. Ich verstand nicht, warum darin nur eine Person Platz hatte, aber wenn dem so war, hatte Cupcake eindeutig recht.

Die Männer laut übertönend, sagte ich: »Mein Bronco bietet eine gute Rundumsicht und jede Menge Platz.«

Ein Dutzend Köpfe senkte sich zu mir herab, und in einem Dutzend Augenpaaren spiegelten sich Erstaunen und Respekt darüber, dass ich eine Meinung hatte.

Zack sagte: »Viel zu langsam.«

Cupcake sagte: »Schnell genug, Alter.«

Mit einem breiten Grübchengrinsen stapfte er zum Bronco, wuchtete seine Körpermassen auf den Rücksitz und lehnte sich zurück wie ein Maharadscha, darauf wartend, dass ihn sein Elefant an das gewünschte Ziel tragen möge.

Zack wandte sich an die anderen Männer. »Okay, ihr bleibt dran. Ich halte euch auf dem Laufenden. Sobald der Zeitpunkt gekommen ist, schlagen wir zu. Ihr wisst, was zu tun ist.«

Ich hatte nicht die geringste Ahnung, was sie vorhatten, aber alle nickten prompt, klopften einander auf die Schultern und murmelten beipflichtende Worte. Die Männer setzten sich in Richtung ihrer neben Zacks Rally-Shop geparkten Autos in Bewegung. Keine der Karossen sah so aus, als würde sie es bis zum nächsten Block schaffen. Trotzdem stiegen die Männer ein – ein Mann pro Auto –, ließen die Motoren aufheulen und warteten, bis Zack die Führung übernahm.

Zacks Vater schaute aus einem der vorderen Fenster des Hauses. Er machte keinen glücklichen Eindruck.

Als Zack auf dem Beifahrersitz Platz nahm und sich

angurtete, fiel mir ein Bluetooth-Headset an seinem rechten Ohr auf.

Ich sagte: »Würde mir bitte einer von euch sagen, was hier vorgeht?«

Zack machte eine vage Handbewegung. »Wir lassen es dich während der Fahrt wissen.«

Mir blieb keine Wahl, entweder ich akzeptierte Zacks Bedingungen, oder ich blieb gleich zu Hause. Als ich den Anlasser betätigte, sah Zack mir genau auf die Finger, als hätte er Zweifel an meinen Fahrkünsten. Ich entlockte meinem Bronco mit viel Gas ein bisschen Machosound, und wir rollten durch Zacks Tor nach draußen.

Auf der Clark Road, außerhalb von Sarasota, warf ich einen Blick auf Zacks Profil und fragte mich, was wohl in seinem Kopf vorging. Sportler waren seit jeher ein Rätsel für mich gewesen, Rennfahrer ein noch größeres. Nach und nach wurde mir klar, dass Rennfahrer im Vergleich zu anderen Athleten besonders konzentriert und dabei eiskalt sein müssen. Sie befinden sich eher in einem Wettkampf mit sich selbst als mit anderen Fahrern, und Geschwindigkeit ist nur die eine Komponente des Wettkampfs. Im Übrigen geht es um Timing, Sprit und Präzision, Dinge, die eine unglaubliche Aufmerksamkeit erfordern.

Ich schaute über die Schulter nach hinten, um zu sehen, ob die anderen Autos hinter uns herfuhren, aber Cupcake nahm so viel Raum ein, dass mir der Blick durch das Heckfenster versperrt war. Dafür lächelte er mir zu. Er hatte wirklich das süßeste Lächeln der Welt.

Hinter Sarasota wird die Clark Road zur State Road 72, einem zweispurigen, von Kiefern und Eichen gesäumten Highway; die Bäume sind dicht mit grauem Moos behangen, das aussieht wie die Bärte alter Männer. Der Highway führt ostwärts direkt nach Arcadia, der einzigen kreisfreien Stadt in DeSoto County. Arcadia ist eine Stadt von Überlebenskünstlern. 1905 am Erntedanktag wurde sie von einem

Feuer zerstört, das von einem Pferdestall ausgegangen war. Ein Jahrhundert später, am Freitag, dem dreizehnten August 2004, wurde die Stadt durch den Hurrikan Charley wieder nahezu völlig zerstört. Die Wirtschaft der Stadt beruht noch überwiegend auf Landwirtschaft, aber die Stadt hat sich als Touristenattraktion für Antiquitätenliebhaber quasi neu erfunden. An Sonntagen reisen Menschen von nah und fern an, nur um in einem der zahlreichen Restaurants ein gutes, rustikales Frühstück einzunehmen und in einem der Antiquitätenläden zu stöbern.

Brücken entlang des Highways überspannen moorastige Sümpfe, in denen sich riesige Alligatoren räkeln, als würden sie für Touristenfotos posieren. Kohlpalmenfelder bieten Lebensraum für Klapperschlangen. Orangenhaine und Felder mit Beifuß-Ambrosie grenzen an eingezäuntes Weideland, auf dem hitzegewohnte Senepol-Rinder ihre glatten, enthornten Häupter vorbeifahrenden Autos entgegenrecken. Truthahngeier kreisen über toten Wildschweinen und anderen Tierkadavern entlang der Straße – traurige Opfern des Schwerverkehrs. Immer wieder markieren scheinbar frei in der Landschaft herumstehende Briefkästen den Beginn einer kurvigen Lehmpiste, die eine im Untergang begriffene Welt erschließt, Alt-Florida.

Während der Fahrt behielt ich wegen der vielen Kurven beide Hände am Steuerrad und stellte mir vor, wie schrecklich es für Angelina gewesen sein musste, an diesem von Alligatoren umlauerten Highway ein Auto anzuhalten. Ausgewachsene Alligatoren sind wahre Monster, die nach allem schnappen, was auch nur in ihre Nähe gerät. Touristen, die ihre Wildheit und vor allem Schnelligkeit gern unterschätzen, haben dadurch schon manches Schoßhündchen verloren.

Ungefähr auf der Hälfte der Strecke sagte Zack: »Ich habe den Gator Trail im Internet nachgesehen. Er kreuzt die State Road 72 ein paar Meilen vor Arcadia. Unmittelbar vor dem Horse Creek.«

Er klang so, als würde jeder in Florida den Horse Creek kennen. Vielleicht stimmte das ja, und ich war die Einzige, die nicht Bescheid wusste.

Ich sagte: »Mm-hmmm.«

In meinem Rückspiegel sah ich die Scheinwerfer einer Reihe hinter uns herfahrender Autos.

Nach ein paar weiteren Meilen ergriff Zack wieder das Wort. »Vor etwa zwei Jahren sperrten Schlepper einen Haufen illegaler Einwanderer in einen Kühllaster, schmuggelten sie nach Florida und brachten sie in ein Haus irgendwo in der Umgebung von Arcadia, wo sie praktisch sich selbst überlassen waren. Männer, Frauen, Kinder. Alle waren halb verdurstet, einige starben.«

Cupcake sagte: »Eine Schande, dass man Menschen so behandelt.«

Zack sagte: »Als Eigentümerin dieses Hauses wurde Myra Kreigle genannt. Ich erinnere mich deshalb, weil Ruby und ich uns gerade erst kennengelernt hatten und ich auf Myras Namen aufmerksam geworden war. Die Polizei hat sie vernommen, aber sie behauptete, von Menschenschmuggel nichts zu wissen. Die Polizei hat ihr geglaubt, aber jetzt frage ich mich, ob nicht sie vielleicht die Drahtzieherin des Ganzen war.«

Ich sagte: »Erinnerst du dich noch, wo das Haus war?«

»Irgendwo außerhalb der Stadt.«

Arcadia ist umgeben von provisorischen Wellblechsiedlungen und chaotischen Ansammlungen alter Wohnwagen. Als hätte Zack eingesehen, dass es aussichtslos war, Opal in so einer Umgebung zu suchen, verstummte er und schwieg.

Ich sagte: »Du hast versprochen, mir zu sagen, warum deine Freunde uns begleiten, was ich übrigens für eine schlechte Idee halte, nur damit das klar ist. Damit erregen wir viel zu viel Aufmerksamkeit.«

Vom Rücksitz aus sagte Cupcake: »Sag es ihr, Alter.«

Zack schien seine Gedanken zu sortieren, und ich hatte

den Eindruck, ihm würde die Sprache mehr Probleme machen, als Rennen zu fahren.

Er sagte: »Sie kommen nur mit für den Fall, dass wir sie brauchen. Du weißt schon, zu mehreren ist man sicherer, diese Schiene.«

Ich hatte bildhaft vor mir, wie Cupcake über Zacks Ausweichmanöver mit den Augen rollte. Zack wollte mir seinen Plan einfach nicht mitteilen. Basta.

Ich sagte: »Wir sind kurz vor Arcadia. Achtet auf den Gator Trail.«

Fast unmittelbar darauf sagte Cupcake: »Da ist der Horse Creek!«

Ein feinsäuberliches weißes Rechteck dicht über dem Boden verkündete, dass der Horse Creek unmittelbar bevor lag. Ehe wir ihn erreichten, tauchte ein weiteres schön gemaltes Schild vor einer Aspaltstraße auf, auf dem GATOR TRAIL stand. Fast schien es, als hätte sich das ganze Universum darauf verschworen, uns bei der Suche nach Opal zu helfen. Zuerst hatten wir die Information bekommen, wohin Vern Opal gebracht hatte, nun waren Schilder da, die uns den Weg wiesen. Was wollten wir mehr erwarten?

Ich riss das Steuer scharf herum und bog auf den Gator Trail ein, immer noch verblüfft über so viel Glück. Ich war mir sicher, wir hatten Schwein gehabt. Aber gewaltig.

Irgendwo lachte sich vielleicht ein Esel ins Fäustchen.

## 27

Als ich auf den Gator Trail einbog, murmelte Zack etwas in sein Headset, und anstatt uns zu folgen, fuhr die Wagenkolonne hinter uns geradeaus weiter über den Horse Creek hinaus. Im Außenspiegel sah ich ihre Rücklichter und wie sie raus auf die Standspur fuhren und halb versteckt unter Bäumen parkten.

Ich verzichtete auf die Frage, warum sie uns nicht weiter bis an das Haus folgten. Zack hatte ihnen sicher die entsprechende Anweisung gegeben. Vermutlich hatte er sich mit seinen Rennfahrerfreunden auf einen Plan geeinigt, der ihnen logisch schien, und etwas in mir sagte mir, dass ich vielleicht glücklicher wäre, ihn gar nicht zu erfahren.

Schwaches Mondlicht erhellte hier und da einzelne Stellen auf dem Asphalt des einspurigen Gator Trail. Unsere Scheinwerfer bohrten einen Tunnel in ein dunkles Gewirr von Strauchkiefern, Eiben, moosbehangenen Eichen, Palmettopalmen und wildem Hafer zu beiden Seiten der Straße.

Cupcake zeigte mit der Hand auf die schwarzen Silhouetten. »Da drinnen wimmelt es von Wildschweinen. Nachts kommen sie raus, um nach Nahrung zu suchen, untertags graben sie Löcher, um darin zu schlafen.« Er klang so, als würden ihm schon beim Gedanken daran kalte Schauer über den Rücken laufen.

Ich unterdrückte jeden Gedanken an diese Wildschweine. Sie sind ebenso angriffslustig wie Alligatoren und nicht wählerisch darin, welches Fleisch sie fressen.

Nach knapp zwei Kilometern machte die Straße eine scharfe Biegung nach rechts, aber der Scheinwerferkegel erfasste etwas auf der linken Seite. Ich hielt an, fuhr zurück, wendete und stellte den Bronco dort ab.

Ein Jahrzehnte altes, von Unkraut und Gestrüpp fast ganz überwuchertes Schild verkündete den Eingang zur Anlage »Empire Estates«. Ein zweites Schild warnte: PRIVAT! KEIN ZUTRITT!

Das Schild bestand aus einem weißen Brett mit blauen Holzbuchstaben, aber die blaue Farbe hatte feine Risse wie bei altem Porzellan, und die Buchstaben hingen verdreht und schief. Unter dem Schild erhellten unsere Scheinwerfer eine Zufahrt aus weißem Sand, die von Bäumen und Unterholz so zugewachsen war, dass nur mehr ein schmaler Streifen freiblieb. Dies war einmal der Eingang zu einer vornehmen Seniorenresidenz, jedoch ein verfallenes Schild und eine Sandpiste waren die einzigen Reste gescheiterter Hoffnungen.

Cupcake sagte: »Hier ist vor Kurzem wer steckengeblieben.«

Ein Stück weiter vorne auf der Zufahrt hatten sich Reifen tief in den Sand gegraben und zwei lange Furchen hinterlassen. Die kleinen Anhäufungen jeweils am Ende erinnerten mich daran, wie Meeresschildkröten Sand aufhäufen, wenn sie am Strand ihre Nester graben. Aber wir waren weit entfernt von den Brutgebieten der Schildkröten, und ein ganz anderes Reptil hatte diese Furchen gegraben, höchstwahrscheinlich in einer schwarzen Limousine mit getönten Scheiben.

Zack sagte: »Schweres Fahrzeug und viel zu viel Gas.«
Cupcake sagte: »Wäre einem Einheimischen nicht passiert.«
»Jo.«

Grelles Licht und aggressive Huptöne ließen uns erschreckt die Köpfe recken und aus dem Rückfenster auf einen fetten Pick-up schauen. Der Motor des Gefährts dröhnte mit dieser Ahnung von Kraft und Gewalt, bereit, alles in seinem Weg befindliche niederzuwalzen. In der Hoffnung, der Pick-up würde nicht von einem von Tuckers Schlägertypen gesteuert, lehnte ich mich aus dem Fenster, um einen Blick auf den Fahrer zu werfen. Es war eine Frau, und sie sah aus, als wäre sie mit ihrer Geduld gleich am Ende.

In einer halben Nanosekunde war ich ausgestiegen und trabte auf den Pick-up zu. Die Frau hatte das Fahrerfenster heruntergelassen und den Ellbogen auf dem Rahmen abgelegt.

Ich sagte: »Mensch, tut mir das leid! Ich hab Sie da draußen gar nicht gesehen. Und dabei bin ich mir nicht mal sicher, ob ich hier richtig bin, und als ich auch noch sah, dass jemand im Sand steckengeblieben ist, hatte ich Angst, weiterzufahren.«

Sie lächelte nicht gerade, aber die Härte in ihrem Blick milderte sich. »Ja, irgend so ein Idiot ist steckengeblieben. Eine dicke Limousine mit einem Volltrottel am Steuer.«

Ich sagte: »Oh Gott, das war sicher der Fahrer meines zerstreuten alten Onkels. Ihn suche ich. Er ist der Bruder meiner Mutter, und sie macht sich Sorgen um ihn.«

Die Erwähnung meines zerstreuten alten Onkels ließ sie aufhorchen. »Er lebt hier in der Gegend?«

»Nun ja, es ist so. Er lebt in Tampa, aber er besitzt ein Haus hier in der Gegend – ich glaube, es liegt an dieser Straße, bin mir aber nicht sicher. Er ist steinreich, hat eine dicke schwarze Limousine samt Chauffeur, mehr Geld als Verstand, um ehrlich zu sein. Jedenfalls sagte er zu meiner Mutter, er hätte vor, für ein paar Tage hierherzukommen und in diesem Haus zu wohnen. Wahrscheinlich ist alles in Ordnung, aber ich habe meiner Mutter versprochen, ich würde nach ihm sehen.«

Die Frau nahm ihren Ellbogen aus dem Fensterrahmen, um sich nun über meinen zerstreuten Onkel so richtig auszulassen.

»Da kommt nur ein Haus in Frage. Nach ungefähr einer Meile nehmen Sie die erste Abzweigung rechts, und nach einer weiteren halben Meile sind Sie da. Es gibt einen Briefkasten an der Straße, aber das Haus liegt hinter Bäumen versteckt. Keiner wohnt da, aber ab und zu sieht man immer wieder mal ein paar Autos dort. Ich fand's noch nie so richtig koscher, was sich da abspielt, Glücksspiele oder Frauen oder was in der Richtung. Aber hier draußen kümmern wir uns nicht um die Angelegenheiten anderer Leute, verstehen Sie?«

Ich überblickte die trostlose Szenerie hoch aufschießenden Unkrauts und verwucherter Bäume. »Allzu viele Menschen leben hier wohl nicht?«

»Wir sind nur ein paar. Die meisten leben in Wohnmobilen. Wir kennen uns alle, achten aufeinander. Nur dieses Haus ist allen ein Rätsel.«

Ich sah es ihr an, dass sie geradezu darauf brannte, die Neuigkeiten über meinen reichen Onkel und seine exzentrischen Launen weiterzuerzählen.

Ich sagte: »Meinen Sie, ich kann durch den Sand fahren, ohne steckenzubleiben?«

»Sie müssen nur vorsichtig sein, das ist alles. Vor allem nicht zu schnell.«

»Ich denke, ich lass es doch lieber sein. Wenn diese Limousine heute Morgen hier war, geht's meinem Onkel gut. Ich mach jetzt den Weg für Sie frei.«

Ich lief im Eilschritt zu meinem Bronco und stieß auf die Hauptstraße zurück, damit die Frau den »Empire Estates«-Eingang passieren konnte. Sie hupte noch und winkte mir zu. Als sie die zerfurchte Sandpiste erreicht hatte, drosselte sie das Tempo auf ein Minimum und fuhr vorsichtig weiter.

Zack sagte: »Und?«

»Sie sagte, eine schwarze Limousine sei im Sand steckengeblieben. Und es gibt angeblich nur ein einziges Haus, das nicht ständig bewohnt ist. Manchmal stehen Autos davor, aber meistens steht es leer. Sie hat mir erklärt, wie wir hinkommen.«

Zack drehte sich ruckartig zu Cupcake um. Wortlos

schienen sie sich kurz zu besprechen und nickten dann ernst mit den Köpfen.

Zack fummelte an seinem Headset und sagte dann leise: »Wir stehen kurz davor. Haltet euch bereit.«

Mir zugewandt sagte Zack: »Dixie, nachdem wir mit dir heute gesprochen haben, haben sich Cupcake und die anderen Jungs darauf geeinigt, was wir machen, sollte sich herausstellen, dass Opal tatsächlich in diesem Haus ist.«

»Was ist euer Plan?«

»Erklär ich dir später. Lass uns weiterfahren.«

Alle wollten sie bis später warten, um mir wichtige Dinge zu berichten. Ich hasse später.

Ich sagte: »Hast du keine Angst, dass wir auch steckenbleiben könnten?«

Er schüttelte den Kopf. »Andere Reifen, anderes Gewicht, anderer Fahrer.«

Wir fuhren los. Bei schlechter Sicht arbeiteten wir uns durch die tiefen Spurrinnen, die Verns Limousine hinterlassen hatte. Die Straße wurde schmaler und unebener, mit tiefen Löchern, die der Regen und die Zeitläufte gegraben hatten. Wir fuhren holpernd weiter, bis wir an eine Seitenstraße mit einem verwitterten Schild kamen, dessen Namen keiner lesen konnte. Es gab keine Häuser entlang der Straße. Anscheinend hatten sich die Empire Estates nicht sonderlich gut verkauft. An einer weiteren Kreuzung fuhren wir bis an das Ende einer weiteren holprigen Sandpiste. Der Motor des Wagens brummte im Einklang mit dem Sirren der Mücken, die aus dem umstehenden Riedgras und den Palmettopalmen aufstiegen.

Nach ungefähr einer Meile bog die Straße rechts ab. Noch eine Viertelmeile und Zacks Zeigefinger wies auf eine vor uns liegende Baumgruppe. »Dahinter ist ein Haus. Fahr seitlich ran.«

Ich konnte es nicht sehen, und aus Cupcakes Schweigen schloss ich, dass auch er es nicht sehen konnte. Ein Metalltor verlief jedoch quer über eine Zufahrt, die vermutlich zu einem Haus führte, also fuhr ich seitlich ran und parkte. Ich konnte eine Kette erkennen, vom Torpfosten zur Mitte des Tores, wusste jedoch, dass Schlösser an Toren selten abgesperrt wurden. Die Besitzer finden es viel zu mühsam, bei jeder Durchfahrt extra auszusteigen und auf- und wieder zuzusperren. Deshalb dienen die Schlösser nur als eine Art Hinweis, dass der Zutritt verboten ist. Wer es dennoch wagt, einfach zu passieren, könnte wegen unbefugten Betretens erschossen werden. Wer sich einschleicht, wie wir es vorhatten, könnte erschossen und auf einem Metallspieß als Warnung für andere zur Schau gestellt werden.

Einen Moment lang saßen wir da und keuchten wie nervöse Hunde, aber dann stieß Zack die Tür an seiner Seite auf und glitt geschmeidig aus dem Wagen. Ich schnappte mir meine Taschenlampe zwischen den Vordersitzen, versicherte mich kurz, dass meine Achtunddreißiger in der Jeans steckte, und stieg auch aus.

Ausgerüstet mit Taschenlampe und Schusswaffe, diesen für jeden Cop unverzichtbaren »Notwehrwaffen«, fühlte ich mich, als wäre ich wieder im Dienst. Ich konnte jederzeit einem Angreifer mit der Revolvertrommel oder dem Griff der Taschenlampe eins überbraten und damit von meiner »Notwehrwaffe« Gebrauch machen. Da es in den Wäldern von Wildschweinen und sonstigen Schweinen aller Art nur so wimmelte, dachte ich mir, ich könnte gar nicht genug »Notwehrwaffen« parat haben.

Cupcake stieg als Letzter aus, presste seine enormen Körpermassen durch die Tür, als würde der Bronco ein Riesenbaby gebären. Wir blieben kurz an einem Graben stehen, der neben der Straße verlief, um uns zu orientieren, ehe wir vorwärtsschlichen. Auf der anderen Seite des Grabens glänzte ein breiter Streifen Riedgras mattsilbern im schwachen Schein des Mondes. Jenseits des Riedgrases führte ein dunkler Morast aus Büschen und Bäumen zu der Stelle, an der Zack das Haus vermutete. Als ich über den Graben hinwegschaute, erkannte ich die dunklen Umrisse eines Geiers in einer verkrüppelten Kiefer. Es kam mir vielleicht nur so vor, aber ich meinte, der Vogel drehte den Kopf in meine Richtung und sah mich an.

Zack flüsterte leise: »Sobald wir da sind, gehen wir zur Eingangstür und verwickeln die Person, die uns öffnet, in ein Gespräch, während du dich um das Haus herum zum Hintereingang schleichst. Du gehst hinein und suchst nach Opal. Wenn du sie gefunden hast, bringst du sie raus und gehst mit ihr zum Auto. Sobald wir dich vorbeikommen sehen, hauen wir ab.«

»Ist das dein Plan?«

Er nickte ernst, indem sich sein Kopf vor dem trüben nächtlichen Hintergrund wie eine Schattenspielfigur bewegte. »Die anderen Jungs halten uns den Rücken frei.«

Ich unterdrückte ein nervöses Kichern. Er hatte so viele Detailschritte ausgelassen, geradezu komisch aus meiner Sicht. Dabei wusste ich natürlich detailgenau, was da auf uns zukam, und das war alles andere als komisch.

Cupcake beugte sich herab und flüsterte mir ins Ohr: »Wenn du willst, komme ich mit und begleite dich ins Haus. Falls du eine starke Hand brauchst.«

Darauf stieß ich ein kurzes Lachen aus, das klang wie das Bellen eines teetassengroßen Chihuahua-Welpen. Zack war ein Grünschnabel mit einem scharfen Verstand für Elektronikkram, Motoren und Drehzahlverhältnisse und vielleicht eine Menge anderer Dinge, von denen ich keinen blassen Schimmer hatte. Cupcake war ein Muskelprotz mit einem süßen Lächeln und kleinen Füßchen, der andere Muskelprotze mit einem Ball in der Hand stoppen konnte. Wenn es aber darum ging, Opal zu retten, dann waren sie beide krasse Anfänger. Gleich würde ich eine Bande abgebrühter Krimineller stellen, und zu meiner Unterstützung hatte ich außer zwei kleinen Kindern nichts an der Hand.

Ich sagte: »Ich hab meine Waffe.«

Zack sagte: »Die wirst du nicht brauchen.«

Cupcake sagte: »Nöö. Schießeisen. Wozu?«

Der Klang ihrer Stimme sagte mir, dass sie mich für eine hysterische Ziege hielten.

Zack zeigte auf den dichten Wildwuchs neben der Straße. »Okay.«

Zack und Cupcake überquerten den Graben und tauchten in die Schatten unter den Bäumen ein, und ich folgte ihnen. Cupcake ging voran, indem sein mächtiger Körper durch die Palmettowedel stieß wie der Bug eines Schiffes, das sich einen Weg durch Mangroven bahnt. Ich folge ihm dicht auf den Fersen, damit mir die zurückschlagenden Palmwedel nicht ständig ins Gesicht klatschten, während Zack das Schlusslicht bildete und sich tapfer durch Mückenschwärme und Spinnwebnetze kämpfte. Zwischendurch stieß einer von uns immer wieder mal mit einer Zehe gegen eine hervorstehende Wurzel, was mit leisen Flüchen quittiert wurde.

Über uns war das Blätterdach so dicht, dass kein bisschen Licht durchkam. Auf dem Boden wühlten unsere schlurfenden Schritte das halb verfaulte Laub auf, und uns stieg ein feuchter, schimmeliger, mit dem Geruch von Tierurin durchmischter Gestank in die Nase. Wir durchwanderten einen aus der Zeit gefallenen Landstrich, der auch untertags trostlos gewesen wäre. Jetzt bei Dunkelheit wirkte er geradezu gruftig.

Nach einer Strecke ungefähr von der halben Länge eines Fußballfelds blieb Cupcake stehen, streckte seinen linken Unterarm seitlich aus und wedelte mit der Faust. Die Bewegung musste als eine Art Code für Zack fungiert haben, denn er berührte mich an der Schulter und bedeutete mir, mich nun rechts zu halten und die Rückseite des Hauses anzusteuern.

Offenbar war dies der Moment, in dem Zack und Cupcake von mir erwarteten, mich ins Haus zu schleichen und

Opal an mich zu nehmen, währen sie beide Opals Entführer an der vorderen Eingangstür beschwatzten. Der Plan war idiotisch, aber im Moment der einzige, den wir hatten.

Zack und Cupcake machten jetzt einen Schwenker nach links und trotteten parallel zur Straße weiter, während ich versuchte, meinen Weg in einer Art Bogen fortzusetzen, der mich zum Hintereingang eines Hauses führen sollte, das ich nie gesehen hatte. Ich war mir nicht einmal sicher, dass Zack es je gesehen hatte. Nur eines wusste ich sicher, im Vergleich zu dem, was uns noch bevorstand, war alles Bisherige ein Klacks gewesen.

Ohne Cupcakes schützenden Rücken vor mir marschierte ich mit ausgestrecktem Arm dahin, um Baumstämme und Palmwedel zu ertasten, bevor ich dagegen rannte. Bei jedem Schritt betete ich, dass ich keine Klapperschlange aufschrecken oder die Aufmerksamkeit eines marodierenden Wildschweins auf mich ziehen würde. Linkerhand hatten sich die Bäume entlang der Straße zu einem schmalen Streifen ausgedünnt, aber ich sah keine Spur von Zack oder Cupcake.

Nach gefühlten ein oder zwei Jahrhunderten sichtete ich einen schwachen Lichtschein, der durch eine schmale Lücke in dem dichten Gewirr von Bäumen drang. Vorsichtig durchquerte ich einen seichten Graben und schritt weiter voran durch Unterholz und tief hängende Zweige.

Das dunkle Geviert eines hohen Hauses zeichnete sich derart plötzlich vor meinem Gesichtskreis ab, dass ich erschrak. Wie viele Gebäude in Florida war auch dieses Haus vermutlich als Sommerrefugium gebaut worden, mit Wohnräumen in der oberen Etage und einem verglasten »Florida-Zimmer« in der unteren. Die Verschalung aus Rotholz war schwarz verschimmelt, und in der verglasten unteren Hälfte, in der einmal nachbarliche Zusammenkünfte geplant gewesen waren, standen ein paar Liegestühle völlig verquer herum. Oben schien gedämpftes Licht durch ein kleines Viereck aus Milchglas – höchstwahrscheinlich ein

Badezimmerfenster –, aber ich konnte keine Anzeichen einer Bewegung dahinter erkennen.

In seiner dunklen Abgeschiedenheit wirkte das Haus wie eine traurige Erinnerung an Dinge, die man am besten vergisst. Nachdem sich meine Augen einigermaßen angepasst hatten, erkannte ich die Umrisse eines kompakten Sportwagens auf einer öden Kiesfläche auf der linken Seite. Allem Anschein nach war er rot, höchstwahrscheinlich ein BMW. Zum letzten Mal hatte ich so ein Auto gesehen, als es gerade Myras Haus verließ.

Ein Ast zerbarst mit dem Knall eines Pistolenschusses. Es könnten Zack oder Cupcake gewesen sein, die darauf getreten waren. Oder ein Wächter, der sein Gewehr ansetzte, um mich abzuballern. Oder eine Eule, die herunteräugte, um zu sehen, welchen Unsinn da ein Mensch gerade unternahm.

In der Dunkelheit um mich regte sich kein Laut, als würde die Natur dem Eindringling gegenüber den Atem anhalten. Kein Zirpen der Baumfrösche, keine Eulenschreie, nicht einmal das Sirren von Insektenflügeln. Wie als Zeugin wartete die Nacht darauf, dass das Haus seine Geheimnisse preisgäbe. Vorsichtig näherte ich mich der Rückseite des BMW und kniete mich hin. Aus diesem Blickwinkel heraus erkannte ich das Rechteck eines Türrahmens in der verglasten unteren Hälfte des Hauses.

Eine verschwommene Gestalt bewegte sich schemenhaft hinter der Milchglasscheibe des oberen Fensters, dann erlosch das Licht. Die schattenhafte Gestalt hatte die Größe eines Erwachsenen und könnte männlich oder weiblich gewesen sein. Eine Minute später waren schwere Schritte auf einer unsichtbaren Treppe zu hören, und ein menschlicher Schatten huschte durch das Zwielicht hinter der Verglasung. Ich hatte gehofft, es wäre vielleicht Angelina gewesen, aber bittere Enttäuschung machte sich in mir breit, als die Tür aufging und eindeutig ein Mann herauskam, die Glastür verstohlen festhaltend, ehe sie ins Schloss fiel. Er war breitschultrig muskulös und machte den Eindruck, er könne sich in einem Zweikampf durchaus verteidigen. Es hätte Vern sein können. Oder einer der Männer, die bei meiner Entführung dabei gewesen waren. Oder es hätte auch ein völlig harmloser Bewohner dieses Hauses sein können, der mit Vern überhaupt nichts zu tun hatte.

Er entfernte sich ein paar Schritte vom Haus und zündete sich eine Zigarette an. Im aufblitzenden Schein des Feuerzeugs trat sein Gesicht kurz aus der Dunkelheit hervor. Genau erkennen konnte ich ihn nicht, aber er war hellhäutig und glatt rasiert. Er sog den Rauch konzentriert ein, zog an der Zigarette, als wollte er sie möglichst schnell zu Ende rauchen. Ich sah keinerlei Anzeichen einer Waffe, aber das bedeutete nicht, dass er unbewaffnet war.

Mein Herz pochte so laut, dass ich befürchtete, er könnte es hören. Ich fragte mich, ob Zack und Cupcake ihn auch beobachteten, oder ob sie sich an der Vorderseite des Hauses befanden. Wenn ich daran dachte, wie naiv die beiden bisher jede Gefahr weggelächelt hatten, konnte ich mir gut vorstellen, dass sie gerade Hölzchen zogen, um zu ermitteln, wer klopfen sollte.

Ein gedämpftes Jammern erklang aus dem Inneren des Hauses, und der Mann drehte sich blitzartig herum, als würde ihm das Geräusch Angst machen. Indem er die Zigarette zu Boden schnippte, riss er die Glastür auf, ging hinein und ließ die Tür mit einem harten Knall zufallen. In der Dunkelheit im Inneren des verglasten Raumes lösten sich die schemenhaften Umrisse des Mannes ganz auf, und innerhalb kurzer Zeit hörte das Weinen so abrupt auf wie es begonnen hatte.

In Gedanken ging ich alle möglichen Quellen dieses merkwürdigen gedämpften Geräuschs durch. Es hätte das Miauen einer Katze gewesen sein können, oder vielleicht irgendeine Art elektronischer Alarm. Tatsächlich jedoch war es wohl das Weinen eines Babys. Ich glaubte, dass es

Opal gewesen war, aber nicht wie sie normalerweise geweint hätte, denn dieses Weinen klang so seltsam hilflos. Innerlich schreckte ich unwillkürlich zurück angesichts der möglichen Gründe für dieses seltsam gedämpfte Geräusch – und vor den Gründen, warum das Weinen so plötzlich aufgehört hatte. Ich klammerte mich an die Hoffnung, dass Angelina im Haus war und dass sie Opal schnell aufgenommen und ihr ein Fläschchen gegeben hatte. Die Wahrscheinlichkeit, dass dies möglicherweise stimmte, schwand von Sekunde zu Sekunde.

Der rote BMW war plötzlich ein Grund zur Verunsicherung. Myra war beileibe nicht die einzige Fahrerin eines solchen Autos, aber seine Anwesenheit schien doch allzu sehr ein Zufall zu sein. Myra hatte Sarasota in einem Auto wie diesem verlassen, um Angelina zu diesem Haus zu bringen, und wenn ihr Auto hier war, bedeutete das, dass sie auch hier war. Aber warum sollte Myra sich in der oberen Etage dieses unbeleuchteten Hauses aufhalten – zusammen mit diesem Mann, der nach unten gekommen war?

Eine nagende Stimme in meinem Kopf brachte mir die Vermutung nahe, dass der BMW dem Mann gehörte, der seine Zigarette weggeschnippt hatte, als er sein Baby weinen hörte. Seine Frau könnte vielleicht in der Stadt bei der Arbeit sein, während er auf das Baby aufpasste, und Opal und Angelina könnten meilenweit entfernt in einem ganz anderen Haus versteckt gehalten werden.

## 28

Eine massige Gestalt baute sich vor mir auf und ließ mich erschauern.

Cupcakes heiseres Flüstern durchschnitt die Dunkelheit. »Bist du das, Dixie?«

Mein eigenes Flüstern klang zu sehr wie das Fauchen eines Rotluchses. »Ja! Wo ist Zack?«

»Vorne. Versteckt im Hof steht eine Limousine.«

Einen Moment lang war ich freudig erleichtert über die Anwesenheit einer Limousine, denn das hieß, dass Vern im Haus sein musste. Es sein denn, es war eine völlig andere Limousine. Im nächsten Moment trat mir die Sinnlosigkeit unseres Treibens mehr und mehr vor Augen. Dieser ganze Trip war der reine Wahnsinn. Wir selbst waren wahnsinnig. Wir hatten das Gelaber irgendeines besoffenen Angebers in einer Kneipe für bare Münze genommen, hatten uns blauäugig auf die Angaben einer Frau gestürzt, die uns vielleicht nur zum Narren gehalten hatte, um uns daraufhin blindlings in die Wälder zu schlagen, wo wir von einem Hausbesitzer, der zufälligerweise auch eine Limousine besaß, abgeknallt werden könnten, weil wir uns auf seinem Grundstück herumtrieben.

Eher zurückhaltend sagte ich also: »Ich bin mir nicht sicher, ob Opal da drinnen ist.«

Ich konnte Cupcakes Atem hören. Wahrscheinlich nahm er mit einem Atemzug mehr Sauerstoff auf als die meisten Menschen mit zehn. Als er sprach, war es dasselbe behauchte Flüstern wie bei mir. »Wir sind uns auch nicht sicher, dass es nicht sie ist.«

Ich konnte seiner Logik nicht folgen. Stattdessen erörterte

ich unseren Fall einem imaginären Richter. Ich gestand zwar die Schwachstellen unserer Beweisführung ein, die für jeden halbwegs vernünftigen Menschen deutlich sichtbar waren, vertrat aber auch die Ansicht, dass wir nicht ganz daneben liegen konnten mit der Annahme, Opal befinde sich in diesem Haus. Wir waren keine hundertprozentigen Schwachköpfe, vielleicht nur fünfundsiebzigprozentige. Aber, so sagte ich dem imaginären Richter, wenn jeder wartete, bis er annähernd sicher war, ehe er ein Risiko einging, dann würde nie ein Baby gerettet werden.

Der imaginäre Richter zeigte sich wenig beeindruckt. Er erinnerte mich daran, dass es nur klug und vernünftig wäre, die Polizei zu rufen, sollten meine Beweise stichhaltig genug sein und rechtfertigen, dass ich mich mit einer geladenen Waffe im Bund meiner Jeans in der Dunkelheit versteckte. Der imaginäre Richter wurde konkret. Er schlug vor, ich solle Sergeant Owens anrufen und ihm sämtliche Informationen, die Zack, Cupcake und ich gesammelt hatten, zukommen lassen. Er machte klar, dass Owens dann den Ermittlungsstand an die FBI-Agenten weiterleiten könnte, wenn diese sich dem Fall anschlossen, sodass Einheiten auf Bezirks-, Landes- und Bundesebene sich zusammenschließen und uns zu Hilfe eilen könnten.

Der imaginäre Richter musste wohl zu viel Actioncomics gelesen oder zu viele Folgen von *Dem Täter auf der Spur* gesehen haben, denn seine Vorstellung über polizeiliche Abläufe waren geradezu lächerlich unrealistisch. Seinem Rat zu folgen würde bedeuten, wertvolle Zeit damit zu verlieren, zweifelnde Profis der Kripo davon zu überzeugen, dass eine hochrangige und noch dazu steinreiche Persönlichkeit hinter der Entführung eines Babys steckte und dass dieses Baby in einem abgelegenen Haus am Rand einer kleinen Stadt vierzig Meilen vom Entführungsort entfernt versteckt gehalten wurde. Nachdem all dies abgeklärt wäre, müsste ein Durchsuchungsbefehl für eine uns unbekannte Adresse erlangt werden, was mehrere Stunden dauern könnte. Und während wir darauf warteten, bis die Mühlen der Justiz ihr quälend langsames Werk verrichteten, stieg die Wahrscheinlichkeit immer mehr, dass Kantor Tucker Wind von der Sache bekommen könnte. Wenn das passieren würde, würde Opal beseitigt werden, bevor die Suche nach ihr überhaupt begonnen hätte.

Wir hatten keine andere Wahl. Wir mussten Opal retten. Außerdem kam mir Zacks Plan, wonach er zur Haustür gehen und den Entführer ablenken, während ich Opal über den Hintereingang befreien sollte, gar nicht mehr so abwegig vor.

Neben mir kauernd hatte Cupcake offenbar gespürt, dass ich zu einer Entscheidung gekommen war. »Und nun?«

Ich holte tief Luft und nickte. »Wir stürmen die Bude.«

Ich war mir nicht sicher, was genau ich von ihm nun erwartete, aber mit dieser Reaktion hatte ich nicht gerechnet. Immer noch auf den Fersen kauernd, hob er den Kopf und begann zu pfeifen. Nicht wie der schrille Pfiff eines Schiedsrichters, sondern wie der Ruf einer Eule, ein langgezogenes, bebend klagendes hu-hu. Aus der Dunkelheit von der Vorderseite des Hauses kam die Antwort. Hu-hu. Der Schrei einer Eule im dunklen Wald ist für viele Menschen Grund genug, die Köpfe zu recken und sich nach Geistern umsehen. Wenn nun aber plötzlich zwei Eulen gleichzeitig zu hören sind, dann ist die Sache für viele definitiv nicht mehr geheuer.

Cupcake grinste, und seine weißen Zähne blitzten wie die der Grinsekatze aus Alice im Wunderland.

Im nächsten Augenblick schallte ein hämmernder Knall durch die Dunkelheit, so wie von einem dicken Knüppel, mit dem jemand gegen eine Haustür schlägt.

Gleichzeitig donnerte eine Stimme wie von einem Betrunkenen: »Hey, Clyde! Aufmachen! Ich bin's, Leon! Clyde? Ich weiß, dass du da bist! Aufmachen! Heyyy! Clyde! Hörst du mich, Clyde?«

Es dauerte eine Weile, bis ich erkannte, dass Zack der »Betrunkene« am Vordereingang war.

Im Haus rührte sich nichts. Es blieb dunkel und still.

Die Schläge dröhnten lauter, und Zacks Stimme steigerte sich zu einem kantigen Brüllen, das vermutlich im ganzen Landkreis zu hören war. »Komm schon, Clyde! Ich hab Weiber organisiert! Die sind alle scharf auf dich, alter Knabe! Ich bin's, Leon, alter Kumpel! Wir machen einen drauf! Aber richtig! Boah!«

Cupcake berührte mich an der Schulter. »Auf geht's.«

Als ein so massiger Mann kam Cupcake auf dem sandigen Untergrund erstaunlich schnell voran. Dicht gefolgt von mir schlich er sich durch die Glastür und strebte direkt auf die Treppe zur oberen Etage zu. Ich hatte den Stab meiner Taschenlampe auf der Schulter liegen, das dicke vordere Ende in der Hand und folgte Cupcake nach oben.

Der offene Durchgang zum oberen Wohnbereich bildete ein schwarzes Viereck vor dunkelgrauem Interieur. Cupcake nahm eine Seite des Durchgangs, ich die andere, wobei wir zunächst unsere Köpfe in den Durchgang steckten und einen großen, offenen Raum erblickten. Die Fenster waren zur besseren Durchlüftung geöffnet, aber das bisschen Luft, das hereinkam, war feucht und dumpf.

An einem der Fenster stand ein Mann und schaute auf die Straße hinaus. Vor dem Fenster hingen Jalousien, und der Mann hatte eine Lamelle hochgezogen, um hindurchzulugen. Unten vor der Haustür machte Zack immer noch diesen Höllenlärm. In der Stille der Nacht war das meilenweit zu hören. Dies war dem Mann anscheinend bewusst, denn vor lauter Nervosität zitterte er am ganzen Körper.

Cupcake schlich sich um den Türrahmen herum und presste sich flach gegen die Wand. Ich folgte ihm und drückte meinen Rücken ebenfalls gegen die Wand neben der Tür. Damit mich das Weiße in meinen Augen nicht verriet, legte ich den Kopf schräg nach hinten und senkte die Augenlider, sodass nur mehr dünne Schlitze blieben. Ich fürchtete, Cupcake würde diesen Trick nicht kennen, aber er hatte auch dieses Profil mit dem Kinn nach oben. Möglicherweise hatte er bei den Pfadfindern gelernt, wie man sich in der Dunkelheit voranbewegt. Darüber hinaus musste er auch gelernt haben, wie man sich an einen Mann anschleicht, der auf die Rufe eines Betrunkenen lauscht, denn er tauchte in das Zwielicht ein und schlich auf das Vorderfenster zu.

Ich hörte keine Babygeräusche, roch keine Babygerüche. Besorgniserregend. Vielleicht war das Weinen, das ich vorhin gehört hatte, doch nicht von Opal gewesen. Oder es war von ihr gewesen, und man hatte sie auf Dauer zum Schweigen gebracht.

Geräusche eines Handgemenges am Vorderfenster sagten mir, dass Cupcake den Mann überrumpelt hatte. Ich konnte den Kampf nicht sehen, erkannte aber die abstoßenden Geräusche von zuschlagenden Fäusten, das heisere Würgen, wenn jemandem die Luft abgedrückt oder mit der Handkante gegen das Zungenbein geschlagen wird. Cupcake war der körperlich Überlegene, aber sein Gegner war offenbar vertraut mit schmutzigen Kampfmethoden. Unten an der Tür – Zack hörte von der Schlägerei nichts – ging das Schreien und Poltern weiter.

Ich brauchte dringend Licht, um Opal zu finden. Meine Taschenlampe noch immer über die Schulter gelegt, sodass sie nach unten zeigte, knipste ich den Schalter an und ein Lichtkegel fiel schräg in den Raum. Die dunklen Ränder des Raums, in denen auch der Kampf zwischen Cupcake und dem Mann vonstattenging, erschienen nun in einem heller getönten Schwarz.

Ich bewegte den Lichtschein an der Wand rechts neben mir entlang; dicht daran geschoben stand ein Doppelbett mit einer gelben, zerwühlten Chenille-Decke. In der Mitte des Raums standen ein durchgesessenes Sofa, ein Liegesessel, bei dem das Füllmaterial durch Risse in der Polsterung aus unechtem Leder hervorquoll, ein Kartentisch und einige Klappstühle. Keine Wiege, kein Laufstall und auch sonst nichts, was auf die Anwesenheit eines Babys hindeuten würde.

In der äußeren Ecke hinter dem Bett standen wie in einer Art Appartementküche ein Herd und ein Kühlschrank, ergänzt durch eine verkürzte Arbeitsplatte mit einem Spülbecken. Ein gerraffter Plastikvorhang verbarg die Rohre unter dem Becken. Am Rand des Küchenbereichs stand eine Tür offen, die vermutlich in ein Badezimmer führte, um es aber zu betreten, hätte ich an den kämpfenden Männern vorbeilaufen müssen. Indem ich den Lichtschein im Raum herumwandern ließ, um jeden Quadratzentimeter auszuleuchten, wurde ich zunehmend nervöser. Als ich den Lichtkegel über die Stelle hinaus bewegte, an der Cupcake und der Mann noch immer miteinander kämpften, erblickte ich hinter ihnen zwei an die Wand geschobene Stühle. Auf einem saß Myra Kreigle, auf dem anderen Angelina. Beide Frauen waren gefesselt und geknebelt, mit Isolierband über dem Mund, wie es Vern und seine Kumpane über meinen geklebt hatten. Myras Augen waren zornig und fordernd, Angelinas Augen blickten verängstigt und flehend.

Ich musste eine Entscheidung treffen, und zwar schnell. Dass diese Frauen hier waren, verhieß nichts Gutes. Etwas musste schiefgelaufen sein mit Myras und Tuckers Plänen. Der Mann, der gegen Cupcake kämpfte, war zusammen mit Myra und Angelina als Geisel genommen worden. Sollten Verns Kumpane Zack draußen sehen, dann wussten sie, dass Cupcake und ich im Haus waren, und innerhalb von Sekunden könnten sie oben sein und uns mit Gewehren bedrohen. Wir könnten ebenso gefesselt und hilflos enden wie Myra und Angelina.

Um an die Badezimmertür zu gelangen und einen Blick dahinter zu werfen, müsste ich an den kämpfenden Män-

243

nern vorbei, und um zu Angelina zu gelangen und sie zu befreien – Myra zu befreien, stand außer Frage –, müsste ich ebenfalls an den kämpfenden Männern vorbei.

In der Nanosekunde, in der ich meine Möglichkeiten durchging, traf der Lichtstrahl meiner Lampe Cupcakes Augen und ließ ihn nach hinten gegen die Jalousien taumeln. Er blutete aus der Nase, und seine Augen hatten den erstaunten Blick eines Goliath, der erkennt, dass ein Schwächerer ihn vielleicht übertreffen könnte. Der andere Mann nutzte Cupcakes vorübergehenden Gleichgewichtsverlust sofort aus und langte mit der Hand nach unten zu seinem Fußgelenk, was mich dazu veranlasste, nach vorne zu schnellen. Von einem befriedigenden dumpfen Geräusch begleitet, knallte der Griff meiner Taschenlampe auf seinen Hinterkopf, und der Mann sackte zu Boden.

Cupcake rappelte sich hoch und schenkte mir ein Grübchenlächeln. »Du kennst vielleicht Tricks, Mannomann.«

Ich zog meine Achtunddreißiger aus dem Jeansbund und richtete sie auf den Kopf des Mannes.

Es war Vern. Er erkannte mich im selben Moment, in dem ich ihn erkannte.

Benommen stotterte er: »Wie? Wwas …?«

Ich sagte: »Cupcake, er hat eine Waffe in einem Knöchelhalfter. Nimm sie ihm ab. Kann sein, er hat auch ein Messer, also taste ihn ab.«

Der Blick, den Cupcake mir zuwarf, kam mir vor wie der Blick, den ein Mann vielleicht in einer Bar annimmt, wenn er feststellt, er hat mit seiner Schwester geflirtet, die dummerweise eine Perücke trägt.

Vern zeigte sich noch viel verwirrter. »Wer zum Teufel sind Sie denn?«

Ich sagte: »Eine lange Geschichte, Vern. Wo ist das Baby?«

Seine verschwollenen Augen nahmen einen hinterhältigen Ausdruck an. »Welches Baby?«

Ich wirbelte herum und stieß die Tür zu einem Miniaturbadezimmer auf. Keine Wanne, nur eine Duscheinfassung aus Edelstahl. Nirgendwo eine Spur von einem Baby.

Zack hatte aufgehört, herumzuschreien, was entweder hieß, er hatte das Licht hinter den Jalousien gesehen, oder jemand hatte ihn überwältigt und ruhig gestellt.

Ich rannte zu Angelina und ergriff ein Ende des Klebebands auf ihrem Mund. Ich sagte: »Tut mir leid, aber das muss sein.«

Tränen schossen ihr in die Augen, als ich das Band von ihren Lippen zog. Ich wusste leider nur zu gut, wie sich das anfühlte.

Ich sagte: »Wo ist das Baby?«

Sie begann ernstlich zu weinen. »Ich nich wissen. Ich hören Baby weinen, aber alles dunkel und ich nix sehen.«

Myra stieß unartikulierte, fordernde Laute unter ihrem Klebeband hervor und wand sich dabei ungeduldig hin und her.

Ich sagte: »Cupcake, hast du ein Messer?«

Er grummelte und kam zu Angelinas Stuhl. Während er das Klebeband an ihren Händen und Füßen durchtrennte, wandte ich mich wieder Vern zu. Er kam allmählich zu sich und schwankte nicht mehr benommen herum.

Ich setzte ihm den Lauf meines Revolvers an die Schläfe. »Folgender Deal, Vern. Wenn du mich fragst, dann sollte man Männer, die einem Baby auch nur ein Haar krümmen, an ihren Eiern aufhängen und im Wind baumeln lassen. Oder ich kann dich auch abknallen und jemand anderem die Mühe ersparen. Wenn ich dich töte, dann werden die Cops den Typen dafür verantwortlich machen, den du heute mit dem Baby hier zurückgelassen hast. Sie werden denken, er hätte gewartet, bis du zurückkommst, um dich dann abzuknallen. Wenn du also ein Interesse hast, weiterzuleben, dann sag mir lieber, wo das Baby ist. Dann überleg ich es mir, ob ich dich weiteratmen lasse.«

Wenn du derart primitive Menschen mit Worten bedrohst,

glauben sie dir in der Regel nur dann, wenn du es auch wirklich ernst meinst. In diesem Moment war jedes Wort von mir der volle Ernst. Ich bin mir nicht sicher, ob ich die Drohung wahr gemacht hätte, aber als ich sie aussprach, hatte ich nicht den geringsten Zweifel. Ich war drauf und dran, Vern den Garaus zu machen, und er wusste das sehr genau.

Er leckte sich über die Lippen. Er rollte die Augen hin und her. Sein Adamsapfel hüpfte auf und ab.

Zerknirscht presste er hervor: »Unterm Bett.«

Hinter ihm stützte Cupcake Angelina, die sich daran gewöhnen musste, wieder aufrecht zu stehen. Sie stampfte mit beiden Füßen abwechselnd auf den Boden, um das Gespür für die Beine zurückzubekommen. Myra quiekte wütend, und ihre dunklen Augen blitzten feurig. Diese Hexe erwartete doch tatsächlich von uns, wir würden sie befreien, Mitleid mit ihr haben. Pech gehabt.

Ich schoss in Windeseile an das Bett, fiel auf die Knie und hob die schäbige Chenille-Decke hoch, um unter das Bett zu schauen. Alles was ich außer Wollmäusen und toten Spinnen sah, war eine Kiste aus Zedernholz, von der Art, wie sie die Frauen im Süden verwenden, um darin Wollpullover aufzubewahren. Mit wild rasendem Herzen zog ich die Kiste heraus und öffnete sie.

Umhüllt von abstoßendem Uringestank lag Opal auf einer spärlichen Unterlage aus zusammengeknüllten T-Shirts. Ihre Augen waren geschlossen, und ihr Atem ging so flach, dass ich zuerst befürchtete, sie könnte tot sein. Vorsichtig nahm ich sie heraus und hielt sie an meine Brust. Dann stand ich auf und rannte die Treppe hinunter und nach draußen. Ich war fast an der Vorderseite des Hauses, als ich Cupcakes polternde Schritte und Angelinas Wimmern hinter mir hörte.

Plötzlich war Zack wie aus dem Nichts aus dem Zwielicht vor mir aufgetaucht, sein blasses Gesicht entschlossen und ernst.

Ich sagte: »Opal ist gerettet!« Ich ersparte mir, hinzuzufügen, dass sie nur deshalb so tief schlief, weil man sie offensichtlich betäubt hatte.

Er sagte: »Komm!« Sollte er Angelina bemerkt haben, äußerte er sich nicht dazu.

Angelinas leises Weinen und Cupcakes schwerer Atem hinter uns, rannten wir über den Sandplatz, durchquerten den Graben und preschten durch das Unterholz wie eine Herde wilder Elefanten. An der Straße angekommen, liefen wir, so schnell wir konnten, wenigstens Zack und ich. Angelina war nicht ganz so schnell, und Cupcake blieb bei ihr, um sie zu stützen. Auf halber Strecke zum Bronco legte er sich Angelina wie einen Mehlsack über die Schulter.

Eine Serie von Schüssen knatterte hinter uns. Ich schrie: »Verteilt euch. Und lauft in Schlangenlinien!«

Zack sagte: »Was?«

Cupcake keuchte: »Zickzack!«

Am Bronco angelangt, hörte ich, wie ein Motor gestartet wurde. Sicher hatte Vern nicht vor, uns in seiner schweren Limousine zu verfolgen, aber Myras Auto war verfügbar. Und es war leicht und wendig.

Zack rief: »Lass mich fahren!«

Kein Widerspruch meinerseits. Ich sagte: »Der Zündschlüssel steckt.«

Cupcake setzte Angelina ab und riss die hintere Tür auf, damit sie einsteigen konnte; dann öffnete er die vordere Beifahrertür, half mir mit Opal auf meinen Armen beim Einsteigen, um sich schließlich selbst hinten reinzuschwingen. Angelinas Gesicht war tränennass, aber sie wirkte erleichtert.

Zack startete den Motor und ließ das Auto langsam anrollen. Hinter uns leuchteten Scheinwerfer auf, worauf Zack das Licht einschaltete, Gas gab und mit dem Bronco durch den Sand donnerte, so schnell er sich nur traute. Noch mehr Gewehrschüsse waren zu hören.

Cupcake sagte: »Hoffentlich schießt der nicht so gut.«

Ich sagte: »Der trifft uns nur mit verdammt viel Glück. Aber vielleicht solltet ihr beide, du und Angelina, doch lieber in Deckung gehen.«

Zack sagte: »Geh du auch in Deckung. Mit Opal.«

Ich rutschte auf die Vorderkante des Sitzes, um uns aus der Schusslinie zu nehmen. Dass Zacks Kopf in aller Klarheit zu sehen war, erwähnte keiner. Er selbst war so sehr damit beschäftig, zu fahren und seinen Freunden auf dem Highway Anweisungen zu geben, dass es ihm vermutlich gar nicht auffiel.

## 29

Wir steuerten über die holprige Sandpiste bis zum Gator Trail, ohne einen Schuss abzubekommen. Allein wegen des hohen Tempos und der unsteten Fahrweise konnte Vern keinen Treffer landen. Er schaffte es sogar, minutenlang in just denselben Spurrinnen steckenzubleiben, die er mit seiner Limousine hinterlassen hatte. Vern war das ideale Beispiel für einen Mann, der aus vergangenen Fehlern nichts lernte.

Zack behielt den vorsichtigen Fahrstil bei, bis wir auf den Gator Trail einbogen. Von da an schien es, wir würden sogar die Höchstgeschwindigkeit des Bronco überschreiten, aber Zack hielt das Lenkrad mit so sicherer Hand, dass ich die rasende Geschwindigkeit kaum wahrnahm. Ein Blick auf den Tacho jedoch belehrte mich eines besseren. Anscheinend erkannten Autos einen Experten am Steuer und gaben dann ihre letzten Reserven.

Vern bog hinter uns auf den Gator Trail ein und ballerte einige weitere Schüsse ab. Der Trottel musste wohl geglaubt haben, er wäre in einem Film. An der Kreuzung mit der State Road 72 verlangsamte Zack das Tempo, um Vern näher herankommen zu lassen, und riss dann im letzten Moment den Bronco scharf nach links. Da tauchte eine Reihe alter Klapperkisten aus der Dunkelheit auf und bildeten eine L-förmige Barriere, sodass Vern gezwungen war, einen scharfen Schlenker nach rechts zu machen.

Reifen quietschten. Metall schrammte gegen Metall. Der BMW schlingerte, schleuderte mit voller Breitseite gegen das Geländer über dem Horse Creek, ging an einer Seite leicht nach oben und kippte dann über das Geländer.

Ich sagte: »Vern ist baden gegangen.«
Zack sagte: »Was für ein Jammer.«
Cupcake seufzte. »Fahr an die Seite, Alter.«
Zack schnitt eine Grimasse, manövrierte aber das Auto an den Straßenrand und hielt an. Cupcake wuchtete sich aus dem Rücksitz ins Freie, trabte zur Brücke und verschwand die Böschung hinunter zum Wasser. Angelina wimmerte leise vor sich hin. Vermutlich fürchtete sie, Cupcake würde Vern bei uns mitfahren lassen, aber ich konnte mich nicht aufraffen, sie zu beruhigen. Die Fahrer aus den anderen Autos hatten sich an der Brücke versammelt, um über das Geländer zu schauen. Sie sprachen kein Wort.

Während wir warteten, zog ich mein Handy aus der Tasche, um Sergeant Owens anzurufen und ihm knapp Bericht zu erstatten.

»Gerade bin ich mit Zack Carlyle in DeSoto County. Wir haben das entführte Baby befreit. Vern Brogher hatte es in einer alten Bruchbude festgehalten. Er hat auch Myra Kreigle und noch eine andere Frau gefesselt und geknebelt auf einem Stuhl festgebunden. Wir haben Myra im Haus gelassen. Die andere Frau ist bei uns. Sie ist Zeugin mehrerer Verbrechen. Vern Brogher hatte einen Unfall, bei dem sein Auto in den Horse Creek stürzte. Cupcake Trillin ist gerade dabei, ihn zu retten. Zusammen mit Zack werde ich das Baby zu seiner Mutter in das Charter Hotel an der Midnight Pass Road bringen. Wäre gut, wenn du einen Arzt bestellen könntest, um das Baby untersuchen zu lassen. Sie scheint wohlauf zu sein, wurde aber vermutlich mit Medikamenten ruhig gestellt.«

Einige Sekunden vergingen.

Sergeant Owens sagte: »Horse Creek. Charter Hotel. Ich veranlasse sofort alles Notwendige.« Owens war noch nie ein Mann großer Worte gewesen.

Ich beendete das Gespräch und steckte das Telefon in die Tasche zurück. Ich klopfte Opal auf den Rücken und summte eine Melodie an ihrem Ohr. Dabei spürte ich ihren warmen Atem an meinem Hals.

Der Motor des Bronco brummte unter der Haube, als würde er sich schlicht weigern, stillzustehen. Zack machte denselben Eindruck auf mich. Nach ein paar Minuten trottete einer der Männer von der Brücke auf uns zu und beugte sich zu Zacks Fenster herunter.

»Cupcake hat den Hurensohn rausgefischt. Lebendig. Cupcake will ihn so lange festhalten, bis die Polizei kommt. Wir bleiben auch hier. Ihr könnt losfahren.«

Zack sagte: »Danke, mein Bester. Für alles.«

Er jagte den Motor hoch und fuhr wieder auf den Highway.

Aus Gründen, die nur Babys kannten, entschied sich Opal, just in dem Moment aufzuwachen. Immer noch benommen von dem Mittel, das Vern ihr gegeben hatte, nahm sie den Kopf von meiner Brust und lächelte mich an.

Leise sagte ich: »Hey, Opal.«

Sie hatte wohl verstanden, dass sie außer Gefahr war, denn sie girrte lachend vor sich hin.

Zack drehte den Kopf nach hinten und schaute sie lange an. Dann lachte er ebenfalls los, ein Lachen, in dem sich seine Erleichterung ungehindert Bahn brach.

## 30

Auf dem Weg zurück nach Sarasota begegneten uns auf halber Strecke mehrere grün-weiße Polizeiautos. Ihre Sirenen schrillten, und mir war klar, dass sie den Horse Creek erreichen wollten, noch bevor die Beamten von DeSoto County dort eintreffen würden. Ein Stückchen weiter begegneten uns Fernseh-Übertragungswagen, aus deren Dächern Satellitenschüsseln wie Pilze hervorsprossen. Die Reporter darin gierten sicher wie Bluthunde danach, die Verhaftung eines Mannes live mitzuerleben, der das Baby eines berühmten Rennfahrers entführt hatte, um daraufhin von einem ebenso berühmten Linebacker der Tampa Buccaneers vor dem Ertrinken bewahrt zu werden. Ich hatte zwar nach wie vor keine Ahnung, was ein Linebacker überhaupt war, war aber trotzdem stolz darauf, Cupcake zu kennen.

Opal dämmerte zwischendurch immer wieder mal weg, wirkte aber, wenn sie die Augen aufschlug, jedes Mal ein bisschen wacher. Sie stank aus allen Knopflöchern, und sie war so nass, dass davon sogar mein Sweatshirt durchweicht war. Als wir die ersten Vororte von Sarasota erreichten, kamen wir an einer Einkaufsstraße vorbei, in der ein Supermarkt geöffnet hatte.

»Wir brauchen Windeln für Opal.«

Zack guckte verdutzt, als hätte er bisher nie etwas von Windeln gehört, bog aber trotzdem auf den Parkplatz ein und stellte den Motor ab.

Ich sagte: »Nimm Größe zwei. Die müssten passen. Und eine Packung Feuchttücher.«

»Du meinst, *ich* soll die Sachen besorgen?«

»Klar, Zack. Wer sonst? Du bist doch der Vater.«

Über sein Gesicht huschte ein Lächeln. »Wie sieht's mit Babynahrung aus? Die Kleine braucht doch auch was zu futtern?«

»Super Idee. Vielleicht ein paar Gläschen. Andere Sachen können wir später besorgen.«

Auf dem Rücksitz sagte Angelina: »Ich geh schon.«

Sie hatte die Hand bereits am Türgriff, um auszusteigen. In dem Moment aktivierte ich schnell die Kindersicherung, um die Tür zu verriegeln.

Ich sagte: »Zack, beeil dich.«

Offenbar hatte er verstanden, dass Angelina wegrennen wollte, denn er glitt unverzüglich aus dem Auto, schlug die Tür zu und ging im Eilschritt in Richtung Supermarkt.

Ich sagte: »Tut mir leid, Angelina, aber du musst bei uns bleiben. Sicher will die Polizei mit dir reden, und du musst ihnen alles sagen, was du weißt.«

Mit vor Angst weit aufgerissenen Augen sagte sie: »Dann tötet Mr Tucker meine Mutter.«

»Mr Tucker wandert in den Knast, Angelina. Er wird deiner Mutter nichts tun. Aber du musst erzählen, was du von ihm und von Myra Kreigle weißt.«

»Der Mann in Haus?«

»Ihm geht es nicht anders. Sein Name ist Vern. Sie kommen alle in den Knast, Angelina.«

Sie glaubte mir kein Wort und drückte weiterhin gegen die Tür, als meinte sie, mit purer Kraft könnte sie etwas bewirken.

Im Supermarkt redete Zack mit dem Kassierer und zeigte immer wieder zum Auto. Der Kassierer blickte durch die Glasscheibe zu uns herüber, schlüpfte dann hinter der Kasse hervor und führte Zack hinter eine Regalreihe. Im nächsten Moment kamen sie zur Tür herausgelaufen, beide mit Tüten bepackt. Der Kassierer war total überdreht, woraus ich schloss, dass er Zack erkannt haben musste. Ganz sicher war ich mir, als ich sah, wie Zack ihm Geld gab und dann etwas auf ein Stückchen Papier kritzelte. Allem Anschein nach können berühmte Leute nicht einmal Windeln kaufen, ohne Autogramme geben zu müssen.

Wieder im Auto warf Zack einen kurzen Blick nach hinten auf Angelina, um mir dann eine Packung Windeln und eine Tüte mit klappernden Babygläsern und einer Packung Feuchttücher zu übergeben. Während er rückwärts aus der Parklücke stieß, stieß Angelina einen verzweifelten Seufzer von sich.

Als ich Opal saubergemacht und frisch gewickelt hatte, war meine Nase ganz zerknittert und Zack sah aus, als müsste er gleich kotzen.

Nachdem ich die schmutzige Windel in die Plastiktüte aus dem Supermarkt gesteckt hatte, sagte er: »Heilige Scheiße!«

Ich lachte. »Ganz normale Babyscheiße, Zack. Beim nächsten Mülleimer entsorg ich sie.«

»Riechen die alle so?«

»Nur wenn sie zwölf Stunden lang nicht frisch gewickelt werden. Opal riecht sonst immer appetitlich frisch und sauber. Sie hat eine gute Mutter.«

»Du hältst mich für ein totales Arschloch, stimmt's?«

»Nicht unbedingt. Ich weiß nur, dass ein Baby beide Elternteile braucht.«

»Ruby hat mich doch verlassen. Schnappt sich einfach das Baby und verschwindet.«

Über dieses Thema wollte ich mich nicht ihm streiten.

Ich sagte: »Ist nur so 'ne Vermutung von mir, aber hatte dein Vater was damit zu tun, dass sie dich verlassen hat?«

Er brauchte dermaßen lang, um zu antworten, dass sogar Angelina aufhörte zu seufzen, um zu hören, was er zu sagen hatte.

»Papa hat ihr nie vertraut.«

»Welcher Frau vertraut denn dein Papa überhaupt?«

Dieses Mal ließ er sich noch mehr Zeit für die Antwort. »Da fällt mir gar keine ein.«

»Zack, war deine Mama eine gute Frau?«

»Sie hat nie über jemanden ein schlechtes Wort gesagt. Nie in ihrem Leben was Schlechtes getan.«

»Aber dein Papa hat ihr trotzdem nicht vertraut.«

Er seufzte. »Okay, du hast recht.«

Wir fuhren schweigend die Clark Road entlang, kreuzten den Tamiami Trail dort, wo die Clark Road zur Stickney Point Road wird, und überquerten die Zugbrücke nach Siesta Key. Von der Midnight Pass Road aus nahm Zack Kurs auf das Charter Hotel. Ich wollte ihn fragen, wie er sich nun seine Zukunft mit Ruby vorstellte, schwieg jedoch. Opal war mittlerweile hellwach, lag auf meinem Schoß und blickte mit ihren violettblauen Augen umher.

Zack sagte: »Die Augen meiner Mutter waren wie die von Opal.«

Ich erinnerte ihn nicht daran, dass er genau dieselben Augen hatte. Vielleicht war er ja immer viel zu sehr mit Hightech und Geschwindigkeit beschäftigt gewesen und hatte nie einen genauen Blick in den Spiegel geworfen.

Als wir auf den Parkplatz des Charter Hotels einbogen, sahen wir mehrere Polizeiautos, einen Rettungswagen und natürlich die unvermeidlichen Kastenwagen mehrerer TV-Stationen. Angelina seufzte abermals. Sie dachte wohl, die ganze Aufmerksamkeit gelte möglicherweise ihr.

Zack fuhr unter den überdachten Eingangbereich des Hotels, wo sofort ein uniformierter Gepäckträger herbeisprang. »Tut mir leid, Sir. Sie können hier nicht parken. Wir erwarten jemanden, den die Polizei sprechen möchte.«

Zacks Augen verengten sich. »Ich denke, dieser ›jemand‹ sind wir. Sagen Sie den Cops, sie möchten uns doch bitte die Reporter vom Leib halten, während wir aussteigen.«

»Ich kann das Auto nicht übernehmen, Sir. Für einen Parkdienst haben wir keine Versicherung.«

Die Aussage war dermaßen unpassend und fehl am Platz, dass Zack den Kopf in den Nacken warf und den Mann zwischen den Augenlidern hindurch ansah. »Vielleicht können Sie ja einen der Cops dazu bewegen, das Auto wegzustellen.«

Während dieser Unterhaltung klopfte ein uniformierter Deputy an meine Scheibe, ich drehte den Kopf und sah das Gesicht von Deputy Jesse Morgan. Morgan ist der einzige vereidigte Deputy auf Siesta Key. Wir beide hatten schon so oft das Vergnügen gehabt, uns in Anwesenheit einer Leiche zu begegnen, dass er denkt, über meinem Kopf würde eine schwarze Wolke schweben. Entsprechend erleichtert war ich, dass es dieses Mal anders war.

Ich ließ mein Fenster herunter, lächelte ihm zu und zeigte mit meinem Kinn auf Opal.

Er sagte »Ms Hemingway«, schaute aber an mir vorbei zu Zack. Seine Augen strahlten, und fast hätte ich erwartet, wie der Typ von der Supermarktkasse würde er gleich nach einem Autogramm fragen.

Ich sagte: »Officer Morgan, das ist das heute Morgen entführte Baby. Wir bringen es zu seiner Mutter hier in diesem Hotel, und es wäre nett, wenn Sie uns die Reporter vom Leib halten könnten.«

»Wir versuchen unser Bestes, aber Sie kennen ja die Lage.«

Ich wusste, dass Journalisten überall im öffentlichen Raum zugelassen waren und auch das Recht hatten, auf Straßen oder Gehwegen zu fotografieren. Geschäftsräume oder ein für die Öffentlichkeit zugängiges Hotel gelten in der Regel auch als öffentlicher Raum, aber Eingangshallen und Gänge von Hotels sind Grauzonen und gelten manchmal als privat, manchmal als öffentlich, je nachdem, welche Art von Verbrechen dort begangen wurde. Da die meisten Journalisten nach der Devise handeln, es einfach mal zu probieren, machte ich mich auf einen Sturm von Fragen gefasst, sobald wir das Fahrzeug verließen.

Ich sagte: »Die Frau auf dem Rücksitz ist Zeugin mehrerer Verbrechen. Bei ihr besteht Fluchtgefahr, und sie ist mit gutem Grund stark verängstigt.«

Morgan beugte sich nach unten, um einen Blick auf Angelina zu werfen.

»In Ordnung, Ma'am.«

Er richtete sich gerade auf und winkte einer Gruppe von Polizisten, die vor den Eingangssäulen herumstanden. Sie trotteten heran, Morgen erteilte ein paar knappe Anweisungen, und als ich die Kindersicherung löste, öffneten sie die hintere Wagentür und nahmen Angelina in ihre Obhut. Dabei gingen sie behutsam, aber sehr entschlossen vor. Als sie Angelina wegführten, warf sie mir einen vorwurfsvollen und ängstlichen Blick über die Schulter zu. Es war klar, dass sie mir ebenso wenig traute wie Myra.

Die wartenden Journalisten hatten den Bronco nur flüchtig beachtet. Sie hatten wohl erwartet, Zack würde wie Batman mit seinem Baby auf dem Rücken einfliegen. Ein staubiger SUV mit einem Mann und einer Frau auf den Vordersitzen sowie einer weiteren Frau im Fond war sicher nicht das, womit sie gerechnet hatten. Als jedoch einige Journalisten sahen, wie uniformierte Beamte Angelina zu einem Polizeiauto führten, richteten sie ihren Blicke auf uns wie Geier, die Aas gerochen hatten.

Im selben Augenblick sah ich durch die Glaswand der Hotellobby Ruby aus einem der Aufzüge hervorstürzen. Die Arme hielt sie bereits ihrem Baby entgegengestreckt.

Ich wusste, würde sie herauskommen, wäre sie sofort von drängelnden Reportern umzingelt, von einem wahren Blitzlichtgewitter und einem schrillen Durcheinander laut gerufener Fragen. Zack hatte sie auch erblickt, und er hatte dieselbe Reaktion wie ich.

Gleichzeitig rissen wir die Autotür links und rechts auf und rannten auf den Hoteleingang zu. Erschrocken begann Opal zu wimmern, und ich drückte sie eng an mich, um sie vor dem Blitzlicht und dem Lärm abzuschirmen. Wir düsten durch die marmorgepflasterte Lobby und trafen Ruby in der Mitte.

Sie war wie rasend und außer sich vor Glück. Hätte irgendjemand versucht, sie aufzuhalten, ich denke, sie hätte diese Person mit bloßen Händen in Stücke gerissen. Ich legte Opal in ihre Arme, Zack eilte heran, um seinen Arm um beide zu legen. Hinter uns sicherte Morgan mit einer kleinen Gruppe von Polizisten notdürftig den Eingang.

Indem Zack Ruby von allen Seiten bedrängte, liefen wir quer durch die Lobby auf die Aufzüge zu.

Als wir den nächsten ankommenden Aufzug betraten, hörte ich, wie Morgan den Reportern Anweisungen gab. »Reißt euch zusammen, Leute! Es kommt nicht in Frage, diesen Personen bis an ihr Hotelzimmer zu folgen und ihnen dort aufzulauern. Wenn ihr hier draußen auf dem Parkplatz campieren wollt, dann ist das eure Sache, sollte jedoch einer von euch versuchen, die Rechte von Hotelgästen zu missachten, dann droht die sofortige Verhaftung.«

Ich war beeindruckt. Diese Entschlossenheit hatte ich an Morgan in der Form bisher nicht gesehen.

Opal schrie immer noch, und Ruby weinte, während sie versuchte, Opal auf Spuren von Verletzungen hin zu untersuchen.

Ich sagte: »Allem Anschein nach ist sie unverletzt.«
Ruby jammerte. »Warum ist sie denn so *unsauber?*«
Zack und ich sahen einander kurz in die Augen und dachten daran, wie viel unsauberer sie gewesen war, bevor wir neue Windeln für sie besorgt hatten.

Ich sagte: »Hat das Sheriffsbüro einen Arzt geschickt?«
»Er ist bei Opa auf der Suite.«
Zack erstarrte. »Dein Großvater ist auch hier?«
Sie warf ihm einen feindseligen Blick zu. »Er ist ein alter Mann, Zack, und sein Haus ist heute Morgen fast bis auf die Grundmauern abgebrannt. Wo sonst sollte er sich denn aufhalten?«

Zack sann scheinbar auf eine passende Erwiderung, besann sich aber dann eines Besseren. Ich hatte den Eindruck, die beiden hatten sich über Rubys Großvater und Zacks Vater so oft gestritten, dass sie über ein ganzes Repertoire an bissigen Einzeilern verfügten, die sie auf Kommando ablassen konnten. Ich wünschte so sehr, Cupcake könnte ihr verhärtetes Verhältnis etwas entspannen.

Als wir auf Rubys Etage ausstiegen, sah ich Mr Stern schon im Flur stehen wie einen Wachposten. Zacks Züge verspannten sich, kaum dass er ihn sah – die Miene eines jungen Kriegers, der sich auf den Kampf gegen einen älteren, ausgebufften Kombattanten vorbereitet.

Aber anstatt ihm den Fehdehandschuh hinzuwerfen, streckte Mr Stern Zack die Hand entgegen. Seine Augen blitzten, aber nicht vor Wut. Als ob sie ihn erkannt hätte, hörte Opal zu schreien auf und brabbelte nur mehr, von Kieksern unterbrochen, vor sich hin.

Mr Stern sagte: »Junger Mann, lassen Sie mich zuerst sagen, wie sehr ich Sie bewundere für das, was Sie getan haben. Das erforderte wirklich Mut. Einen Mut, wie ihn die meisten jungen Männer heute nicht mehr haben. Es ist mir eine Ehre, Ihnen die Hand geben zu dürfen.«

Völlig perplex sagte Zack: »Vielen Dank, Sir. Aber es war nicht allein meine Tat.«

»Ein guter Angriff ist immer Teamwork, mein Sohn! Und nur Anführer, die sich selbst bewährt haben, können auf die reibungslose Unterstützung ihrer Truppen bauen. Es spricht sehr für dich, dass du Leute hattest, die bereit waren, dir beizuspringen.«

Ruby machten große Augen. Mr Stern hatte sich entweder von Grund auf gewandelt, oder es hatte ihn jemand weggesperrt und ein anderer alter Mann vertrat ihn.

Ein dicklicher Mann mit einem Stethoskop um den Hals trat an die Tür.

»Bringen Sie das Baby bitte herein.«

Ruby presste Opal fester an sich. »Es geht ihr gut. Ich denke, sie braucht nur ein Bad.«

»Erst muss ich sie kurz untersuchen, dann können Sie sie baden.«

Wir zockelten alle nacheinander in die Hotelsuite und sahen zu, wie der Arzt Opal nahm und aufs Bett legte. Sie begann, gefolgt von Ruby, sofort zu weinen.

Der Arzt entfernte Opals verschmutzte Sachen, hörte ihr Herz ab, sah ihr in Nase und Ohren, untersuchte ihren Po, sah nach Blutergüssen und Kratzern an Armen und Beinen, tastete ihren Bauch ab, strich ihr mit der Hand über den Kopf und erklärte sie für unversehrt.

Als Ruby sie hochhob und an sich drückte, sagte der Arzt: »Wie lange musste sie ohne Nahrung auskommen?«

Wir schauten uns alle an und zuckten die Schultern. Die Antwort darauf würden nur Vern oder Angelina oder Myra wissen, aber wir bezweifelten, dass man sie gefüttert hatte.

Zack sagte: »Wir können alles Nötige auf dem Weg nach Hause besorgen.«

Ruby sah ihn über Opals Kopf hinweg fragend an.

Zack errötete am Hals, ein dunkles Karminrot, das sich bis zum Haaransatz ausbreitete. »Wir gehen nach Hause, *wo wir hingehören*.« Ich fragte mich, ob er diese Zeile von Cupcake aufgeschnappt hatte.

An Mr Stern gewandt, sagte er: »Die Katze können wir auch aus der Klinik abholen und mitnehmen.«

Eine Sekunde lang strahlte Mr Stern über das ganze Gesicht. Dann fiel sein Blick auf Ruby und Opal, und er wirkte plötzlich sehr ernüchtert. »Ihr jungen Leute müsst erst einmal alleine sein. Weg von alten Männern und Katzen und allen anderen.« Er warf mir einen Blick zu, und ich spürte, wie ich rot wurde.

Ich sagte: »Bis Sie wieder in Ihr Haus zurückkönnen, werden wir sicher ein Hotel finden, das auch Haustiere auf dem Zimmer gestattet.«

»Morgen«, sagte er. »Für heute ist genug passiert.«

Damit hatte er wahrlich recht.

Begleitet von Umarmungen und Händeschütteln eilten Ruby und Zack zur Tür hinaus. Ich blieb noch kurz, um Mr Stern zu sagen, dass ich gleich am nächsten Morgen ein neues Hotel für ihn suchen würde, und dann folgte ich ihnen. Wir ächzten alle vor Müdigkeit und Erleichterung.

Auf dem Weg zu Zacks Haus machten wir an einem Walmart Halt, in den Ruby schnell hineinlief, um dort wohl alles nur Erdenkliche zusammenzukaufen, das Opal je brauchen könnte. Zack und ich saßen unterdessen mit Opal im Auto und warteten. Opal war unruhig. Sie wirkte von Minute zu Minute wacher. Offenbar verlor das Mittel, das Vern ihr verabreicht hatte – der Arzt vermutete ein Schmerzmittel – mehr und mehr seine Wirkung. Ich war einerseits wütend darüber, dass man sie ruhiggestellt hatte, andererseits aber auch dankbar. Somit waren die Folgen dieses traumatischen Erlebnisses vielleicht nicht ganz so schlimm für Opal.

Bis Ruby wieder zu uns zurückkam, telefonierte Zack mit einigen Leuten, zuerst mit Cupcake.

»Opal geht es gut, alter Kumpel.« Es folgte eine Pause, dann, »Ich bring sie jetzt nach Hause. Ruby ist gerade bei Walmart und kauft ein paar Sachen für das Baby, dann fahren wir nach Hause.« Wieder eine Pause, dann mit belegter Stimme »Danke für alles, mein Freund.«

Indem er die nächste Nummer wählte, sah er mich an. »Cupcake sagt, die Cops haben Vern gleich hinter Gitter gebracht. Ebenso Myra.«

Ehe ich antworten konnte, meldete sich der Angerufene. »Papa, ich bin's. Ich bin jetzt unterwegs nach Hause mit Ruby und unserem Baby. Ich hätte gern, dass du bis dahin verschwindest.«

Ich hörte barsches Gequäke. Zack seufzte nur.

»Geh nach Hause, Papa, wo du hingehörst. Ich bringe jetzt meine Familie heim. Wir drei wollen unter uns sein und unsere Ruhe haben. Also verschwinde, Papa, andernfalls siehst du mich nicht mehr wieder. Nie mehr.«

Er schaute aus dem Fenster und sah, wie Ruby, schwer bepackt mit Tüten, über den Parkplatz stürmte.

Er sagte: »Ich muss jetzt meiner Frau kurz helfen, Papa. Tschüß.«

Blitzartig war er draußen und half, die Einkaufstüten auf dem Rücksitz zu verstauen. Ehe Ruby auf den Beifahrersitz neben mir kletterte, beugte sich Zack wie ein spindeldürres Komma nach unten und küsste sie auf die Wange. Als sie endlich saß, zitterte Ruby so sehr, dass sie den Sicherheitsgurt nur nach einigem Gefummel einklinken konnte. Ich reichte Opal an sie weiter und fuhr lächelnd los. Zu den schönsten Überraschungen des Lebens gehört, dass das Unmögliche manchmal wahr wird.

# 31

Zack, Cupcake und ich saßen in der hintersten Reihe des Gerichtssaals, als Ruby vereidigt wurde. Opal schlief an Zacks Schulter geschmiegt, und Zack setzte sich so, dass Ruby ihre Tochter vom Zeugenstand aus gut sehen konnte.

Der Gerichtsdiener hielt Ruby eine Bibel entgegen, auf die sie ihre linke Hand legte, befahl ihr, die rechte Hand zu erheben, und stellte die Frage, die wir alle schon eine Million Mal im Fernsehen gehört hatten. »Schwören Sie, die Wahrheit zu sagen, die Wahrheit und nichts als die Wahrheit, so wahr Ihnen Gott helfe?«

Ruby stand kerzengerade da und ließ ihren Blick über Myra und ihr Team von Verteidigern schweifen. Dann sandte sie ein zaghaftes Lächeln in Richtung Zack. »Ich schwöre.«

Myra saß in der Falle, und sie wusste es. Myra saß auf einem Holzstuhl mit gerader Lehne am Tisch des Verteidigers. Der Stuhl wirkte äußerst unbequem, und Myra machte einen gespenstischen Eindruck, kreidebleich und hohlwangig.

Tucks Antrag auf Freilassung gegen Kaution wurde nicht stattgegeben. Er saß im Gefängnis und würde sich in einem eigenen Verfahren für seine Mitwirkung in Myras Schneeballgeschäften vor Gericht verantworten müssen. Nach Rubys Aussage würde er genauso lang einsitzen müssen wie Myra.

Vern hatte mit Myras und Tuckers Schneeballsystem nicht das Geringste zu tun, befand sich aber auch in Haft. Man warf ihm Kindesentführung, Freiheitsberaubung, versuchten Mord und eine Reihe anderer, weniger schwerwiegender Vergehen vor. Auch er wurde nicht gegen Kaution freigelassen und würde eine lange Strafe absitzen müssen. Sehr zur Freude von Mr Stern war eines der schlagendsten Beweismittel gegen Vern das Vorhandensein von roten Katzenhaaren auf dem Sitz seiner Limousine gewesen. DNA-Tests hatten ergeben, dass die roten Haare eindeutig von Cheddar stammten, ein Beweis dafür, dass Vern Katzenhaare aufgenommen hatte, als er Opal aus dem Bett nahm, in dem Cheddar sich aufhalten durfte, wenn Ruby mit im Zimmer war.

Ich wartete Rubys Zeugenaussage nicht bis zum Ende ab. Es gab genug Katzen, die ich kämmen und füttern musste, und sowieso würde die Aussage trocken und langweilig werden, sobald die Details von Geldtransfers und Verträgen und Steuern und Auslandskonten ins Spiel kämen. Langweilig für mich jedenfalls. Tom Hale würde das alles sehr reizvoll und packend finden.

Mr Stern und Cheddar verbrachten eine glückliche Zeit in den »Bide-A-Tide Villas« am Turtle Beach. Cheddar hatte eine verglaste Veranda zur Verfügung, von wo aus er die Watvögel am Strand beobachten konnte, und Mr Stern hatte ein Regal voller Geschichtsbücher über Florida, die er genauso aufregend fand wie Cheddar die Vögel. Die Handwerker in Mr Sterns Haus waren damit beschäftigt, die Wandverkleidung und den Fußboden in Rubys Zimmer zu erneuern, alles frisch zu streichen, Möbel auszutauschen und den Rauchgeruch im ganzen Haus zu vertreiben. Ich machte zweimal täglich im Bide-A-Tide kurz Halt, um Mr Stern mit Cheddar zu helfen, und ich ging einmal täglich zum Haus, um die Kois zu füttern. Ohne Mr Stern und Cheddar wirkte der Garten öde und leer.

Manchmal, wenn ich Fischfutter auf die Oberfläche des Teichs streute, beschlich mich das unheimliche Gefühl, dass mich von Myras Fenstern aus jemand beobachten könnte, aber das Haus war leer. Angelina war ausführlich befragt worden, und ihre Antworten hatten der Polizei im Fall Kantor Tucker geholfen, sich hinsichtlich mehrer Anklagepunkte ein klares Bild zu verschaffen. Etwa dass er mit einem Mann, der sich illegal im Land aufhielt, auf den Golf hinaus flog und ihn aus dem Flugzeug geworfen hatte. Der Mann konnte nicht als vermisst gemeldet werden, weil er rein rechtlich gar nicht existierte, aber Angelina kannte seine Witwe, und die Witwe konnte Angaben machen, die auf eine Leiche zutrafen, die am Strand von Anna Maria Island angespült worden war.

Was mich betraf, ich befand mich im Fegefeuer. Oder in der Hölle. Oder in einer Art Zwischenzustand wie dem »Bardo« aus dem Tibetischen Totenbuch.

Menschen, die sich selbst nicht treu sind, sind auch für jeden anderen verloren. Leicht, sich das vorzustellen, aber sehr schwer, es auch umzusetzen. In meiner Fantasie versuchte ich, mich in eine Stadt zu versetzen, in der ich nicht den Geruch von Seeluft, sondern von Zichorienkaffee und Schmalzgebäck einatmete. Ich versuchte, mir vorzustellen, wie es wäre, an einem Ort zu leben, wo Jazzmusik das alltägliche Hintergrundgeräusch lieferte, und nicht das Plätschern der Wellen und die Schreie der Seemöwen.

Dies alles war einigermaßen leicht. Es war sogar leicht, mir vorzustellen, dass es mir Spaß machen würde, Guidrys Stadt mit seinen Augen zu sehen, seine Familie kennenzulernen, ein Zuhause für uns beide zu schaffen. Das Problem war nur, ich konnte mir nicht vorstellen, dies auf Dauer zu tun. Wenige Wochen vielleicht. Ein, zwei Monate. Aber ich wusste auch, und das war so sicher wie das Amen in der Kirche, dass ich die Geräusche und die Gerüche vermissen würde, die ich mein ganzes Leben lang gekannt hatte. Ich würde sie so sehr brauchen wie die Luft zum Atmen. Ohne sie würde meine Seele verkümmern.

Ich suchte verzweifelt nach einem Kompromiss, musste mir aber letztlich eingestehen, dass es keine Kompromisse gibt, wenn es um bestimmte *Grundbedürfnisse* geht – die Grundvoraussetzung für Glück und Zufriedenheit. Grundbedürfnisse dieser Art sind nicht verhandelbar, und wenn sie nicht gestillt werden, stirbt ein wesentlicher Teil der Seele. *Wünsche* dagegen haben mit dem zu tun, was das Leben schöner und angenehmer macht. Sie sind wie die Sauce auf dem Kartoffelbrei. Nicht unbedingt notwendig, aber falls vorhanden, freut man sich darüber. Wünsche sind endlos offen für Kompromisse, aber erst nachdem die Grundbedürfnisse befriedigt wurden.

Und folgende harte Wahrheit musste ich erkennen: Der Mann, der mich liebte, konnte einige meiner Wünsche befriedigen, aber nur ich alleine war die Person, die meine *Grundbedürfnisse* befriedigen konnte.

Das Problem war nur, immer genau zu unterscheiden zwischen Grundbedürfnissen und Wünschen.

Als die Dämme vor New Orleans brachen und das Meer alles überflutete, erlitt die Stadt Verwüstungen, wie sie dieses Land kaum je gesehen hatte. Als Künstler, Musiker, Schriftsteller, Köche und normale Bürger vor den Fluten fliehen mussten, verlor New Orleans einen Teil seiner Seele. Für Guidry war der dringende Wunsch, nach Hause zu gehen und sich am Wiederaufbau der Stadt und ihrer Seele zu beteiligen, ein *Grundbedürfnis,* nicht nur etwas, das seine Lebensqualität steigern könnte. Dieses Bedürfnis konnte nur er für sich selbst als solches bestimmen, und nur er konnte dafür sorgen, dass es befriedigt wurde. Ihn zu lieben bedeutete, ihm dabei nicht im Weg zu stehen.

Myra Kreigle und ihresgleichen waren verantwortlich für den finanziellen Ruin vieler hart arbeitender Menschen auf Siesta Key, aber ich konnte, wenn ich ehrlich war, nicht behaupten, Siesta Key würde mich zwingend brauchen, um als Insel zu überleben. Ob mit oder ohne mich, Siesta Key würde weiterhin ein schönes Fleckchen Erde sein, wo freundliche Menschen morgens an den Strand gingen, um die Nester von Schildkröten und Regenpfeifern zu ihrer Sicherheit zu markieren und um verwundete Seekühe und Seevögel retteten.

In Wahrheit brauchte ich die Insel sogar sehr viel mehr als sie mich. Ich brauchte ihren Sand unter meinen Füßen, brauchte ihre Seeluft zum Atmen, brauchte den Schrei der Seevögel in meinen Ohren und den Anblick der tropischen Vegetation vor meinen Augen. Ohne all dieses wäre ich nicht ich selbst.

In Wahrheit wünschte ich mir zwar Guidrys Zärtlichkeit, seinen scharfen Verstand, seine Loyalität und seine Liebe, aber auch ohne all das würde ich weiterhin ich selbst sein.

Diese Wahrheit brach mir das Herz.

*Danksagung*

Die Idee zu diesem Buch entstand bei einem Dinnergespräch mit Jason Jeremiah über das Thema Beschleunigungsrennen, sogenannte Dragsterrennen. Danke Jason!

Größeren Dank schulde ich dem Pulitzerpreisträger David Bradley, der mir die handwerklichen Grundlagen des Schreibens beibrachte. Seit Davids Seminaren an der Temple University habe ich mehrere Millionen Wörter geschrieben, aber ich habe immer noch seine warnende Stimme im Ohr, wenn ich Sachen schreibe, die man besser weglassen sollte. Danke David.

Alles, was ich von David gelernt habe, versuche ich, an die »Donnerstagsgruppe« – Greg Jorgensen, Madeline Mora-Sumonte, Jane Phelan und Linda Bailey – weiterzugeben, die sich jede Woche um meinen Esstisch versammelt. Ich bin vermutlich die heimliche Leiterin des Workshops, aber ich lerne auch selbst von den Teilnehmern, und sie bereichern meine Arbeit und mein Leben auf unermessliche Art und Weise.

Dasselbe gilt für Marcia Markland, meine geduldige und einfühlsame Lektorin bei Thomas Dunne. Danke Marcia! Ein dickes Dankeschön auch an die Herstellungsabteilung der St. Martin's Press, die mit viel Sorgfalt und Respekt aus meinen Manuskripten fertige Bücher macht; an den Vertrieb, der meine Bücher in die Läden bringt, sowie an alle überarbeiteten und unterbezahlten Buchhändler, die zu Dixie Hemingway stehen und sie auslegen, empfehlen und promoten.

Und ein riesiges Dankeschön an Al Zuckerman, den »Über«-Agenten von Writer's House, der mich mit seinem Witz und seiner Weisheit immer wieder verblüfft.

An meine Familie, die mit Nachsicht, Humor und Mut

ein schreckliches Jahr durchgestanden hat, danke für euer Sosein.

Und an die Leser, die mir ihre eigenen Geschichten zusenden. Ihr habt mich in schmerzvollen Zeiten weiterschreiben lassen. Danke für eure Unterstützung.